ローマ帝国のたそがれとアウグスティヌス

磯部 隆
ISOBE, Takashi

新教出版社

装丁　桂川　潤

目　次

目　次

ローマ帝国のたそがれとアウグスティヌス

序章　コンスタンティウス二世と背教者ユリアヌス

世界史はどこから来てどこへ向かうのか。

まるで山々の支流を集めて海に消える大河のように、目的も意図もなくただただ流れる時の経過にすぎないのか。過去は経《ふ》り積もる時の残骸で、未来は疎遠な空虚でしかなく、ひとは現在に閉ざされた生を、いわばビジネスのごときものとして営むほかないのだろうか。

それとも世界史は、さまざまな理念のせめぎあいを通じて、ついには或《あ》る真実の世界を実現すべき過程《プロセス》で、ひとは理念への献身によって現在を越えてゆくのだろうか。

たとえば、キリスト教の信じるところによれば、世界史は遠い過去の彼方からキリストの生誕を目指してやって来る。その生誕以後、世界史は、神に予定された時《カイロス》に向かってゆく。その決定的な時、歴史は終わり、神の国の全貌《ぜんぼう》があらわになる。だから世界史はキリスト生誕を基準点として、つまりゼロ年として数えられる。紀元前においては、キリスト生誕への隔《へだ》たりを示す年月を刻刻と減らし、ゼロに向かう。紀元後においては、キリストとともに年月を重ねて神の時《カイロス》に向かう。これが西暦の数え方である。

その西暦の三五四年、キリスト教の世界史像および理念に形象を与えたアウグスティヌスが生まれた。彼および他の教父たちによって形成されたキリスト教の理念は、その後の世界史の過程に強くはたらきかけてゆくことになる。


アウグスティヌスが生まれた年はコンスタンティウス二世がローマ帝国全体の単独皇帝になった年である。だからコンスタンティウス二世時代から話を始めなければならないが、それはアウグスティヌスを理解するためだけではなく、ローマ帝国末期という時代それじたいを探究するためでもある。

この時代、人びとは悲劇的な相貌《そうぼう》をおびてあらわれてくる。

みずからの故郷である都市、地域、帝国が、相互に、時として激しい相克状態に陥り、その確執のなかでひとは誰のために生き誰のために死ぬのかというふうな問いの前に立たされる。

あるいはまた、政治と宗教とが交錯し、宗教世界が政治闘争の場に化して、ひとは神々の闘争する世界のなかでいずれの神（理念）に仕え、いかにして信仰と献身を証《あか》しするのかという問いをつきつけられもする。

もはやローマ帝国の過去の栄光は色褪《あ》せ、威信や価値の体系が崩れてゆくなかで、過去を背負う老人といえども過去に安住することはできない。

帝国いずれの方角に眼を向けても、戦争や内乱の予兆《よちょう》がある。じじつ帝国のあちらこちらで恐るべきことが生じる。

むろん多くの人びとは孤独と不安の影をひいて、劇場へ、競技場へ、闘技場へ、歩を運ぶ。けれども一時《いっとき》の熱狂のなかで虚無につきあたり、ふたたび暗い不安に追われる。ひとは現世逃避のただなかにおいてさえも生の意味への問いに迫られる。

そのような、意味への衝迫は、ローマ人に限られていたわけではない。

この時代、のちにゲルマン民族の移動と呼ばれる出来事が生じ、大量の流民が帝国に入りこむ。彼らは当初、故郷を喪失した難民の群れにすぎず、生の意味とか理念とか、おおよそそのような観念的なことがらとは無縁で、ただ生きること、逆境のなかで生きのびることだけが問題だった。ところが、その生存は、彼らが敵対する世界にさまよう民として存在《ある》こと、そのことの意味をつかむことによってのみ可能だった。彼らが共通の意味（理念）を担ったとき、はじめて彼らは民族として、あるいは民族の連合として、苦難や死を越えて生きることができた。その時、彼らは単なる放浪者ではなく世界史に参与する者となった。もし彼らの、あるいはそのなかの誰かひとりの、足跡を記す記録が残っていたならば、後の時代はそこに壮大な世界史的ドラマを見ることもできただろう。

ローマ帝国末期という時代、ひとは現在の閉鎖性を突破しようとした。そうした時代にアウグスティヌスが現れたのは偶然ではないし、またその時代それじたい探究に値するだろう。この時代の歩みを、時代を代表する人びとを中心にたどり、できれば彼らの内面にも視線を投げてみたい。むろん資料は多くの場合、口を閉ざしている。それゆえ彼らの内面に入りこむためには、時として歴史小説ふうの方法に頼らざるをえないかもしれない。歴史上の実在人物の内面世界に関しては、歴史研究と歴史小説との重なりあう場があるにちがいない。

アウグスティヌスが生まれた年、コンスタンティウス二世がローマ帝国全体の単独皇帝になった。コンスタンティウス二世の父は、あのミラノの勅令でキリスト教を公認したコンスタンティヌス大帝である。

大帝死後、帝国はその実子三名に分割された。長子は帝国西部、次子のコンスタンティウス二世は帝国東部、末子は帝国中部を領有した。

この帝国の三分割領有には血の粛清《しゅくせい》がともなった。皇族や高官約五十名が一夜のうちに殺害された。主《おも》だった皇族男子で粛清を免れたのは、大帝の異母弟の二子、ガルスとユリアヌスだけだった。

帝国の三分割領有から三年が経過した。その三四〇年、長子と末子との間に領土争いが生じた。長子は敗死、領土は併合された。その結果、ローマ帝国は末子の西方と次子コンスタンティウス二世の東方との、二分割統治の体制となった。

二分割統治の体制は十年間つづいた。が、三五〇年、転機が来た。ガリア出身の将軍マグネンティウスが末子の西方皇帝を殺害して帝位を奪ったのである。

帝国東方の皇帝コンスタンティウス二世はマグネンティウス征討に向かった。途中、帝国東西の接点に位置する都市シルミウム（現セルビア、サバ河畔のスレムスカ・ミトロヴィツア）で、かつて血の粛清を免れ幽閉生活を送っていた従兄弟《いとこ》ガルスを召還し、妹コンスタンティナと結婚させた上で帝国東方の副帝に任命した。その理由は、帝国東方に残した軍の将軍たちが皇帝不在の間、帝位を奪うことを怖れたからである。

コンスタンティウス二世は、帝位が軍事能力や功績あるいは軍団の支持ではなく、血統の正しさによることを示そうとした。そのため彼が殺害した叔父の子ガルスを副帝に任命せざるをえなかった。そこには単なるアイロニーを越える悲劇の萌芽があった。

三五一年、ガルス副帝任命後まもなく、コンスタンティウス二世軍と、西方から進軍してきたマグネンティウスの反乱軍とが、ムルサで戦闘態勢に入った。ムルサは現クロアチアの東端、シルミウムから北西へ百キロほどの、ドラバ川がドナウ川に流れ込むあたり、現オシエクの町の近郊。

ムルサの会戦において、コンスタンティウス二世の重装騎兵軍が、鋼鉄の鎧の小札《こざね》をきらめかせながら、ずっしりと重い槍でマグネンティウス指揮ガリア軍団の強固な戦列を打ち破った。戦列が崩れると、敏捷《びんしょう》な軽装騎兵の第二軍が剣をかざして戦列間に馬を乗り入れ、敵の前衛軍を潰滅《かいめつ》させた。すると、散開する騎兵に入れ代わって、両腕を拡げたように展開する重装歩兵軍が敵本軍を強力に押しきった。

ムルサの会戦は騎兵軍の重点的な使用によって西洋の戦闘方式に新時代を開いた。騎兵軍の功績によってコンスタンティウス二世は圧勝した。ただし損傷も少なくなかった。コンスタンティウス二世軍八万五千のうち戦死者は三万、マグネンティウス軍三万六千のうち戦死者は二万四千、内戦で五万四千の将兵が帝国から失われたと言われている。

大規模な会戦が行われた後、歴史も、したがって歴史家も、勝利者の後のみを追いかけてゆく。すると、歴史の底流にあったものが見失われてしまう。つまりマグネンティウスとその軍を用意した歴史の背景への問いかけが失われる。

マグネンティウスは前皇帝を殺害して帝位についた。だから、彼は帝位僭称者《せんしょうしゃ》とか簒奪帝《さんだつてい》とか呼ばれる。しかしそれは前皇帝の正統性を前提とするからである。マグネンティウスには彼を支持する軍団があった。その軍団兵三万六千のうち二万四千の将兵が戦死した。彼らは何のために死んだのか。何のために戦おうとしたのか。マグネンティウス一人の権勢欲のためではない。おそらく反対である。マグネンティウスは彼ら軍団兵が結束するための旗であったにすぎない。そして、その軍団兵たちの背後にはガリアの民衆がいる。ムルサの会戦それじたいは、歴史上の一つのエピソードにすぎない。しかしそれは地面に穿《うが》たれた井戸のようなもので、覗《のぞ》きこむと深く、どこからか地下水が湧き出ている。

ムルサの会戦の翌年、三五四年、アウグスティヌスが生まれた年、ローマ帝国の単独皇帝となったコンスタンティウス二世は、北イタリアのメディオラヌム（現ミラノ）に宮廷を置き戦後処理にあたった。課題の一つは、マグネンティウスを支持した有力者たちを探索し抹殺することだった。「鎖《くさり》の」パウルスと仇名《あだな》された皇帝書記官がその任についた。彼はマグネンティウスと無関係の者までも逮捕し、拷問によって有罪としたので、犠牲者はおびただしい数になった。コンスタンティウス二世の猜疑心の強さ、その意を受けるパウルスの冷血な残酷さ。しかしそれだけではなかった。マグネンティウスの支持者の背後にはガリアの大地があった。だから、コンスタンティウス二世にとっての戦争犯罪人はけじめなく広がる。

したがって、魔女狩りのごとき迫害と同時に、ガリアをコンスタンティウス二世の支配下に組み込むための、新しい統治組織の整備が不可欠だった。それが戦後処理の課題のもう一つだった。支配の密度を高めるために西方行政諸管区を分割し、それらをガリア道長官のもとで統轄せねばならない。ガリア道長官は、皇帝代官の役割を果たすことになる。コンスタンティウス二世の腹心の部下フロレンティウスが長官に任命された。彼はガリアの利害のためではなく皇帝の利害のために行動することになるだろう。

戦後処理が一応済むと、コンスタンティウス二世は東方への帰還を準備した。その間《かん》、彼は従弟《いとこ》の東方副帝ガルスをミラノに召還する指令を出した。

ガルスはアンティオキアから護送馬車でミラノへ向かった。が、その途上、皇帝反逆罪で処刑された。東方に帰還すれば副帝ガルスは不要だったし、ガルスについてあれこれの情報もあった。猜疑心は情報の真偽を分かつ必要を認めなかった。

処刑の二ヵ月後、ガルスの異母弟ユリアヌスも、ミラノに呼び出された。三五五年二月のことである。二十四才のユリアヌスは自らの処刑を覚悟した。しかし五月に放免され、アテナイで哲学の学究生活に入ることを赦された。皇后エウセビアの執りなしによる、と言われる。

なぜ皇后エウセビアはユリアヌスのために執りなしをしたのか。若く美しい皇后と不遇の青年皇族との出会いというファンタジーを描くこともできる。しかし歴史はロマンではない。

コンスタンティウス二世は、ユリアヌスが皇帝に反逆する意志や力がないことをよく知っていた。よく知ってはいたけれども彼の猜疑心は勝手に動き出す。誰かにそれをとどめてもらうほかない。しかし、その誰かが彼の疑心をはらそうとすれば、今度はその者に疑心が及ぶ。ただ一人、例外があった。皇后エウセビアである。母のごとき皇后エウセビアによってのみ、コンスタンティウス二世は自分の猜疑心を押しとどめることができた。だから皇后の助言によって、同じ年の十一月、コンスタンティウス二世は、アテナイにいるユリアヌスをミラノに再度召還し、自分の妹ヘレナと結婚させ、帝国西方の副帝に任命した。以前のガルスの場合と同じで、皇帝軍の東方帰還後、西方に残す軍団の将軍たちの野心を押さえるためである。

皇后エウセビアの執りなしや助言は、ユリアヌスのためというよりもコンスタンティウス二世自身のためだったのだろう。

ローマ・コンセルヴァトーリ美術館には、コンスタンティウス二世の青銅像頭部が展示されている。その顔形は同じ美術館にある彼の父コンスタンティヌス大帝の顔つきとどことなく似ている。実際に似ていたのか、それとも血統による帝位の正統性を示すために似させたのか、よく分からない。しかし、似ているとはいっても、じっと見比べると、両者から受ける印象の違いがしだいに濃くなる。

両者いずれの頭部像においても、両眼は大きく見開き、これまでの異教の神像の眼光にとって代わる皇帝の、遥かな遠方をも視野に収める英知と威厳を表わそうとするかのようなのだが、父帝コンスタンティヌスの場合は、そのぎょろりと見据える眼はいかなる者をもたじろがせずにおかない威圧感を帯びるのに対して、コンスタンティウス二世の場合には、どこか右顧左眄《うこさべん》するような、きょろきょろとした動きの跡を示していて、内心の奥にひそむ不安と怖れとを思わず表出しているかのようである。こうした印象の違いは眼つきだけからのものではない。父子いずれの頭部像も、頭髪に半ば隠された額《ひたい》は狭く、どちらの鼻も太い鷲鼻で顎《あご》が前に突き出ているが、父帝コンスタンティヌスの、しっかり閉じられた薄い唇と骨ばった頬の口元全体は剛毅な感じを与えるのに対し、コンスタンティウス二世の厚く小さな唇と頬に窪みをつくる口元は弱弱しく女性的ですらある。

コンスタンティウス二世は、他の兄弟二人とともに、父帝の実子として幼くして副帝に任命され、帝位継承者の地位についた。帝位への安定した軌道を生まれた時から歩んだかのように見える。しかし父コンスタンティヌス帝は、かつて後継者としたコンスタンティウス二世の異母兄クリスプスを疑心に駆られて殺害し、同じく、自分自身の妻すなわちコンスタンティウス二世の母ファウスタを、疑心ゆえに残酷な仕方で殺害し、それでいて敬虔なるキリスト教擁護者たることを標榜してはばからない人物だった。その父から血と帝位を継承したとはいっても、コンスタンティウス二世の気質が父とは違って剛毅さを欠き、異様に猜疑心の強い神経症風の様相を示すのはむしろ当然だったかもしれない。

父コンスタンティヌスは内戦を勝ち抜いて帝位についた。それに対しコンスタンティウス二世は、安定した既定路線の上で帝位についたように見えるが、そうではなく、むしろその地位につかなければ自らが抹殺されかねないという不安と疑惑のなかで、皇族や高官を粛清して帝位についた。その際、彼の兄および弟と結束した。が、この三者の間には、他の親族を排除する利害の一致こそあったが信頼関係があったわけではなかった。

だから帝国三分割後、長子と末子が対立した。末子勝利後、マグネンティウスの乱が起きた。そのマグネンティウス征討のため副帝に立てたガルスを、コンスタンティウス二世は弁明も聞かず処刑に付した。ガルスの処刑地はイストリア半島ポーラの監獄だった。

ガルスの処刑執行の報告を受けた時、コンスタンティウス二世は、父コンスタンティヌスの命令で自分の異母兄クリスプスが毒杯をあおいだのもポーラの監獄だったことを、ふと思い出した。その時コンスタンティウス二世は耳元で、父コンスタンティヌスの、あの薄気味悪くけらけらと笑う声が聞えたように思った。

三五五年十一月、ユリアヌスは帝国西方の副帝に任命された。

翌年、まだ冬の終らぬ時期に、彼はアルプスを越えてガリアに入った。従う騎兵はわずか三六〇騎。副帝とはいえ、実権はなく、また軍事経験もない。

ガリアに来て間もない頃、アラマンニ族の襲撃を受け危うく命を落しかねないこともあった。しかしユリアヌスは危険を怖れなかったし、現地の将兵と共に行動することを望んだ。将軍たちから実戦上の指揮や戦術を学んだ。彼らの方も、副帝が共にいると将兵の士気があがることを喜んだ。ガリアの兵団はユリアヌスのひたむきな姿勢に感銘を受けた。

ユリアヌスはライン方面を転戦しながら、軍事経験を積んだ。

ガリアに来て一年が経過した。三五六年の冬、ユリアヌスはパリ南東百キロ、セーヌ川沿いの町サンスに冬期陣営を構えた。地中海に出口をもつソーヌ川・ローヌ川の河畔都市ではなく、大西洋に注ぐセーヌ川の河畔都市を拠点に選んだのは、すでにこの時点で、ガリア統治をガリアの立場から行おうとするユリアヌスの姿勢を示していたのかもしれない。

ユリアヌスがサンスの冬営基地に兵を収容してから間もなく、アラマンニ族斥候は事情を察知した。やがてアラマンニ族の大軍がどこからともなく現れてサンスの町を包囲した。副帝の軍団が壊滅すれば、ガリアの指揮系統は乱れ、ローマ軍の士気も地に落ちる。サンスの町はアラマンニ族にとって、大軍の投入に値《あたい》する標的だった。

ユリアヌスは、援軍要請の急使を送った。ローマ軍司令官マルケルスはこの要請を受け取った。しかしサンスの町ははるか遠方だった。駆けつけても、もはやおそらく手遅れだろう。しかも吹雪が荒れ狂い、見通しの定かでない地をくぐり抜けてゆくのはきわめて危険だ、と彼は判断した。

サンスの町の危機は、ガリアの町から町へ伝えられ、ついにはミラノに至った。知らせが届いた時、ミラノ宮廷は、すでにサンスの町は陥落しているであろうと思った。

ところが、サンスの町は耐えていた。包囲から三週間を経ても、なおもちこたえていた。四週間が過ぎた。

副帝ユリアヌスに鼓舞された将兵と市民とは一体となって防戦をつづけ、包囲からちょうど三十日経《た》った時、丘や野を埋めるアラマンニ族の天幕は町の視野からかき消えた。

サンスの町の防衛はガリアの奇跡として評判になった。

援軍を派遣しなかった司令官マルケルスは罷免《ひめん》された。コンスタンティウス二世が、ユリアヌスの身を危《あや》ぶんだからではない。副帝を見捨てたことを、皇帝一族に対する忠誠心の欠落として、つきつめれば自分に対する忠誠心の欠落とみなしたからである。軍将軍に対する猜疑心は根深い。

サンスの町の防衛はユリアヌスのその後の帝国防衛構想に大きく影響した。都市財産を国庫に収納し、それをファンドに野戦機動軍を拡充するコンスタンティウス二世の政策に対し、ユリアヌスは野戦機動軍とともに都市とその市民団を帝国防衛上、重視することになる。

翌年、つまり三五七年、再びガリアに奇跡が起きた。

この年の冬、コンスタンティウス二世の命令によって、アラマンニ族の占拠するライン河西岸のストラスブールに対して、アウグスタ・ラウリカ（現スイス、バーゼル近郊）に駐留するバルバティウス将軍指揮の軍団と、ガリア中部に根拠を置くユリアヌスの軍団との合同の掃討戦が策定された。双方から進発した軍団がストラスブール近くで合流して、アラマンニ族に対し総力で戦う作戦だった。

黄色いミモザの花の咲く頃、作戦は実施に移された。

バルバティウス軍二万五千はアウグスタ・ラウリカからゆっくりと北へ向かった。同じ頃、ユリアヌス軍一万五千もガリア中部から東に向かった。ストラスブール拠点のアラマンニ族はおよそ三万五千の兵力だった。

春が終わる頃、バルバティウス軍はストラスブールに近づき、アラマンニ族軍の行動半径に入った。突如、大規模な伏兵戦に遭遇し、行軍隊形が寸断された。起伏の激しい複雑な地形のなかで戦闘が繰り返され、バルバティウス軍は甚大な損害を被った。バルバティウス将軍は作戦の遂行を断念し、その旨を急使によってユリアヌスに伝えた。

その時、ユリアヌス軍はなだらかな平地をかなりの速さで東進していた。今、踵《きびす》を返して撤退するには、すでにストラスブールに近づきすぎている、と思われた。アラマンニ族騎兵軍が退却する自軍を背後から襲撃した場合、防ぎようがない。戦わずして追撃戦を被るようなものだ。そうユリアヌスは判断して、一万三千の将兵に、バルバティウス軍の撤退、にもかかわらずガリアのため戦いを遂行する、という彼の決意を告げた。ガリア軍団兵は武器を打ち鳴らし、歓呼でその決意に応《こた》えた。

敵の陣営が視野に入った。

黒黒とした敵の軍勢から、太陽の光を受けた武器や鎧《よろい》が発光する。ユリアヌス軍は行軍隊形から戦闘隊形へ移った。横に広がるアラマンニ族軍戦列の正面に進む。やがて双方の騎兵軍による前哨戦が始まった。前哨戦とはいえ、もし敗れれば密集陣形をとる本軍の側面が無防備になる。

アラマンニ族騎兵軍は騎馬数においても騎馬術においても優越していた。ガリア騎兵軍の陣形が崩れ、ほとんど遁走《とんそう》寸前の状況に陥った。その時、本軍中央の最前列にいたユリアヌスは軽騎兵二百をつれて飛び出した。赤いマントを翻してガリア騎兵軍に大声で叫び、叱咤《しった》激励し、とうとう陣形を立て直させ踏みとどまらせた。その時ユリアヌスは、昔のカエサルと自分とが一体であるかのように感じていた。――――この年の冬、彼はカエサルのガリア戦記を読んだ。以前読んだこともあったが、その時は、キケロの長い巧みな文章に慣れていた彼の眼にカエサルの短く歯切れのよい文章が新鮮に映ったというにすぎなかった。しかし今読みかえすと、戦闘に臨んでひたすら土木工事に意を用いるような、沈着冷静なカエサルが、基地攻防戦で苦境に陥った時、誰からも自分の姿が分かるように赤いマントをつけ、激しく動きまわって兵士たちを励ます姿に感銘を受けた。今ユリアヌスはそのカエサルとなって馬上から叫び、長剣を閃《ひらめ》かしていたのだった。

ガリア騎兵軍が陣形を立て直し、敵の騎兵軍を押し返した時、ユリアヌスは中央本軍に戻り攻撃命令を出した。

重装密集方陣はいっさい後退を考えぬ陣形である。前列が倒れても乗り越えて前に進む。すべてが兵士の士気にかかっている。副帝ユリアヌスの決死の行動がその士気を燃え上《あ》がらせた。敵の陣営中央にぶつかり、渾身の力で突き破ってゆく。敵の戦列は崩れ、部族ごとにばらばらになった。まもなく潰《かい》走が始まった。

ユリアヌス軍の輝かしい勝利は、前年のサンスの町の奇跡をも色褪《あ》せたものとした。

アラマンニ族軍三万五千は、数千の戦死者を出した。ある記録では六千である。それに対してユリアヌス軍一万五千のうち戦死者は四名の高級将校と二四三名の兵士にすぎなかった、と言われている。数字は誇張されているかもしれない。しかしその誇張さえも奇跡の勝利に対する驚きと反響を示すのだろう。あるいは、アラマンニ族軍の戦死者数はともかく、ユリアヌス軍の戦死者数、高級将校四名、兵士二四三名は、奇跡に対する証左として実際に確認された数だったのかもしれない。

昨日、ユリアヌスは無名の哲学青年だった。今日、彼は全ガリアの軍事英雄《カリスマ》である。

ストラスブールの勝利はガリアの軍兵や巷《ちまた》に熱狂を生んだ。が、それだけではなくユリアヌス自身の心にも大きな変化を与えた。自分の運命を導く者、サンスやストラスブールの奇跡を与えた者、それは皇帝ではなく、皇帝をはるかに越える何者かである。その見えざる者が自分に期した使命について、想いを深める。その深まる想いは間もなく行動となる。

ストラスブールの戦いの次の年、三五八年、ユリアヌスは精鋭兵を率いてライン河を渡り、アグリ・デクマスと呼ばれるアラマンニ族の地域に進出した。

この地名は、十分の一税《デクマス》の・土地《アグリー》という意味で、ハドリアヌス帝時代にはローマ領だったことに由来する。モーゼル川がライン河に注ぐあたりから、ドナウ河沿いのカストラ・レギナ（現レーゲンスブルク）あたりまで、両大河を内につつみ、全長約四八〇キロの防衛線《リメス》で囲まれた地域だった。かつて防衛線には六十以上の要塞と約九十基の監視塔があったが、三世紀の危機の時代に維持できず放棄された。それから百年経《た》った。今、ユリアヌスはそのローマ帝国全盛期の国境線を回復しようとしているのである。

しかし外部への軍事進出は、内部の防衛力再構築と相関させねばならない。

ユリアヌスはゲルマン諸族によって深刻な損傷を受けた主要諸都市の再建にも着手した。リヨン、オータン、ストラスブール、マインツ、ボン、ケルン、クサンテン。それ以外にも、都市の防衛力を高めるための大胆な租税政策を打ち出した。ガリア全体にわたって、人頭税および土地税の七割が削減されたと言われている。

ローマ時代の都市は周辺農村を支配している。つまり都市の有力市民たちが農地を領有し、奴隷や小作などを使ってその農地を経営している。だから土地税の軽減は都市の有力市民の保護政策である。サンスの町の防衛戦以来、ユリアヌスはこの有力市民たちを中核とする都市の軍事防衛を考えていた。そのためには、減税政策に加えて、都市公有地や都市商業税から生じる利潤をこれまでのように国庫へ吸収するのではなくて、都市の城壁の補修や建設あるいは武器庫の拡充などにふりむける必要があった。

さらにユリアヌスは、この市民団が生死を共にする絆《きずな》を結ぶには、都市の神殿祭儀を復興させ、古来の神々への尊崇の念を高めることが不可欠だと考えた。神々にたいする市民共通の畏敬は都市防衛に際して死を越えることができる。都市は軍事的な誓約共同体として立ち直ることができるだろう。

ユリアヌスはこうした政策を特にガリア出身の財政顧問官サルスティウスとの対話を通じて練りあげていった。軍事や租税あるいは都市再建や財政などの諸政策が、相互に緊密に結びつき有効性を高めたのは、サルスティウスの力によるところが大きい。

ところが、この二人の政策構想が実施されると、その前に立ち塞《ふさ》がる者があった。ガリア道長官フロレンティウスである。彼はガリアにおいてコンスタンティウス二世の意向を体現していた。そのコンスタンティウス二世はすでに十年ほど前から、キリスト教聖職者の免税特権を拡大したり、異教祭儀を否定するような施策を進めていた。財政政策でも、税率を高めたり、都市財産を没収するなどの国庫中心主義をとった。ペルシア帝国に対する軍事的な緊張の高まりとともに、地方都市の防衛力を犠牲にしてでも中央機動軍の拡充をめざした。ガリア道長官フロレンティウスはこうした方向での政策をガリアにおいて進めようとした。

しかし、フロレンティウスの政策は、ペルシア国境線からはるかに遠いガリアからすると、帝国東方による植民地支配の推進に見えた。実際、ガリアで徴収された租税はガリアに還元されず、ユリアヌスが来る以前にはガリアの防衛すらも十分行われてこなかった。だからガリアはユリアヌスに期待の眼を向ける。

しかしガリア道長官フロレンティウスの背後には全権を握る皇帝コンスタンティウス二世がいる。フロレンティウスは皇帝を通じて、財政顧問官サルスティウスを遠方に配置換えさせユリアヌスから引き離した。その上でユリアヌスの意志に反する政策を強力に推し進めようとした。

サルスティウスの配置換えは三五九年のことである。この年にユリアヌスが書いたオリバシウス宛の手紙が残っている。オリバシウスは都市ペルガモの異教徒で医師である。ユリアヌスの彼にたいする信頼は厚い。

手紙のなかでユリアヌスは心の思いを率直に打ち明けた。ただしこの手紙はユリアヌス死後、編集の時点で、損傷を受けて、一部、意味不明なところがある（死後、彼が背教者として扱われたことにおそらく起因する）。手紙はギリシア語で書かれている。


神々しいホメロスは、夢には二つの扉《とびら》〔夢解釈の仕方〕があると言う。つまり夢が告げることに関し、まったく同じ信頼《ピスティス》を与える必要はないと言う。私自身《エゴー》は、あなたがかつてよりも今、来たるべきことを明瞭に夢に見たと考えている〔オリバシウスは、コンスタンティウス二世について不吉な前兆を示す夢を見て、それを信じた――ビュデ版テキスト校訂者の注〕。というのは私自身《アウトス》も、今日、同じような夢を見たからだ。

途方もなく大きな食堂に植えられた高い樹木が、地面の方へ傾いているのが見えた。その根から、別の小さな、生まれてそれほど経《た》たぬ新しい若木が伸びていた。私は誰かがその若木を大きな木といっしょに引き抜いてしまわないか、心配でならなかった。私が近づくと、大きな木は地面の上に横に広がっており、小さな木も生きてはいるが地から引き離されているのが見えた。これを見て悲しんで私は言った、樹木が危険で、ひこばえ《パラピュアス》さえ救えないほどだ、と。すると誰か私のまったく知らない者が言った、よく見よ、心配するな、根は地に残っている、小さい方の木は無傷のままだ、より丈夫になって座を占めるであろう《ヒドリュンテーセタイ》、と。これが私の見た夢だ。この通りになるかどうか神が御存知である。

あわれな宦官〔コンスタンティウス二世の侍従長エウセビウス、ユリアヌスの政敵〕に関しては、彼が私について語っていることを、私が彼に会う前でも後でも、私たちにできるだけ知らせてもらいたい。

私と彼〔ガリア道長官フロレンティウスを指す――校訂者の注〕に関しては、彼が属州に危害を加えた時〔詳細不明〕、〔副帝としての〕私に相応《ふさわ》しい態度に反し沈黙を守っていたのは、〔その事をよく〕知らなかったせいもあり、また〔疑わしい他の人びとを〕信じず、迎合しないためだったことを、彼ら〔神々《テオイ》、あるいはすべての神々、あるいは多く《ポッロイ》の人びと――テキストを復元する校訂者ごとに異なる〕は知っている。

しかし、この事〔属州への危害〕について、私が関与していると、恥ずべき仕方で彼〔フロレンティウス〕が主張し、極悪で卑劣な報告書《ヒュポムネーマタ》を〔宮廷へ〕送ったというのであれば、私はいったい何をすべきか。黙るべきか、戦うべきか。

私の考えでは、第一の側の者たちは、愚鈍で、卑しく、神々を嫌い、それに対して第二の側の者たちは、正しく、男らしく、高貴であるが、われわれの置かれた状況ゆえに容認されてはいない〔コンスタンティウス二世の宮廷における反ユリアヌス派と親ユリアヌス派とを指すと思われる〕。

現在、私の言うことを理解する多くの者たちが現れてきた。私は言った、人はその報告書《ヒュポムネーマタ》を正すべきだ、彼〔フロレンティウス〕は狡猾で無遠慮なのだから、と。彼はその私の言葉を聞いたが、思慮ある行為を欠くことはなはだしく、私が近くにあるような時ですら、ふつうの専制君主さえやらぬようなことを行ってきた。神が御存知だ。

プラトンやアリストテレスの教説の信奉者《ゼーローテース》である者〔ユリアヌス自身〕は何をなすべきだろうか。不幸な人びとが詐欺・泥棒たち《クレプテータイ》〔反ユリアヌス派の官僚たち〕に引き渡されるのを黙って見ているべきだろうか。それとも力の限りを尽して彼らを守るべきなのだろうか。彼ら〔不幸な人びと〕が、すでに、そうした者たち〔詐欺・泥棒たち〕の神々の憎む仕事場《テオミセス・エルガーステリオン》において白鳥の歌を歌っている〔死に瀕している〕時に。

軍団司令官《キリアルコイ》たちが戦列を離れるならば死刑に処せられ、軽蔑され埋葬にさえ値《あたい》しないと断罪されるのに、しかも不幸な人びとに関して神が私たちのために戦おうとされているにもかかわらず、神が配置した戦列を捨て去って、彼《か》の者たち〔詐欺・泥棒たち〕に対して戦わないのは、私には恥ずべきことに思える。

たとえいかなることを被る結果になろうとも、良き心に従ったならば、少なからぬ慰めが与えられると私には思われる。高潔なサルスティウスを神々が私に恵み与えられるとよいのだが。たまたま代わりの者が来るようになったとしてもそのような結果に私は不満を持たないだろう〔文意《テキスト》やや不明〕。短い時間善《よ》く行う方が、長い時間悪く行うよりも、高貴である。

(原典はビュデ版、Les Belle Lettres, L'Empereau Julien, Lettres et Fragments, no.14)

ユリアヌスの夢の大きな木はコンスタンティウス二世、若い木、ひこばえはユリアヌス自身。彼は、前者が倒れ後者が代わる夢を見た。そして、その夢を信じた。

手紙の文の流れをたどると、ガリア道長官フロレンティウスはガリア統治に関し、ユリアヌスに不利な報告書を東方宮廷に提出した。宮廷ではフロレンティウスに呼応する者たちが勢力をもっている。ユリアヌス派もいるが力は弱い。ガリアでは、ガリア道長官が皇帝権力を背景に専制君主のごとく振舞っている。その下の官僚たちはガリアを搾取する者たちである。ガリアは今や「神々の憎む仕事場」、東方の植民地となった。

ユリアヌスはガリアのために戦わざるをえない。一つのきっかけがあれば、彼の決意は表面に現れるだろう。

そのきっかけは、すぐにやってきた。

オリバシウス宛の手紙が書かれたのは三五九年、ストラスブールの戦いの二年後である。その三五九年、東方国境線で深刻な事態が発生した。ペルシア軍がローマ側の要塞都市アミダ（現トルコ南東部ティグリス河畔都市ディヤールバルク）を包囲、陥落させたのである。陥落後、アミダの城壁、櫓《やぐら》、塔門、城内建造物、その他一切が破壊され、都市全体が石のかたまりと化した。その不気味に沈黙する風景は、ペルシア王シャプールのローマ帝国に対する徹底した戦いの意志を表明していた。

コンスタンティウス二世はアンティオキアを本営基地に定め、帝国各地の軍団に集結命令を出した。その一環として、ユリアヌスのガリア軍団に対しても、一定割合の精鋭軍の派遣を命じた。ユリアヌスは命令に従おうとした。しかし、ガリアの兵や民衆はその命令に黙従しようとはしなかった。コンスタンティウス二世の命令の翌年、パリに集結したガリア軍団兵は、ユリアヌスを正帝に推戴《すいたい》した。

ユリアヌスは正帝の地位を神々が任じたものとして受けいれた。彼は、幼い時血の粛清を免れたこと、また兄ガルス処刑後その同じ運命を免れ、むしろ西方の副帝となったこと、サンスやストラスブールでの奇跡の勝利、そして今、正帝への推戴、そのすべてが神々のわざであり、それらを通じて神々は自分に使命を託していると信じたからである。オリバシウスへの手紙に記《しる》したあの夢も彼の決断に一役はたしたにちがいない。

正帝即位を受諾した年の十一月、ユリアヌスは宗教寛容令を発布した。古来の神々をコンスタンティウス二世の宗教政策から解放するためである。古き神々はユリアヌスを必要としていた。

翌三六一年、コンスタンティウス二世は、ペルシア戦線を一時凍結し、ユリアヌス征討のため西方に向かった。アンティオキアの軍営を進発するとき、幕僚会議において、これは戦争などというものではなく単なるユリアヌス狩りにすぎない、と彼は豪語した。軍事力の差は歴然としていた。

対するユリアヌスは、ガリア軍団を三軍に分け、陸路とドナウ河とによって要塞都市シルミウムの攻略を計画した。東西の接点に位置するこの都市を掌握すれば、西方の守りが容易になり、東方への進出も展望できる。

作戦は実行に移された。ユリアヌスの本軍はドナウ河の艦隊で目的地に急行し、陸路の二軍を待って、シルミウムを包囲した。

その頃、コンスタンティウス二世の大軍は小アジア（現トルコ半島）の付け根のキリキア地方を行軍し、半島を横断しようとしていた。ところが、その十月末日、コンスタンティウス二世は急病に襲われた。急遽、皇帝専用馬車で近くのモプスクレネの町に運ばれた。数日間、瀕死の状態がつづいた。十一月三日、コンスタンティウス二世は、後継者にユリアヌスを指名して死去した。

同時代の歴史家アンミアヌスは、

「皇帝が死の床でユリアヌスを後継者に指名した」

と記している。

しかし、アンミアヌスはユリアヌスの礼賛者なので、この証言はユリアヌスの帝位継承を正当化するための捏造《ねつぞう》ではないかとも疑われてきた。はたしてどうだったか。

確かにこの遺言はユリアヌスの帝位継承をコンスタンティウス二世の意志にもとづくものとして正当化する。しかしこれが捏造だとすると、ユリアヌスの礼賛者であるアンミアヌスが、コンスタンティウス二世を、死に臨んで帝国の内戦を回避した偉大な皇帝であったと、理想化したことにもなり、ややつじつまが合わぬかもしれない。皇帝の末期《まつご》の場には、それなりの人びとも臨席していただろうし、皇帝死後、東方の将軍たちはすみやかにユリアヌスに忠誠を誓ったように見える。そうであれば皇帝の遺言が真正だったことを示唆する。

しかし、遺言が真正だとすると、あの猜疑心の強い、激情に駆られてユリアヌス征伐に向かったコンスタンティウス二世の、最期の、土壇場《どたんば》での、心の転回が問題となる。歴史は一人の皇帝の力で動くものではないが、時には、ある瞬間、一人の決断が歴史の岐路を分《わ》かつ場合もある。今がその場合である。内戦か内戦回避かの。コンスタンティウス二世の心のなかに入ってゆかねばならない。

ユリアヌスがガリアで正帝についた時、コンスタンティウス二世は激怒した。しかしそれは、信頼した者に裏切られたといった性格のものではなく、怒りには暗くうずくような、じめじめとした後ろめたい感情がこびりついていた。彼の意識のなかで、ユリアヌスはつねに彼の殺害したユリアヌスの父や兄の存在と絡みついていたからである。かと言って、むろんユリアヌスを正帝として受け容れる気はない。

「父と兄の死の代償を払えとでも言うつもりか」

と、彼は壁に向かって叫んだ。

コンスタンティウス二世にとって、キリスト教は政治の問題であって信仰の問題ではなかった。やましさだとか、良心の呵責《かしゃく》だとか、しおらしいことを言っていたのでは帝国の運命に責任を持てない。今度のアンティオキアからの進軍の場合も、がむしゃらに内戦の道を突き進んできたのは、ユリアヌスに対する自分の暗い感情を切り捨て、自分と帝国とを一つのものとし、帝国の禍《わざわい》の根を断つという気持からだった。正確にいえば、そうした気持を立てるためだった。そう思おうとした。

しかしその途中、病気に襲われた。突然、死が近づいてきた。

自分はこれまで、良心を捨ててまでも帝国に仕えてきた。帝国の安定のために汚い仕事もした。自分ほど帝国に犠牲を払った者はいない。親族すらも帝国のために犠牲にしたのだ。コンスタンティウス二世はそう思ってきた。あるいは、そう思おうとしてきた。

しかし死が迫ってきた。自分を帝国から引き剥《は》がすような死が。本当にそうだったたか、帝国に仕えるために彼らを抹殺したのか、ひょっとして自分の敵を帝国の敵とみなしてきただけではなかったか。

帝国が、死にゆくコンスタンティウス二世に言った。

「おまえの方が私を利用してきたのだ」

「誰だおまえは」

コンスタンティウス二世が今際《いまわ》のきわに臨んだ時、彼はもはや自分と帝国とを一体のものとみなすことができなくなった。帝国は後景に退き、代わりに死者たちの幻影があらわれてきた。ユリアヌスの父の青褪《ざ》めた顔が浮かび、どこからかガルスの狂気じみた叫び声が聞こえてくる。帝国から剥離されたコンスタンティウス二世の孤独な魂は、ずるずると底のない穴にひきずり込まれる恐怖に襲われた。その恐怖のなかで、ミラノ宮廷に召還した時のユリアヌスの淋し気な面影が見えた。あの時、ユリアヌスをも処刑に付すつもりだった。しかし思いとどまった。皇后エウセビアの執りなしがあった。しかしその執りなしを受け入れることができたのは、ユリアヌスのなかに自分への憎しみを感じなかったからである。そのユリアヌスとなぜ内戦に突入しなければならないのか。ペルシア国境線が危機だというのに。——ユリアヌスを帝位継承者に決め、内戦回避を決めた時、彼のなかに再び帝国との一体感情がよみがえってきた。だから彼は遺言を残した。

コンスタンティウス二世の遺言はシルミウムのユリアヌスの軍営に伝えられた。

三六一年十二月十一日、ユリアヌス軍は静かにコンスタンティノポリスに入城した。

ユリアヌスは正式に帝位についた。

皇帝コンスタンティウス二世の葬儀が、キリスト教の方式で荘重に執り行われた。

葬儀後、前皇帝下の官僚に対する裁判がカルケドンで行われた。カルケドンは海峡の対岸にある都市である。この都市での裁判はとりわけコンスタンティノポリスの元老院議員や有力市民に対して、これまでの政治、これまでの政策が今や破棄されたことを強く印象づけることになっただろう。

告発された人びとはすべて官僚である。

元秘密警察官アポデミウス、元書記官キリヌス、帝室財産管理長官エヴァグリウス、宮内長官エウセビウス、官房長官フロレンティウス、イリリクム道長官フラヴィウス・フロレンティウス、元官房長官パラディウス、書記官「鎖の」パウルス、元官房長官ペンタディウス、軍馬徴発官サトゥルニヌス、イタリア・アフリカ道長官タウルス、帝室財務長官ウルスルス。

ユリアヌス側の裁判人は二名の官僚と四名の軍司令官である。オリエンス道長官サルティウス、帝室財務長官マルメティウス、騎兵軍長官アルビティオ、歩兵軍長官アギロ、騎兵軍長官ネヴィッタ、歩兵軍長官ヨヴィヌス。(小坂俊介「カルケドン裁判考」東北史学会『歴史』一一六号から)

カルケドン裁判は軍団将校たちが臨席し、軍事法廷という性格を帯びていた。軍と官僚とは共存関係にあるけれども、皇帝の下にあってどちらが覇権を握るか、絶えず権力闘争がある。

軍長官アルビティオとアギロは、ユリアヌスに対抗するコンスタンティウス二世麾下《きか》の将軍だったが、裁判人の側に立っている。コンスタンティウス二世の遺言に従ってユリアヌスへの忠誠を誓った結果だろう。それに対して高級官僚が被告になっているのは、軍部の官僚に対する闘争と同時に、これまでの、ユリアヌスに対立してきた経緯《いきさつ》がある。しかし根本のところではコンスタンティウス二世中心の政策体系とユリアヌス中心の政策構想とのくい違いに起因している。カルケドン裁判は政策を変えるための裁判である。

カルケドン裁判以後、ユリアヌスの短い統治期間に出された法令のなかで、三六二年六月十七日付の教師に関する勅令が、これまで注目されてきた。

ユリアヌスはこの勅令によって、コンスタンティヌス大帝以降のキリスト教推進政策の流れを阻止しようとした。勅令は、高等教育の眼目をなす修辞学、文法、哲学、古典学をキリスト教徒が教えることを事実上、禁じた。ただし勅令じたいは、キリスト教について言及せず、次のように語るのみである。

学問の教師《マギストロス》および講師《ドクトレス》は、第一に品性《モレース》において、次に雄弁において、卓越していなければならない。

しかし私〔皇帝ユリアヌス〕自身がそれぞれの都市に行くわけにはいかないので、教師になることを望む者は、性急に安易にこの職務に駆けつけるのではなく、都市参事会において、都市貴族たちの一致した同意によって、〔品性・雄弁が卓越するという〕証明書をえるべきことを、私は命じる。次にこの証明書は私が審査するために提出されることになるが、それはわれわれの判定

によって、都市の学校教師となる者の威信を高めるためである。（テオドシウス法典XIII,3,5）

この勅令が、なぜ、教師の職務からキリスト教徒を排除することになるのだろうか。その理由をユリアヌス自身が、宛名とタイトルの欠けた手紙のなかで説明している。手紙はギリシア語で書かれ、ビュデ版校訂者によって帝国東方のキリスト教徒たちに宛てたものではないかと推測されている。

真実の教育《オルテー・パイディア》は、私たちからすれば、詩句《レーマ》と言葉《グロータ》との華美な調和ではなく、思考力をもつ知性の健全な営みと、善悪、美醜についての真実の意見〔の育成〕にある。それゆえ、自分自身の考えとは別のことを生徒に教えようとする者は、誠実な人間《クレーストス・アネール》であるべき教育者から、その分遠ざかっているように思われる。

考え《グノーメー》が言葉（表現）と一致しないのは、なるほど良くはないが、少々の程度は我慢することができる。それに対して、大切な事柄に関して、ある人が自分の考えとは反対のことを教えるのであれば、それは決して誠実《ウーティ・クレーストーン》ではない。それは、小売商人たちの悪しき営みと同じことをしているのであって、彼らは最も卑しむべきことを最も良しとしているのである。……

ああ、何ということか。ホメロス、ヘシオドス、デモステネス、ヘロドトス、トゥキディデス、イソクラテス、リシアス、彼らすべてにとって、神々こそ教育の導き手だったのではなかったか。彼らのある者たちは神ヘルメスにみずからを捧げ、他の者たちは神ミューズを尊崇したのではなかったのか。それなのに、彼らの作品の解釈者たち《エクセーグメノイ》〔教師たち〕は、彼らの尊敬したその神々を軽蔑しているのだ。異様《アトポン》だ、としか私には思えない。けれども、異様だからといって、彼らが若者たち〔学生たち《スプーダイア》〕と共にあってはならぬと私は言っているのではない。彼らが、自分自身で真実なこととはみなさぬことを教えるのをやめるか、それとも、〔古典を〕教えることを望むならば、彼らの解釈するホメロスもヘシオドスもその他の者も決して……ではなく、神々に対して無分別で不敬虔な思いを抱いたことがないと説くか、その選択肢を私は与えているのである。〔原テキスト一部破損〕。（勅令およびこの手紙は、ビュデ版、Lettre et Fragments, no. 61）

ユリアヌスは、少年時代から青年時代までの幽閉生活の間、ギリシア・ローマの古典作品の描き出す世界に生きてきた。小さな子供がグリム童話などを読む場合、その物語世界の中に入りこみ、森や野をさまよい、緑の景色を目で見、野イチゴを味わい、花の香《か》をかぎ、主人公とひとつになって冒険に満ちた旅路を歩んでゆく。ちょうどそのように、彼ユリアヌスは古典作品の中に入りこみ、閉ざされた現実から脱け出して生きてきた。彼の世界のなかで神々は現実に存在していたし、人間に対して親密な関係を結んでいた。ユリアヌスの、子供のように純粋な心は、日常の現実に磨滅されぬ恐るべき真面目《まじめ》さで、神々の世界を信じないキリスト教徒たちが、それにもかかわらず神々の世界を語る古典作品を教えることに、「異様な《アトポン》」印象を受け、「誠実ではない《ウーティ・クレーストーン》」と感じるのである。修辞学や文法や弁論術も古典作品を基礎としている。それらは決して美辞麗句だけの技術であってはならないのである。

教師に関する勅令は、子供のように純粋なユリアヌスの信仰告白である。しかし彼は子供ではなく帝国統治にたずさわる者である。だから勅令には政治意図がこめられている。一つには、勅令が教師の資格審査を都市参事会に課したことから分かるように、都市の上層市民がギリシア・ローマの古典世界の担い手になることを企図している。つまり勅令は審査される側の教師だけでなく審査する側の都市が、資格審査の担い手として、キリスト教から古典世界へ回帰することを期待している。

もう一つには、修辞学、文法、弁論術は、都市市民の教養科目であるばかりではなく、官僚・官吏となるための必須科目なのだから、この教育課程からキリスト教徒を排除することによって、将来、官僚・官吏からもキリスト教徒を排除することを意図している。

ユリアヌスの時代は、もはやキリスト教に対する直接的な迫害や弾圧が可能な時代ではなく、表面上は宗教寛容策をとらざるをえない。だからこそユリアヌスは、教育の領域を押さえて、時間をかけてキリスト教の趨勢を抑止しようと考えた。

むろん、しかし、教師に関する勅令のような、時代の流れに反する勅令や布告をいかに発令しようとも、それらがただちに実効力をもつわけではない。それらに威力を吹き込まねばならない。すでにユリアヌスは、コンスタンティウス二世の遺言によって帝位についた時、そうしたことのための決意を固めていた。すなわち彼はササン朝ペルシアに対する大規模な遠征・征服計画を立てていた。もしこの計画が成功すれば、過去のローマ帝国の栄光がよみがえり、ユリアヌスのもとで時代の流れを変えることができるだろう。

その、驚くべき決意はどのように生まれたのだろうか。コンスタンティウス二世の遺言の場合と同じように、今度は彼ユリアヌスの心のなかに入ってゆかねばならない。

以前、ユリアヌスが要塞都市シルミウムで、強大な皇帝軍に対し劣勢な兵力でいかに戦うか苦慮していた時、コンスタンティウス二世の急死と遺言を伝える使者が来た。使者は皇帝の有力な将軍アギロだった。血を流して戦うはずの相手が戦わずして忠誠を誓った。文字通りの奇跡だった。死を覚悟していたユリアヌスの軍営は熱狂に包まれた。

熱狂が去ったあと、ユリアヌスはひとり内省に沈んだ。

――奇跡はなぜ起きたのか。神々の心はどこにあるのか。サンス防衛戦やストラスブールの戦いの時にもローマの神々による奇跡があった。しかし今度の場合、相手はアラマンニ族ではなくローマ帝国の皇帝である。死は誰彼区別なく襲う。皇帝の死それじたいが不可思議なわけではない。問題は死が皇帝を襲った時と場である。皇帝軍がわが軍を討つために小アジアを横断しようとした時、その時その場で、死は最高軍司令官である皇帝に臨んだ。一体なぜ神々は皇帝を撃《う》ったのか。キリスト教徒だったからか。しかしそれは今に始まったことではない。死の時と場――、そう、そうなのか、皇帝はペルシア戦線を離脱して内戦の道を急いだ。それこそ神々の意志に反する行為だったにちがいない。皇帝がたとえキリスト教徒であろうとも、ローマの神々は、ローマ帝国の栄光のためにはその皇帝をも用いようとされてきたのではあるまいか。しかし皇帝は神々の与えた部署を放棄した。その時、皇帝に死が臨んだ。そして、神々は自分に帝位を与えた。皇帝の将軍たちは今や自分の側に立った。神々が自分をペルシア戦線へ招くためである。こうした想いに至った時、ペルシア征服戦争は神々がユリアヌスに託した緊急の課題となった。

三六二年、教師に関する勅令を発布した年、ユリアヌスは東西両軍を併合してアンティオキアに移動した。

翌三六三年、ユリアヌスの六万五千の大軍団はアンティオキア近郊の陣営からメソポタミアに向かって進発した。

アレッポ、ヒエラポリスを経て、カッレに到着、その後、全軍は二つに分かれた。将軍セバスティアヌスとプロコピウスの率いる三万の軍勢はカッレから北東方向のチグリス河上流地域に向かった。その地からローマ宗主権下のアルメニアの補助軍を加えて、チグリス河中流の王都クテシフォンをめざす。

もう一軍、ユリアヌス本軍三万五千は、大輸送船団とともにユーフラテス河を下降し、その中流にある運河でチグリス河に出て、カッレで分かれた別軍と合流し、王都クテシフォンを攻撃する。

輸送船団は大量の糧秣、攻城櫓・弩砲《どほう》・破城槌《つち》などの攻城具、接城土手や堡塁《ほうるい》を築くための土木工事用の道具類、などのため数百隻の大規模なものとなった。

ユリアヌス軍はユーフラテス河畔都市カリニクム（現ラッカ）でこれら船団の補給（必要物資の積込み）を完了してから、一日二十五キロの行程で進軍した。途中、ペルシアの都市や軍事基地の掃討戦を展開した。ペルシア領の奥深く、未知の世界に入るにつれて、伏兵戦や奇襲戦を被り、少しずつ被害を受けるようになる。

ある日、ローマ前衛軍は入り組んだ地形を避け、見通しのよい広広とした緑の耕地を進軍していた。遠方に村落や家屋が見えるが、奇襲や伏兵の虞《おそれ》はなかった。濃紺の大空に白い太陽が輝き、視界は広がっている。人影はなく、真夏の静寂ばかりがある。突然、その静寂を破って地鳴りのような響きがした。驚いて目を向けると信じられぬような光景が映った。はるか遠方から、ユーフラテス河の堤防を決壊した奔流が、まるでのたうちまわる龍のようにわななき咆哮《ほうこう》し、銀色の鱗《うろこ》に太陽を反射させながら、風景を一瞬に変え、すべてをなぎ倒しすべてを飲み込んでやってきた。前衛軍は本軍に戻らなかった。

ついに、ユリアヌス軍は魔性のひそむペルシアの奥深く、ユーフラテス河とチグリス河とをつなぐ「王の河《ナハー・マルカ》」に至った。この運河によって、軍団兵や軍馬をピリサボラ（現アンバール）の河港からチグリス河沿いの都市コチェに近い河岸に移した。その後《あと》、大河を背に、数キロに及ぶ堡塁《ほうるい》を築造した。土壕を掘って、その土で土塁を築き、杭《くい》を打ち込み防柵と胸壁《きょうへき》を立てるのである。

この防御陣営のなかでチグリス河を下降して合流するはずの別軍を待つ。

一週間、二週間、ついに三週間が過ぎた。別軍は姿を見せない。

ユリアヌスは自軍だけで王都クテシフォンの攻撃を決意する。何かがユリアヌスを急がせる。軍団兵の士気に自信が持てなくなったのかもしれない。軍団兵のなかにはキリスト教徒も多い。

王都包囲後、攻城戦が始まった。

いっさいの試みにもかかわらず王都クテシフォンは落城しなかった。

王都の十数ヵ所の城門には、それぞれ三重の分厚《ぶあつ》い門扉が左右の城壁に嵌《は》めこまれている。その城門を、がっしり高くそびえる円塔が守っている。しかも、王都の城壁はこれまでローマ軍が経験したことのない厚さと高さを持っていた。破城槌《つち》用の亀甲車を組み立て、城壁に攻撃を加えても、頑丈な城壁は崩れない。反対に、敵の弩砲《どほう》や投石機などによる味方の被害が広がった。攻城櫓も王都の城壁を越える高さに組み立てるのが難しく、組み立ての途中油の皮袋を結《ゆ》った敵の火杭が次々と放たれ炎上もした。

もはや王都を落とすには、長期にわたる兵糧攻めか、それともチグリス河の水路を一部変えて王都のなかに奔流させるしかない。しかしそのいずれも別軍三万との合流なくしては不可能だった。まだ姿を見せぬペルシア本軍を予想せねばならないからだ。

王都攻略の見通しがつかぬまま時が流れる。

やがてユリアヌスは、遠方に放った斥候から迫り来る危険を知った。ペルシア帝国各地域の総督軍がようやく連携を果たし、ペルシア本軍となって王都に向かい始めたのだった。

もはや別軍の到着を悠長に待ってはいられない。朝、得体《えたい》の知れぬ黒鳥が不吉な方向へ飛ぶ。

ユリアヌスは幕僚会議を開いた。攻城戦を打ち切って、こちら側から別軍との合流に向かうことを決める。総力戦はその合流を果たしてからのことだ。問題は数百隻に及ぶ輸送船団の扱いだった。ユーフラテス河に比べ流れの速いチグリス河を溯《さかのぼ》るのは困難だ。上流から敵が大木などを投げ込めばただちに被害と混乱が広がるだろう。その後《あと》、ペルシア艦隊の襲撃が続くにちがいない。

輸送船団と輸送物資を敵の手に渡さぬために、一隻残らず焼滅させることを決定する。ユリアヌスの顔も指揮官たちの顔も青褪めていた。

その時が来た。

夜のチグリス河が火に燃える。延延とつづく船団は次々と火柱を立て、水流に翻弄され火の乱舞を描く。河音と炎の音響とが入り混じって、うめき底ごもる声を上げる。何かを訴え、泣き叫び、ぶつかりあって歯ぎしりし、たがいにせめぎあい、炎のなかに崩れ、帆柱が燃え落ちて絶叫する。やがて炎の船は一隻、また一隻、次次と浮遊する霊魂のごとくに去ってゆく。それは、軍団兵たちの眼に、ローマの栄光の消えゆく姿に映る。

この時から、将兵の士気は決定的ともいうべきほどに低下した。彼らはもはや生きて帰ることしか望まぬようになった。

ユリアヌスのローマ軍は輜重隊《しちょうたい》を編成し、その前後を軍団が守る形で行軍する。輜重隊の進行速度が全軍の進行速度を決めることになる。危険な地形を避けながら属国アルメニアの方向をめざす。後方、彼方《かなた》に、白い砂煙が見えた。敵の騎兵軍が長蛇のローマ軍末尾を襲撃しようとしていた。とっさにユリアヌスは馬に拍車をかけ、軍列後尾に疾駆した。ペルシア騎兵隊が急接近し、次々と槍を投げ込みながら大きく旋回して去った。ユリアヌスは落馬した。一本の槍がユリアヌスを貫いたのである。ユリアヌスは言葉を遺さずに死んだ。

ローマ軍はペルシア側と交渉するために新皇帝を選んだ。ペルシア王シャプールは戦闘による損失を回避するため交渉に応じた。交渉は、ペルシア側にとってこれまでにない有利な約定で終わった。

＊

アリピウス、アウグスティヌスを語る
――四三〇年九月朔日《さくじつ》　ヒッポ・レギウスの修道院にて

その一、幼少期について

ヒッポ・レギウスの都市《まち》は今、ヴァンダル族に包囲され、神の試練のなかにあります。ボニファティウス指揮官の軍によって防御されているとはいえ、都市《まち》の人たちばかりではなく、あなた方もまた不安に包まれているかもしれません。いや、このような状況のなかで、どうして胸をしめつける不安を免れることができましょう。あなた方のなかには、神を恃《たの》む者が不安に襲われ呻吟することに罪のようなものを見て、自分には十分な信仰が欠けているのではないか、と思う人もいるかもしれませんが、そのような内心のささやきに耳を傾けてはなりません。私たちは虚無のなかから神によって創られ、存在を与えられた者なのですから、たえずその虚無へと転落する淵をさまよい、私たちを創られた方から離れ去ってゆく危険にさらされています。毎日毎日の何事もなく繰り返される時の流れ、その惰性《だせい》のなかに虚無へと口を開く淵があるのですから、時に私たちは不安に促迫され、むしろその心

のきしみによってみずからを神に投げ込むことができるのです。そこに私たちの祈りがあるのです。押し迫る不安が、いかに不気味で黒黒としたものであっても、それは罪の疼《うず》きではなく、ましてや怖れではありません。私たちは不安のなかで神に向き直るのですが、怖れのなかで神から逃亡を始めます。ヒッポ・レギウスの都市《まち》が、ヴァンダル族に包囲されたからといって、決して怖れてはなりません。

何故《クアレ》、諸族《ゲンテース》は騒ぎ立ち、
諸部族《トリブース》は虚しく声をあげるのか。
諸王《レーゲース》は立ち構え、
諸支配層《プリンキペース》はともに計《はか》り、
主とその油注がれた者《クリストゥス》に逆らって言う、
　われらは彼らの枷《かせ》をこわし、
　彼らの縄を立ち切って捨てるであろう、と。
天に座する者《ハビタール・カエリ》は笑い、
主は彼らをあざけるであろう。

この詩篇の言葉があなた方と共にありますように。

一昨日、エラクリウス修道院長が私の居室を訪《たず》ねられて、司教アウグスティヌスの追悼のために、そして若き修道士のあなた方を励ますためにも、司教アウグスティヌスの生涯について今宵《こよい》一夜、語ってくれないだろうか、というお話がありました。私はアウグスティヌスとは少年時代から共に過ごしてもうすでに五十年にもなりますから、語ることは多くありますけれども、むしろそのため大切な要点を見失い、過ぎ去った日々への郷愁に引きずられてしまうおそれもあり、修道院長のお求めに応《こた》えることができるかどうか、躊躇《ちゅうちょ》しました。けれどもアウグスティヌスについて語っておくことは老齢のわが身の最後に果たすべき責務のようにも感じましたので、彼の生涯を語る際に必要と思われる彼の著作や私じしんの備忘録なども用意して、お話をさせていただくことにしました。私は正式な時以外には、いつも彼をアウグスと呼んでいましたので、今もそのように呼ぶことを許していただきたいと思います。彼は私にとって導き手であり、兄であり友でありましたが、何よりも神を中心とする円の、その円周上にあって神を礼拝する信仰仲間でしたし、あなた方もまたその円周上にある仲間、兄弟にほかなりません。

アウグスが生まれたのは三五四年のことです。この年はコンスタンティノポリスに帝都を置くコンスタンティウス二世が、西方ガリアのマグネンティウスの乱を鎮圧して、帝国全体の単独皇帝になった年で、この北アフリカの地もその統治下に入りました。その後《あと》、コンスタンティウス二世が崩御して副帝ユリアヌスが帝位を継承したのは三六一年、アウグス七歳の時ですが、ユリアヌス帝の時代は短く、二年後の三六三年にはペルシア遠征中に戦死してしまいます。それはアウグス九歳の時のことになります。この両帝の時代は、アウグスの幼少期ですので、彼の生涯を語るに際して、特別に重要な時期だったとは言いかねるとは思いますが、しかし彼の両親を通じて、この時代は彼の内面形成に言い知れぬ影響を及ぼすことになったかと、あとから振り返ると、そう思えてなりません。

御承知のように、アウグスの母モニカは熱心なキリスト教徒でした。キリスト教徒と一口にいっても、当時、帝国東方はキリスト教アリウス派の勢力が強く、帝国西方はキリスト教ニケア派カトリックの勢力が強いという違いがあって、西方の、母モニカの一族はニケア派カトリックに属していました。それに対してタガステの都市《まち》の参事会員（都市貴族）だったアウグスの父パトリキウスは、ローマ古来の神々や伝統を守る家系に属しておりました。この異質な信条を背景にもつ二人が、それにもかかわらず一つの家族を作ることのうちに、この時代の過渡期としての性格が現れていたのかもしれません。

コンスタンティヌス大帝以来、キリスト教が着実に、かつめざましく興隆してきましたが、しかしその背後には古来からの祭儀や慣習に育まれた宗教気質も脈々と流れていて、ユリアヌス帝の短い時代は、この底流にあるものが突如として表に噴出してきて逆流現象を引き起こした、ということができるかと思います。私にはこの二つの異質な、本来は対立するはずの流れが、アウグスの母と父を通じて幼少期の彼の心のひだのなかに染《し》み通っていくことになったと思えるのです。

まず母モニカの方からですが、彼女がアウグスやその兄、弟、妹に対して、幼少期から熱心にカトリック教会の信仰を教えて、子供たちの心情に強い十字架の刻印を施したことは確かな、よく知られたことで、たとえばアウグス自身が『告白』のなかで、子供時代、急病に襲われもう治らず死んでしまうと思った時、自分からすすんで教会の洗礼を受けたいと母に言った、と回想しているほどです。幼いアウグスは母モニカから信仰の手ほどきを受け、日曜日や聖日には欠かさず教会に通い、家のなかにあってもモニカの醸す敬虔な空気を吸って育っていったのでした。

それでは父パトリキウスの方はどうなのでしょうか。アウグスは母モニカに比べ、父パトリキウスについては『告白』のなかでほとんど寡黙ともいうべき姿勢を守っておりますけれども、それは父から受けた影響が小さいからではなく、おそらくむしろ反対で、その影響があまりに強かったので、そこから脱却するためにながらく精神の彷徨をつづけねばならなかったからなのだと私には思われます。しかし父からの影響というふうなものは、ちょうど空気を吸うように、意識することなく気づくことなく知らず知らずに受けていくものですから、そのありさまについていったいどのようにお話すればよいのか……。

あなた方はすでに『告白』をお読みですから、幼少期のアウグスが、学校教師の鞭《むち》を回想して、「当時の私にとって、それはまことに重大、深刻なわざわい（悪《マルム》）だった」と記していることを覚えているでしょう。いつの時代どのような子供でも教師の鞭打ちをいやがるのはあたりまえのことですけれども、アウグスの場合、いや彼に限らず、学校教育を受ける都市参事会員の子弟たちにとって、教師の鞭打ちはその痛さのためというよりも、それが奴隷や非自由民に対する罰で、すでに培われてきた彼らの誇りの感情を打ち砕き恥辱に突き落とすものであったからこそ悪《マルム》そのものだったのですが、アウグスはそのような誇り高い感情を生まれた時から、タガステの都市《まち》の参事会員でローマ人の伝統に生きる父パトリキウスから受け継いだのでした。

アウグスが初等教育を受けた時代は、短いユリアヌス帝の時代とも重なります。この皇帝は教師に関する勅令などを公布して、学校教育からキリスト教徒を排除し、都市貴族層を中心として各地の都市世界を古い伝統の上にひきもどそうとしました。むろんユリアヌス帝の治世は短かったので、教師に関する勅令などは間もなく実効性を失いました。それはそうなのですが、ユリアヌス帝のさし示したこうした方向性は決して彼ひとりだけの思いつきなのではなく、さきほど申しましたように、時代の底流の表出とでも言うべきものでしたから、その後もながく尾をひいてゆきます。ところで、まさに父パトリキウスはそのような古い伝統のなかに生き、アウグスをちょうどユリアヌス帝がさし示した方向に沿うように育てようとしたのです。彼はアウグスが初等教育を終えると、ずいぶん苦労して資金を集め、修辞学、文法、弁論術などを学ばさせるために、学園都市マダウラに留学させました。マダウラには優秀な教師が集まっていますが、異教徒の都市《まち》です。都市の広場には多くの神像が立ちならんでいて、人びとはそれらを神霊の化身とみなしておりますし、そのような環境のなかで教師たちは異教の神々を主人公とする古典作品を教えるのです。ユリアヌス帝にとってマダウラは、最も賞賛すべき模範都市だったでしょう。少年期のアウグスが異教徒になったと言っているのではありません。しかし彼はその環境に違和感をもたず、古典作品のなかに入り込みそのなかに生きる最も優秀な学生のひとりでした。

　ですから幼少期アウグスのなかには二つの魂があります。母モニカから生まれ、母モニカに育てられたアウグスは生まれながらのキリスト教徒です。父パトリキウスの子アウグスは、生まれながらの誇り高きローマ人です。いつしかこの二つは衝突せざるをえません。さようです、私は将来の彼の回心のことを言っているのです。しかし、もっと正確にいえば、彼の内なるローマ人の、キリスト教への回心、ということになるでしょう。つまり彼の回心は、彼ひとりの問題ではなく、ローマ人全体が一千年の伝統とともに一度死に、キリスト教徒として新しく生まれかわってゆく、その死と再生のドラマを切り開いてゆくという課題を背負うものだったのであり、そのためにこそ彼は神に遣《つか》わされてきたのである、と私には思えるのですし、後《あと》からふり返れば彼の幼少期もその課題を担うために与えられていたとさえ思えるのです。幼少期を抜きにしてアウグスを語ることは、彼の生涯が担った意味を取り逃がすことになりかねません。

私の言いたいことを理解していただくために、アウグスより年長の世代の、といっても彼とも交流のあったヒエロニムスの回心について触れてみたいと思います。そうです、聖書を原典からラテン語に訳したあのヒエロニムスです。――彼はキリスト教徒になってから故郷を離れてローマにしばらく滞在し、その後エルサレムに行って、その地で断食や徹夜、悔い改めなど激しい苦行生活をつづけたそうですが、その苦行の余りの激しさのため痩《や》せ衰え、とうとうある四旬節《しじゅんせつ》の折、生命の炎がかき消えてしまう程の状態に陥ってしまい、周囲の人びとが葬式の準備すらも済ませてしまった頃、彼自身の言うところによれば、突然、彼の霊は引きさらわれ、裁く者の見下ろす前に置かれたそうです。おびただしい光があふれ、あたりに立つ者たちからも輝きが出て、その光に威圧されて眼差《まなざ》しを上げる勇気すらも起こせないでいると、汝は何者であるのか、という信仰位置《コンディキオ》を訊《たず》ねる問いかけがあったので、私はキリスト教徒ですと答えると、裁く席の者が、汝は偽りを語っている、汝はキケロの徒でありキリスト教徒ではないと言い、鞭打ちの刑を命じたそうです。その鞭打ちの最中、ヒエロニムスの回想によれば、耐え難い良心の苦しみさえも襲ってきて、彼は大声で主よ私を憐れみたまえと詩篇の言葉を叫び始めると、その声は鞭打ちの音に混じり、とうとう陪席していた人びとの執りなしと嘆願があって、また彼自身も今後、世俗の書を読まぬと誓って、かろうじて地上の世界にもどって来ることになった、と言うのです。

ヒエロニムスは、キリスト教徒になった後でも、キケロやプラウトゥスなどの輝かしい古典作品のなかに生き、誇り高きローマ人の伝統を培っていたのでした。鞭打ちはその誇りを打ち砕こうとするものにほかなりませんでした。ちょうど幼少期のアウグスの場合のように。

むろん私は異教徒の作品を読むべきではないと言っているのではなく、ヒエロニムスやアウグスたちの、あの時代に生まれた人びとが共通にかかえた課題のことを言っているのです。ながいローマの伝統のなかに生きる人間がキリスト教徒になるためにはいかに根源からの回心が必要か、しかしその回心はひとたび起きるならば決してその人個人の運命だけにかかわるものではなく、ローマ人全体の起死回生につながってゆくものであり、アウグスは父パトリキウスと母モニカの子としてこのような時代の課題をまさに全身に担った人であったということ、このことをこそアウグスの幼少期に関して私がお話ししておきたかったことなのです。

第一章　ウァレンティニアヌス帝とフィルムスの乱

三六三年の春、ユリアヌス帝はペルシア遠征軍六万五千の兵を率いてアンティオキアを出立したが、同年の秋、遺骸となってアンティオキアに戻った。

ペルシアとの撤退交渉のため選ばれたヨウィアヌス帝は、帰還後六週間、アンティオキアで兵団に休息を与えた。その後コンスタンティノポリスに向かったが、途中、不慮の死をとげた。自然死なのか暗殺なのか判然としない。あれこれ噂は流れたが、またたく間に消えた。軍事英雄ユリアヌス帝の戦死、ローマ軍団の敗退――この事実を前にして、一時《いっとき》の交渉役を果たしたにすぎぬヨウィアヌス帝の死など語るに値しなかったかのごとくに。

将軍と官僚たちは、都市ニカイアで軍指揮官ウァレンティニアヌスを新帝に選出した。

ウァレンティニアヌスは属州パンノニア（現ハンガリア）出身で親子二代にわたる生粋の軍人だった。ペルシア戦に参加した指揮官のひとりだったが、ユリアヌス帝の側近というほどではなく、ガリア軍団と旧コンスタンティウス二世の軍団とに対し等距離の位置にあった。また彼は中央官僚制を重視する立場をとっていたから、自然と宮廷官僚の支持が集まった。
コンスタンティウス二世時代、官僚勢力が軍将軍たちを睥睨《へいげい》していたが、ユリアヌス帝即位とともにガリア軍団はコンスタンティノポリスの主要官僚を訴追し、軍の優位を確立した。今、ユリアヌス帝の死と敗戦によってその優位は大幅に揺れ動いた。ウァレンティニアヌス帝の選出は軍官妥協の結果でもあった。

新帝ウァレンティニアヌスは、背が高くがっしりとした体つきで、皮膚は白く、髪には金髪が混じっていて、荒々しく暗く光る青味がかった眼をしていたという。明らかにウァレンティニアヌスにはゲルマン系の血が混じっている。生粋の軍人だったから修辞学や古典学の深い素養があったわけではないが、独力でラテン語を身につけ韻を踏む文章を書くこともできた。ゲルマンの血が混じる風貌だったから、努力してふつうのローマ人以上にローマ人になったのかもしれない。あるいは、官僚と提携する必要を強く自覚していたからかもしれない。

新帝ウァレンティニアヌスの直面した課題は、ペルシア戦争敗退後の帝国国境線の防衛だった。大きな損傷を伴うローマ軍の敗退は広大な帝国国境に不穏な状況を生み出した。
ライン河の国境線、ガリアやブリタニア島の海岸線、北アフリカの半砂漠地帯、ドナウ河流域、小アジアの山地、シリア地方など、いずれも掠奪民族の襲撃にさらされた。これらに対応するためウァレンティニアヌス帝は帝国を二分し、弟のウァランスを東方の皇帝に立て、みずからは危機の度合の深い西方の防衛にあたった。

実際、ウァレンティニアヌス即位の翌年、三六五年、アラマンニ族の大軍がライン河を渡河、ガリアに侵入した。この時からほぼ十年に及ぶ対アラマンニ族戦争が始まる。ニーダー・ラインでは、フランク族が船隊を組んで河川沿岸地帯への襲撃を始めた。これに対抗して、ボーデン湖からニーダー・ラインまで一連の要塞を敷設せねばならなかった。

しかしこの時期の主要な敵はやはりアラマンニ族だった。三六八年の復活祭の時、アラマンニ族王ランドスの軍勢は北イタリアの重要都市ミラノを襲撃した。深刻な不安が広がった。ウァレンティニアヌス帝は威信をかけて反撃に転じる。モエヌス（現マインツ）付近でライン河を渡り、ランドス王の城塞を破壊して、アラマンニ族領に進出するための軍事基地を築いた。しかし翌年、ネッカール川付近の戦いの時、ライン河右岸のこの拠点基地を失った。

さらにその翌年、三七〇年、アラマンニ族は再び北イタリアのラエンティア地方を侵略した。この時はテオドシウス将軍（のちのテオドシウス帝の父）がこれを撃退し、大量の捕虜を得た。ウァレンティニアヌス帝はこの捕虜を軍事奉仕義務をもつ農奴《ラエティ》としてポー平原に移植させた。敵の捕虜をも自らの軍事予備軍として使わねばならない状況だったのである。

アラマンニ族と戦っている時、ブリタニアでも外部からの侵略が激化した。

三六七年、ピクト人、スコット人、アラコッティ人が同盟を結び、一斉に攻勢に出た。ピクト人が北からハドリアヌスの長城を乗り越えてブリタニア・セクンダの地域に進出すると、スコット人が西からメイポト、レイヴングラス、ランカスター、リブチェスターの海岸線要塞基地を攻撃した。ブリタニア北部のローマ軍司令官は捕縛され、対サクソン海岸司令官は殺害された。山賊が各地に出没した。山賊といっても、ローマ人に抑圧された原住民の反逆、という性格をも帯びている。ロマーノ＝

ブリタニアの防衛機構は危機に瀕《ひん》した。

三六八年春、ウァレンティニアヌス帝はテオドシウス将軍をブリテン島に派遣した。彼は智将として名高く、政治家としての資質もあった。現地の反逆民族の行動様式や相互関係を分析し、内部対立や相反する利害関係などに着目して作戦を立てた。戦闘の際には、反逆者たちの掠奪をあえて放置し、その後、掠奪物をかかえ鈍重になった背後を追撃するというふうな方策もとった。

テオドシウス将軍はほぼ一年を費やしてブリテン島に秩序を回復した。ハドリアヌスの長城を修復し、国境線に見張塔を建て、逃亡兵を大赦によって再結集し現地軍を建て直した。また、反逆者の地アイルランドに面するブリテン島の地域を、属州ウァレンティアとして設定し軍事行政を整えた。

帝国国境方面で勢威をもつ将軍たちは、帝位簒奪《さんだつ》の疑念を受けることが少なくない。将軍が野心をもたなくても、軍団が自分たちの利害のため将軍を皇帝にかかげる場合もある。テオドシウス将軍による属州ウァレンティアの編成は皇帝への忠誠心を内外に示すためでもあった。

ウァレンティニアヌス帝はテオドシウス将軍を騎兵軍総司令官に任命した。この地位は歩兵軍総司令官とならぶ軍政職のトップである。

ウァレンティニアヌス帝時代は国境線上での戦争の時代である。一回の会戦、一地域での戦闘ではなく、戦線は果てしなく延び、兵員と物資の補給、歩哨線と要塞の建設など、財源の裏付けがなければならない。その財源は徴税によるしかない。

ウァレンティニアヌス帝時代になって、前のユリアヌス帝の都市優遇政策は放棄され、コンスタンティウス二世時代の政策にもどった。都市公有地の使用料、都市関税（商品輸入税）、都市の財産貸付けの利子、都市寺院の収益、などからなる年間都市収入のうち、その三分の二が国庫に強制収用された。

人頭税や農地への課税も強化された。キリストを公認し推進したあのコンスタンティヌス帝は機動軍拡充のため乞食や売春婦にも課税したと言われている。しかし貧しい者からいくら搾《しぼ》り取ろうとしてもすぐ限度に突き当たる。ウァレンティニアヌス帝政権は、農村を支配する都市参事会員（都市貴族、地主層）に高率課税の責任を担わせ、中央および地方の官吏に都市参事会を統轄させた。

その結果、徐々に、これまで都市の愛国心《パトリオティズム》を担ってきた都市参事会員層が没落していった。なるほど一部大地主は、上からの課税強化の圧力のなかで、たくみに状況を利用して、たとえば貨幣貸付けや課税の一時肩代わりなどによって、むしろ長期的には所領を拡大し勢力を増大させもした。しかし多くの中小地主は没落して、大地主に依存する家来になったり、土地を喪失して落ちぶれたり、重税ゆえに都市から逃亡する者さえも出てきた。

都市参事会員の勢力失墜にちょうど反比例するように、中央・地方の官吏の勢力は増大してゆく。没落する運命からのがれようとして、都市参事会員の子弟のなかには官吏をめざす者も多く現れてくる。ウァレンティニアヌス帝政権は文書能力や官吏に必要な教養をもつ彼らを受け容れたばかりではなく、帝国全域に官僚支配の網の目を繰り広げるために、官吏養成のための高等教育政策を実施した。

すなわち、すべての州都にそれぞれの規模に応じた大学が設置され、修辞学、文法学、弁論術、法学あるいは古典学やギリシア語などが教えられた。学生は学業を修了すると州総督発行の証明書が与えられる。これらは中央の官房長官の監督下で管理され、人材登用に利用された。以前、ユリアヌス帝時代にも古来の都市文化復興のため古典教育中心の学問教育策がとられたが、今度の場合は目ざす方向が逆で、都市の復興ではなく、都市を支配する官僚組織拡充のための政策だった。

　元老院も改革された。

　すでにコンスタンティヌス帝時代、キリスト教推進政策に対立する元老院の性格を変えるため、元老院議員数を増加する政策がとられていた。古来からの伝統を墨守する世襲門閥の影響力を削《そ》ぐために、キリスト教に好意的な新興貴族が元老院に送りこまれたのである。

　ヴァレンティニアヌス帝時代になると、元老院議員のこの水増し政策は、高級官僚および官僚経験者への議員身分贈与によって拍車がかけられ、議員数は大幅に増加した。帝国西方および東方それぞれにおいて、元老院身分の資格をもつ官僚および官僚経験者は二、三千名に達したと言われている。

　官僚・官吏の数と力は高まったが、反対に、諸都市の威信は低下し、窮乏化を深めた。都市参事会員層（都市貴族層）は課税負担以外にも、新兵徴募、軍隊用食糧の提供、公共輸送システムの維持、中央官庁からの賓客の応接、道路の維持、などの義務を負わされ、地方総督（地方官庁）の厳しい監視下に置かれた。義務違反の場合、これまで決してなかった鞭打ちなどの体罰が科せられることもあり、かつての都市貴族としての威信は地に落ちてゆく。ヴァレンティニアヌス帝時代はローマ社会の威信の体系が急激に移り変わってゆく時代だった。

　ヴァレンティニアヌス帝の統治時代末期、アラマンニ族との戦争はなお続いていた。しかしそれ以上に深刻な事態が北アフリカで勃発した。フィルムスの乱である。

北アフリカは全体として西ローマ帝国の植民地としての性格をもっている。広大な皇室領が各地にあり、巨大都市カルタゴのある属州プロコンスラリス（現チュニジア北部）だけでも全耕地の六分の一ないし七分の一は皇室領である。また、ローマ元老院議員の多くが北アフリカの不在地主で、その所領からの収益は途方もなく大きい。

これらとは別に、北アフリカ全体に高率の現物租税が課せられる。徴収された穀物などは地中海を渡ってイタリアの港オスティアへ搬出される。毎年、大量の穀物が港の倉庫群に収蔵され、ローマその他の都市に運ばれる。ローマには七、八十万の住民がいるが、その四十パーセントの人間はこの穀物を無償で与えられる。

こうした帝国の支配と収奪に対する反発としてフィルムスの乱が起きた。もしこの乱が成功すれば、都市ローマは餓死し、元老院は破産し、皇帝の軍隊は麻痺《まひ》することになるだろう。

北アフリカの東部、シチリア島に近く州都カルタゴのある属州プロコンスラリス、その西隣の、海港都市ヒッポ・レギウスを州都とする属州ヌミディア（現アルジェリア東部）、これらの地域においてはローマ文化が定着し、治安上の問題も大きくはない。人びとはラテン語を話し、ローマ法に従い、公共広場・会堂・公共浴場・半円形劇場・水道などを備えた都市に居住し、その多くの都市には城壁がない。

しかしその西の属州マウレタニア・シティフェンシスやさらにその西隣の属州マウレタニア・カエ

サリエンシスに入ると、ラテン語圏と現地語圏が入り組んでおり、ローマ法とならんで現地慣習法がそれぞれの地域を支配している。また、ローマ人の都市は外部からの襲撃を怖れて城壁で囲まれている。

これら西方諸属州アトラス山系の、東西に長く延びる山地のふもとや谷間には、ムーア人と総称される多くの諸部族が住み、独自の生活習慣をもっている。北アフリカ全体の秩序を考える時、このムーア人諸部族をローマ支配下にしっかり繋ぎ止めることが必須である。これまでのところムーア人の「君主」ヌベルの巧みな指導力によって、ローマ側とムーア人諸部族の協調関係は維持されてきた。

ムーア人の君主ヌベルは一見するとふつうの、夏の熱射を避けて路地の陰で瞑目する老人や、職人街などを裸足で背を少しかがめ鷹揚《おうよう》な歩き方をする老人と何も変わらぬように見えた。褐色の顔、白い顎鬚《あごひげ》、削《そ》げて皺を刻む頬《ほお》、高い鼻、いずれもこの地の老人の顔つきだ。ただヌベルには、相手の話に耳を傾けているとき、その物静かで柔和な瞳に、訝《いぶか》しげな光を浮かべたり、時には、話し手の内側を鋭く突き刺す異様な光を放つことがあった。その瞳の奥にどのような心が動いているのか、誰も分からない。静かに、ゆっくりと言葉を選んで話すその横顔には威厳があった。

このヌベルには五人の息子がいた。それぞれ母を異にする。ヌベルは対立するムーア人諸部族を一つにまとめるために、婚姻政策をとり、五大部族それぞれから一人ずつ妻をめとった。だから五人の息子は母の出身部族を異にしていた。つまり母と子は、君主ヌベルのもとで、出身部族の利害を代表する者でもあった。

ヌベルは諸部族をまとめながらローマ人と共存政策をとった。ローマとの関係をムーア人諸部族の統率に利用した。ローマ側からすれば、反ローマ感情を抱くムーア人諸部族を押さえ込むにはヌベルの統率力が必要だった。

しかしそのヌベルは年老いて死んだ。

残された五人の息子はすでに成人して、それぞれ各地に要塞を構えていた。彼らは兄弟だったが後見部族が異なり、部族間の隠された対立を背後にかかえていたので後継者争いは血の抗争の性格を帯びた。

属州マウレタニア・シティフェンシスのカヴィル地方メルヌ（現セティーフ近郊）に要塞をもつフィルムスは、二人の兄弟マスツェルとディウスとを味方につけた。

彼らに対立するザマクは、サヘル川とゼブク川が合流するペトラ（現シディ・アイシュあたりか）に要塞を構えていた。彼は兄弟ギルドを味方につけるにとどまり、その劣勢をアフリカ軍指揮官ロマーヌスの支持によって挽回しようとした。ロマーヌスはザマクに後継者の地位を認めた。しかし、ロマーヌスの軍が南のローマ軍基地ランバエシス（現タムガドの西北四〇キロ）からザマクの要塞へ移動する前に、兄弟間の部族抗争が勃発した。ザマクは戦死して、フィルムスがヌベルの後継者の地位についた。

ロマーヌスはこのフィルムスの行動を皇帝反逆罪とみなして宮廷に使者を送った。宮廷はロマーヌスの裁断を容認した。フィルムスは皇帝反逆者として宣告された。宣告をくつがえすことはできない。それゆえフィルムスは皇帝反逆者となった。

フィルムスは五大部族の反ローマ戦線を結成し、ローマ軍との全面対決に臨んだ。五大部族の部族名は未詳だが、それぞれの拠点地域はおぼろげながら伝わっている。

一つはミラ（現コンスタンティーヌの北）の地である。マウレタニア・シティフェンシスの北東部、小カビリィ山地のある地域。

もう一つはソルドエ（現ブージヤあたり）、さらにもう一つはトゥブスプトゥ、いずれも属州マウレタニア・シティフェンシスの大カビリィ山地地方、そのふもと、斜面、山間の谷間などの地域。この地域から北上すると、サルダエ、イルギルギティ、トゥッカなどローマの海港都市がある。フィルムスの乱の特徴の一つはローマ海港諸都市に対する山地系民族の反逆という性格である。

五大部族連合のもう一つの拠点地域はアウジア（現アウマレ付近）の地である。マウレタニア・シティフェンシス内陸部、その西端、アトラス山系支脈の地である。さらにもう一つは、そこから西のラピディの地で、州境を越えた属州マウレタニア・カエサリエンシスに属する。これら二つを拠点とする山地系大部族は内陸部のなだらかな丘と平地に点在する多くのローマ諸都市と対立した。

五大部族連合はフィルムスを中心に各部族長たちが連絡を取りあいながらも、それぞれは独自の行動をとる。したがって戦闘は広範囲にわたり、一回の会戦で決着がつくという性格ではない。

三七〇年ないし三七一年、フィルムスの部族軍はロマーヌスの指揮するローマ軍を撃破した。戦闘以前からローマ軍の側に逃亡兵が続出し、士気が低下していた。現地住民から選抜されたローマ兵の間には、みずからの帰属意識について動揺が広がっていたのである。

内陸での戦いと同時にローマ海港諸都市も攻撃された。

地中海の宝石と謳《うた》われた属州マウレタニア・カエサリエンシスの海港都市カエサリア（現シェルシ

エル）は、反乱軍によって掠奪された後、破壊された。港湾施設、白亜の邸宅群、豪壮な公共建造物など、いずれもマウレタニア現地住民の血と涙によるものだったからである。イコシウム（現アルジェ）もカエサリアと同一の運命を辿った。ティパサは包囲されたが耐えた。

三七〇年に始まるフィルムスの乱は、ムーア人の系譜をもつ山地系民族とローマ人諸都市との戦いとして始まった。しかし三七一年が過ぎる頃、フィルムスの乱は民族解放戦争という性格に加えて社会革命という色彩を帯びるようになる。不在地主や巨大地主の下には、課税や高利貸付によって没落した農民たちが、小作や農奴として隷属している。彼らはムーア人ではなく山地系住民でもなかったが、徐徐《じょじょ》に反乱軍に加わった。キルクムケリオーネスと呼ばれる土地喪失農民は、農業労働者として各地を行き巡りながら絶えず不満の捌《は》け口を求めている。彼らは農村での反乱の火付け役となった。

一方、ずっと以前から、北アフリカの貧しき人びとの間に、ドナティスト派と呼ばれるキリスト教団が教線を伸ばしていた。ドナティスト派は、ローマ・カトリック教会と一線を画す分離派である。そのドナティスト派は、フィルムスの乱の広がりのなかでしだいに政治的性格を帯び、多くの信徒がこの乱に参加するに至った。この教派はマウレタニアだけではなく、ローマ化の定着している属州プロコンスラリスやヌミディアにも大きな勢力をもっていたので、フィルムスの乱は彼らを通じてローマン＝アフリカ全体に広がる可能性を示し始めた。三七二年の半ばにはもはや現地ローマ軍のみでは対処できぬことが明白になった。

三七三年、フィルムスの乱四年目の冬、ウァレンティニアヌス帝はブリテン島守護の実績をもつテオドシウス将軍を北アフリカへ派遣した。テオドシウス将軍はガリアの精鋭兵を引きつれてアルルを出港し、属州マウレタニア・シティフェンシスの、なお無傷の港湾イルギリギリから上陸、州都シティフィス（現セティフ）に軍営本部を置いた。

まず、ガリアの軍と北アフリカローマ軍とを併合した。その際、現地住民からなるローマ二軍団がフィルムス側に付き、逃亡兵も多数に上《のぼ》ることが判明した。

軍関係の整備の次に、テオドシウス将軍はフィルムスの乱を鎮圧する前提として、五大部族連合相互の関係やそれぞれの利害状況など、内部状況を詳しく調査した。その結果、フィルムスの所属部族を押さえ込むことができるならば五大部族連合は瓦解するだろう、という見通しをもった。さらに、フィルムスが属する部族の内部に、離反分子を作り出す可能性も見い出した。彼は敵の総体を外からよりも内から見ようとするのである。

こうしてテオドシウス将軍は攻撃の照準をフィルムスの所属部族に絞った。同時に、ヌベル相続問題でフィルムスに対立したその兄弟ギルドと交渉し、部族連合内部での離反活動を要請した。見返りに乱鎮圧後のアフリカ軍指揮官の地位を約束した。ギルドは了承した。

最後に、現地住民からなる騎兵軍の創設を企てた。広範な地域にわたる追撃戦が予想されたからである。この任務はテオドシウスの信頼する副官マグヌス・マクシムスが果たした。彼はもともとスペイン出身の軍人で、テオドシウスの遠縁にあたり、絶えずテオドシウスとともに軍歴を重ね、ブリテン島でも彼の片腕として大きな役割を担った。マクシムスはフィルムス側と距離がある現地住民部族のなかから勇猛な騎乗兵を選抜し、ローマ軍騎兵部隊を作りあげた。

テオドシウス将軍とフィルムス軍との戦いは二年間つづいた。マウレタニア全域にわたる山地や荒野での戦いはいずれの側にとっても困難を極めたであろうが、詳しいことは分からない。

三七五年、フィルムスは他の部族長に裏切られて自害し、反乱は終息した。当時、属州プロコンスラリスの総督だったローマ元老院議員シンマクスはカルタゴから遥かに遠い属州マウレタニア・カエサリエンシスまでやって来てテオドシウスと会見し、祝いの言葉を述べた。この属州にシンマクスは広大な所領を持っていた。が、むろんそれはシンマクスだけではなかった。

テオドシウス将軍の協力者ギルド、副官マグヌス・マクシムス、そして元老院議員シンマクス。彼らそれぞれはその後の歴史舞台に再登場する。

テオドシウスは帝国救済の英雄になった。ストヴィ出土の碑文には彼の顕彰文が次のように刻まれていた。

「ブリテンとマウレタニアの権力者、サクソン族とケルト族の破壊者」

翌年、三七六年の初め、テオドシウス将軍はマウレタニアからカルタゴに赴いた。しかしそれは凱旋将軍としてではなく、処刑されるためだった。カルタゴに着くや否や、テオドシウスは勅命によって斬罪に処せられた。彼の長子で同名の若きテオドシウスは、属州モエシア（現セルビア）の軍指揮官の地位を罷免させられた。

テオドシウス将軍処刑の理由や事情は謎につつまれている、と言われてきた。しかしこの時罷免させられた彼の長子で同名のテオドシウスは、それほど時を経ずして帝国東方の皇帝に即位する。だから歴史の展開をたどるためには、将軍処刑の経緯《いきさつ》について、謎だと言って済ますわけにはいかない。それは歴史上の単なる偶発事でもエピソードでもない。この出来事の背景には、ちょうどこの時期急死したヴァレンティニアヌス帝の後継者問題が絡んでいる。そこに視線を向けねば、次の時代へと進むことができない。

テオドシウス将軍がフィルムスの乱鎮圧のためアルルを出港した三七三年、ヴァレンティニアヌス帝はなおライン河国境線でアラマンニ族との戦闘を繰り返していた。

翌三七四年、新たな侵略を受けた。ドナウ河中流の国境線がカディ族とサルマティア族との連合勢力によって突破され、パンノニア地方（現ハンガリー西部）に多大な被害を被ったのである。

ヴァレンティニアヌス帝の時代になってから、ドナウ河中流国境線には、上流方面からアキンクム（現ブダペスト）の南六十キロの地点に至るまで、点点と城塞が築かれてきた。しかしさらに、皇帝の軍令によって、河を渡ったドナウ河左岸、つまりカディ族領に城塞が築かれようとした時、カディ族の激しい抗議を受けた。カディ族との戦争を回避するため、現地ローマ軍指揮官は城塞建設を停止した。その結果、争いは収まった。

が、間もなく現地指揮官は更迭《こうてつ》された。代わりに宮廷官僚の実力者を父にもつ新任指揮官マルケリヌスが着任した。マルケリヌスはカディ族の王を宴席に招き、殺害した。その上でドナウ河左岸の城塞建設を再開した。かくしてカディ族＝サルマティア族連合軍との戦争が勃発した。

この戦いにおいて、属州モエシア（パンノニアの東隣）の辺境軍指揮官だった若きテオドシウス、あのテオドシウス将軍の長子が、サルマティア族軍のモエシア侵略を食い止め一躍名を馳せた。だが、広いパンノニア全体の地は危機に陥った。

ヴァレンティニアヌス帝は、カディ族＝サルマティア族連合軍に対処するためこれまで十年間続行してきた対アラマンニ族戦争を打ち切り、平和協約を結んだ。協約はマインツ付近のライン河に船を並べて締結された。アラマンニ族を従属者としてではなくローマ側と対等な同盟者として扱うこの協約は、ヴァレンティニアヌス帝にとって屈辱でしかなかった。

翌三七五年、テオドシウス将軍がフィルムスの乱を鎮圧した年、ヴァレンティニアヌス帝はローマ軍団をライン河からドナウ河中流地域へ移動させた。アキンクム付近の河港から兵船の舳艫《じくろ》をつなげて橋を造り、一挙に左岸のカディ族領に侵入した。パンノニアの蹂躙《じゅうりん》に対する復讐戦争だった。戦闘員非戦闘員の区別なく殺害する虐殺戦争の様相を呈した。カディ族領は火に燃えた。

秋になった。ヴァレンティニアヌス帝遠征軍はカディ族領からアキンクムに戻り、そこから冬営基地であるブリゲティオ（ハンガリー西部、ラバ川がドナウ河に合流する河畔都市）に移動した。

冬に入った。カディ族から講和の使者が来た。使者は、ローマ側に有利な条件で戦いの終結を申し出た。事実上の降伏宣言だった。交渉中、使者がパンノニアの侵略理由としてローマ側によるドナウ河左岸の城塞建設に言及した。その時、突然ヴァレンティニアヌス帝は激怒し、形相《ぎょうそう》を変えた。その途端《とたん》、声が出なくなり呼吸困難に陥った。使者の前で倒れ、倒れて間もなく死んだ。三七五年十一月十七日のことである。

帝位の空白期間は可能な限り短縮されねばならない。

帝都トリア（ライン河に注ぐモーゼル川の河畔都市）はヴァレンティニアヌス帝の嫡男グラティアヌスの戴冠式を急いだ。当時グラティアヌスは十六歳、すでに八歳の時皇帝の相続者《カエサル》とされていた。

だが、後継者問題はそれだけでは済《す》まなかった。

以前ウァレンティニアヌス帝は、グラティアヌスの母である妻と離別（死別？）後、ユスティーナという名の女性と再婚していた。ユスティーナは、ガリアの皇帝簒奪者《さんだつ》マグネンティウスの若き未亡人だったとか、あるいは黒い情熱的な瞳をもつ美貌のためかナポリ大貴族の娘だったとか、資料は饒舌《じょうぜつ》だが、信用はできない。確かなことは、ウァレンティニアヌス帝急死の年、ユスティーナは三十四歳、一男三女があり、男の子は三歳だったことである。母子はパンノニアに在住していた。

帝都トリアがグラティアヌスの即位を急いでいた頃、これに並行して、ある計画が進んでいた。すなわち、ユスティーナの三歳の幼子をグラティアヌスとならぶもう一人の皇帝に立てる計画である。イリリクム道長官ペトロニウス・プローブスが中心となって、道長官所在地シルミウムでこの企てが進められていた。

プローブスは三二八年の生まれで、ウァレンティニアヌス帝即位後、イリリクム道長官に選任された。当初、プローブスに対する皇帝の信頼は厚く、宮廷官僚のなかで事実上トップの地位を占めていた。その背後には、彼が古い名門の元老院議員の出自で、元老院を統率しているという事情があった。元老院は政治・軍事の世界で往年の力を失っていたとはいえ、威信や影響力の点では決して看過《かんか》できなかったし、何よりもその財力は絶大であった。元老院議員一家族が千人、二千人の奴隷や召使いを保持していることも珍しくはなく、各地の所領からの年収は莫大な額に上った。

ペトロニウス・プローブスは、こうした元老院勢力を背景にイリリクム道長官となり、行政部門の中心となった。

しかし、やがて状況は変化してゆく。

帝国財政は、元老院の財力に依拠するわけではない。徴税システムが大規模に組み立てられてゆき、それを担う新型官僚や官吏の勢力が増大する。それとともに宮廷官僚のなかの権力関係も大きく変動する。ウァレンティニアヌス帝政権の後半期になると、当初からの官房長官レギウスは影響力を失い自害せざるをえないほどの状況になった。レギウスを失脚させた新官房長官マクシミヌスは、三六九年頃から皇帝側近になり、ローマ元老院の死刑執行人という異名をとった人物である。それというのも彼は元老院議員数を大幅に拡大して、元老院に官僚を送りこむ政策の推進者だったからである。彼は官僚制支配を強化し、元老院の、旧来からの独自な政治力を削ぐことに執念を燃やしつづけていた。

このような事情で、イリリクム道長官ペトロニウス・プローブスは、新官房長官マクシミヌス中心の宮廷勢力に押されて以前の勢威を失い、前官房長官レギウスと同様の運命を予想せざるをえない苦境に陥っていた。そのような状況のなかでの皇帝の急死だった。

帝都トリアの皇帝側近たちはグラティアヌスの即位を急いだ。彼らによる新体制がプローブスやその党派にとってこれまで以上に危険であることは明白だった。プローブスは状況を打開するため思いを巡らせた。――――もし、ユスティーナの三歳の幼子を皇帝に立てることができたならば、この都市シルミウムあるいはイタリアのどこかに帝都を置き、軍と官の勢力を集め、北の帝都トリアの影響圏域から離脱することができるだろう。むろん、内部抗争や内戦を企図するのではない。アルプスの北と南とで一種の分割統治体制を築くのだ。北の彼らはライン河防衛の課題を果たし、南のこちらはドナウ河中流の防衛を果たすということにする……。もちろん幼子の帝位推戴に関して、皇后ユスティーナやその側近たちが反対するはずはない。グラティアヌスが帝位につけば、ユスティーナの幼子はへたをすれば粛清されかねぬ立場にあるのだから。問題はブリゲティオに冬期陣営を築いた皇帝の主力軍団だ。もし、この主力軍団の支持が得られれば、トリアのグラティアヌス側も反対はできまい。しかし主力軍団がグラティアヌスとならんで、ユスティーナの幼子の帝位継承に歓呼をもって応えるかどうか。いったいどのようにして彼らの支持を得ればよいのか……。

ペトロニウス・プローブスは、その時、ドナウ河左岸、カディ族の地に、皇帝主力軍団と分かれたセヴァスティアヌス将軍麾下《きか》の軍団と、メロバウド将軍麾下の軍団とが、それぞれ別に駐留していることを思い出した。二将軍の軍団はカディ族を牽制《けんせい》するためにドナウ河左岸カディ族領でこの冬を過ごすはずだった。もちろん皇帝の急死をまだ知らない。プローブスはあれこれと思案する。──彼らを動かして皇帝主力軍団を説得させたらどうだろうか、生死を共にする同じ仲間なのだから。しかしあの二将軍がこの案に納得するだろうか、セヴァスティアヌスとメロバウドの二将軍が……。

セヴァスティアヌスは古参の将軍で輝かしい軍歴をもち、皇帝への忠誠心でもよく知られている。だから軍団兵への説得力は十分にある。しかし、その忠誠心が問題だ。律儀《りちぎ》で頑固な老将軍は新帝グラティアヌスの意向を抜きにして幼帝擁立に頷《うなず》くことはあるまい……。それではメロバウド将軍はどうだろうか。彼はフランク族出身で、ライン河のフランク族諸部族とつながりをもち、そこからの兵補充で将軍の地位を得てきた。だからメロバウドは実力はあるが軍首脳部のなかで傍流の位置にある。新政権下での軍政職に然るべき地位を約束すれば、喜んで計画に加わるのではないか。彼ならば本気でブリゲティオの主力軍団を幼帝樹立の方向へ誘導するだろう……。

プローブスは密使をメロバウド将軍に送り、計画を打ち明けた。将軍は了承した。了承するとただちに冬期陣営を撤収し、軍団を率いてドナウ河に架かる軍用の橋を渡った。渡ってから橋を破壊した。セヴァスティアヌスの軍団が渡るのを阻むためである。幼帝の樹立が済んでしまえば、セヴァスティアヌス将軍は反逆することはできないし、反逆しようとも思わないだろう。それまでは遠く隔てておかなければならない。

事態は迅速に進んだ。

イリリクム道長官プローブスに従う官僚たちとメロバウド軍団とがユスティーナ母子を伴って、ブリゲティオの主力軍団冬期陣営に姿を現した。筋書どおり軍団兵たちは武器を打ち鳴らし歓呼によってユスティーナの三歳の幼子を皇帝に推戴した。幼子はウァレンティニアヌス二世という正式名で呼ばれることになった。

トリア宮廷のグラティアヌスや東方のウァランス帝は、この事態を受け容れざるをえなかった。幼子はその正式名の示すように故ウァレンティニアヌス帝の実子だったし、主力軍団の決定を取り消すわけにもいかない。帝国全体のためには妥協するしかなかった。

新帝グラティアヌスと幼帝の側近たちとの間で、ローマ帝国西方の統治について交渉が始まった。と同時に、プローブスとメロバウド将軍は幼帝を支えるための人事構想も進めた。その際、北アフリカのテオドシウス将軍の取り扱いが大きな問題となった。テオドシウス将軍は前帝治下、全軍司令官二名のひとりで、しかもちょうど今フィルムスの乱を鎮圧したばかりである。彼が帰還した場合、メロバウド将軍よりも上の地位で迎えねばならない。あるいは、彼のこれまでの行動を見れば、グラティアヌス帝の強力な支持者となることはほぼまちがいない。いやそれ以上に、帝国西方の軍団全体がどのような態度をとるのか、まったく予想ができない。テオドシウス将軍は国民的英雄であるし、軍団兵たちの人気も絶大である。彼を幼帝の後見役や副帝にかかげるかもしれない。あるいはそれをも越えて……。帝国西方のグラティアヌス帝と幼帝ウァレンティニアヌス二世との二分割統治体制の構想にとって、テオドシウス将軍の存在は障害となるばかりである。いずれにしても抹殺するに越したことはない。理由はいくらでも作ることができる。フィルムスの乱で、反乱軍側からの交渉申し出を拒絶して殲滅《せんめつ》作戦をとったことなども、自分の戦果の拡大を図る野心の現れとすることができる。各地のローマ人が感謝のために建立した碑文もまた野心の証しとすることができよう……。プローブスとメロバウド将軍を中心とする幼帝側近は皇帝名でテオドシウス将軍の処刑を命じた。

グラティアヌス帝は、幼帝ウァレンティニアヌス二世との間での、ローマ帝国西方の分割統治に同意した。グラティアヌス帝はガリア、スペイン、ブリテンを統治し、幼帝はイリリクム、イタリア、北アフリカを統治することになった。

この協約締結後まもなく、グラティアヌス帝はテオドシウス将軍の処刑を知った。将軍は故ウァレンティニアヌス帝の最も信頼する軍指導者であったから、グラティアヌスにとって衝撃は大きかった。プローブスやメロバウド将軍への不信は拭《ぬぐ》い難くなった。幼帝即位の時と同じように、表面上は冷静を保った。しかしグラティアヌス帝は即位の翌年、三六五年、五月、テオドシウス将軍の近親者フラヴィウス・アントニウスをトリア宮廷の官僚に抜擢し、その次の年にはテオドシウス将軍の兄弟フラヴィウス・エウケリウスを帝室財務長官に選任した。明らかにトリアのグラティアヌス帝はプローブスやメロバウド将軍たち幼帝側に対して、表面上は協調体制を組みながらも、暗黙の反発を示したのである。

テオドシウス将軍は刑死したが、ガリア出身の精鋭軍と現地で創設した騎兵部隊とを伴って、副官マグヌス・マクシムスが北アフリカからアルルに帰港した。マクシムスは、フィルムスの乱鎮圧の功労者として栄誉ある処遇に値したのだが、反対にブリテン島への配置命令を受けた。みずからに忠誠を尽くしてきた北アフリカ騎兵部隊をガリアに残して、マクシムスはブリテン島に去った。

*

アリピウス、アウグスティヌスを語る

その二、悪の問題

ウァレンティニアヌス帝の治世三六四年から三七四年までの十年間は、アウグスの十歳から二十歳に至る時期にあたります。

幼少期のアウグスは初等学校での成績がよく、ラテン語を読むことが好きで、ラテン語作文の方も日日《ひび》上手になり、年ごとの作文の競技会では必ず一位に入賞するというふうな子だったので、父パトリキウスはアウグスの将来について高等教育に進ませて栄《は》えある教師とするか、あるいは州都や帝都の官庁で然るべき地位に就《つ》かせることにしたいと考えるようになったのですが、そうなったのにはもう一つ別の理由もありました。ウァレンティニアヌス帝の時代は、ユリアヌス帝のペルシア遠征の挫折後のことで、掠奪と侵害を帝国の辺境いたる所で被るようになり、そのためこれまでになく軍事支出が増大して、その負担はもろもろの都市《まち》の参事会員たちの上にふりかかってきました。参事会員である中小の地主たちは増大する課税やその他の公共負担のため身動きできぬような状態に落ちこんでゆきました。アウグスの父パトリキウスは、愛国心の強い人でしたから、こうした世の中の趨勢にじっと耐えてゆく覚悟をもっていましたが、その子のアウグスに対しては、貧窮し勢威を失ってゆく都市参事会員の暗い運命から解き放って、それよりも上の地位につけることを望んだのでした。私はこうしたことをアウグスの母モニカから聞いたのですが、何かの折に、あの子は小さい頃から荒荒しい遊びを好まず、聖書の言葉の覚えも早かったので、先行きの暗い農園経営者の道よりも、あの子の立身にとってパトリキウスの考えの方が自分にもよく思われたと、彼女は言っていました。パトリキウスもモニカも、アウグスの将来については同じ考えをもち、二人で協力して彼の立身のための教育に心を傾けてゆくことになります。

初等教育を終えた後、アウグスはタガステの都市《まち》から二十五キロほど南の学園都市マダウラに遊学しました。マダウラはヌミディア州第一の学園都市ですから、修辞学、文法学、弁論術、古典学、哲学などの優秀な教師がいますし、大量の写本を蔵する図書館もあります。ここで教育を受けた者たちが今度は各地の教師や官吏となってローマの文化世界を担ってゆくのですから、マダウラはローマ人を形成するためのローマ人の都市とも言えます。誇り高いローマ人である父パトリキウスにとってこの都市へアウグスを遊学させたことがいかに喜ばしかったか、言うまでもありません。タガステの都市《まち》でアフリカ訛りのないラテン語を話すことができたのはアウグスただ一人ですが、それもこのマダウラ時代の成果の一つです。

ところが、アウグス十六歳の年、マダウラ遊学は突然打ち切られました。この年、学園都市マダウラの西の属州マウレタニア・シティフェンシスでフィルムスの乱と呼ばれる大きな反ローマ主義の暴動が起き、一挙に広がってゆきました。このフィルムスの乱を避けるためでもありますが、しかし特に学業をつづける資金の問題があって、アウグスはタガステに一時帰郷したのでした。この頃になると、アウグスの家に限らず都市の中小地主たちの苦境はしだいに深まってきたのです。

アウグスは一年間、タガステの自宅で過ごしましたが、翌年、今度は東隣の州の、北アフリカ最大の都市、いやローマ帝国全体のなかでも屈指の大都市カルタゴに留学することになりました。この出来事はタガステの都市《まち》にとっては一つの事件でした。これまで、参事会員の子弟であってもマダウラに留学する者はほとんどなく、ましてやカルタゴでの高等教育を目指す者など一人もおりませんでしたから、都市《まち》の人びとが驚いたのも当然のことだったのです。むろんマダウラで優秀な成績を収めたアウグスのことですから、カルタゴの大学に留学してもおかしくはないのですが、しかし彼の能力や希望とは別に、いったい資金の問題はどのように工面できたのか、これも母モニカに聞いたのですが、タガステの都市《まち》の大富豪ロマニアヌスがパトリキウスの願いに応《こた》えてアウグス留学の支援者《パトロヌス》の役を担ってくれたとのことです。以前ですと都市《まち》の富裕な大貴族は公共建造物の造営や修繕あるいは演劇やサーカスの開催などによって、都市《まち》に寄与したものなのですが、ロマニアヌスは時代の流れを見る目のある人だったのでしょう、これからの都市《まち》の将来を考えると、海の向こうの中央官庁に人を送り込んで都市の請願などに便宜をはかることのできる人物や、中央官庁に対して都市を代表できる教師などがますます必要となるだろうから、タガステの都市《まち》にとってカルタゴ留学の経歴をもつ者は将来たいへん役に立つにちがいないと判断したのだそうです。たしかにウァレンティニアヌス帝の時代は、後からふり返ってよく分かることですが、これまでになく帝都の官庁の力が全国に拡延していった時代なのでした。

アウグスのカルタゴ留学時代は三七一年から三七四年まで、十七歳から二十歳までの三年間です。この間、ウァレンティニアヌス帝の勅令によって創設された州都の学校で、アウグスは首席となるほどの成績を修めて、いずれ官僚あるいは教師となる準備を着実に進めていましたし、学業以外にも美しい少女と恋に落ちて同棲するなど、明るく自由な、薔薇《ばら》色の学生生活を送っていたのですが、それにもかかわらず、彼の心を日増しにおおうようになったのは、実に悪という問題、「悪はどこから来るのか」（ウンデ・マルム・エスト）という問題なのでした。御承知のように彼自身がそう明言しているのです。いったいなぜ、この時期に、このように暗い問題を彼はかかえこむことになったのでしょうか、外から見れば将来が約束された輝かしいこの青春の時期に。

アウグスのカルタゴ留学時代は、ちょうどフィルムスの乱が勃発してやがて終息するまでの時期に重なっています。アウグスがカルタゴで、ローマ文化の精髄である学問の研鑽に励んでいた時に、ローマ文化を否定しようとするムーア人たち中心のフィルムスの乱が広がっていったのですから、彼のかかえた悪という問題はこの出来事と何か関わりでもあったのでしょうか。以前彼は、この擾乱《じょうらん》について、それはちょうど、光にきらめく青い海の彼方の水平線に、かすかに黒ずんだものが見え、やがて少しずつ広がったかと思うと、にわかに勢い増し、海原《うなばら》に波を立てて急激に大空を覆ってゆく暴風雨のように、そんなふうに北アフリカの西の地に拡大していった、と、回想していたことがありました。こうした回想じたいが、あなた方にとっては奇妙に思えるかもしれませんね。というのは、フィルムスの乱の起きた地は、それがどれほど拡大しようとも、この時のアウグスのいるカルタゴからは六百キロ以上遠方の別世界だからです。そこで何が起きようとも、カルタゴのビルザの丘には白亜の邸宅群がオレンジの花咲く庭園にかこまれて光に輝き、回廊や大会堂《バシリカ》のある公共広場では、人びとが行き来し談笑し、あちらこちらで奇術師や妖術師などを見る人垣ができ、広場から四方に繋がる商店街には人びとがにぎやかにごったがえし、織物工、仕立屋、金銀細工師、靴直し職人、鍛冶屋などの職人街では終日、喧騒が絶えません。夜になっても半円形の大音楽堂は着飾った人びとでぎっしりと詰まり、大劇場からは笑い声や拍手や喝采が湧き起こって夜空に反響します。フィルムスの乱、それは一体われわれといかなる関係があるのか、とカルタゴは語っているかのように見えます。しかし実のところはそうではなかったのです。カルタゴの都市貴族のなかにはマウレタニアに所領をもつ者が多くいますし、ローマから来た元老院議員の代理人たちもあの遠方の地に特別の利害関係をもっています。それどころか都市カルタゴの繁栄の源である港湾は遠く西方のマウレタニアの海港トゥッカ、イルギルギリ、サルダエ、さらにはルスビカリ、ルスギニアエ、イコシウウム（現アルジェ）、ティパサ、カエサリア（現シェルシェル）と緊密に繋がっていて、カルタゴの貿易商人にとっては近隣地域以上に身近で重要な提携地なのです。それだけではありません。いわば、その裏面の関係もあるのです。うす暗い煉瓦造りの掘っ建て小屋に人びとのひしめきあうカルタゴの貧民街には、ドナティスト派のキリスト教勢力が広がっていますが、マウレタニアのドナティスト派がフィルムスの乱に加わったという情報が流れてからは、表《おもて》だった動きはないもののどこか不穏な、緊張感に満ちた気配がこの巨大都市の背後に漂いはじめたのでした。フィルムスの乱は遠方の出来事ではありましたが、その情報は海陸を通じて刻刻とカルタゴに伝えられ、アウグスもまたこの出来事を深刻に受け止めざるをえなかったのです。これまで彼は、ローマ人の中のローマ人として生きてきました。修辞学や弁論術は、自律するローマ人の必須の教養で、これなくしては都市参事会での演説や議論も思うままにならず、裁判所や各種の法廷でわが身を守ることも友を守ることもかないません。宮廷や官庁で活躍することもできません。アウグスは修辞学や弁論術あるいは古典学に専念して自分の将来を切り開こうとしていたのですから、彼の将来設計の前提であり土台であるローマ文化を、否定し破壊しようとする動きは彼にとって悪《マルム》そのものなのでした。もちろんフィルムスの乱ばかりでなく、たとえば海の向こうではアラマンニ族との戦争が続いており、たとえば北アフリカ南方の半砂漠からはラクダに乗る掠奪部族の攻撃もあり、ローマ世界を破壊しようとする力はどこにでも見られます。しかし、フィルムスの乱は外からの攻撃というよりもむしろローマ世界の内側から大規模に、しかも身近に起こってきたのですから、それだけ衝撃が強かったかと思われますし、当然、アウグスにとってローマ文化を守り広げてゆくための戦争とそれを破壊するための戦争とでは質の違ったものでした。いずれにせよ、ローマ文化に対する強い敬愛の念が、フィルムスの乱に遭遇してアウグスの精神に悪の問題を呼び起こすことになったと言えると思います。が、しかしそれだけではなお「悪はどこから来るのか」というアウグス独自の問いかけの在《あ》り方については説明したことにはなりません。

アウグスの精神を震撼させた悪の問題、その、「悪はどこから来るのか」、という問いかけの在《あ》り方、そうした問題の立て方、私はそこに母モニカを通じて彼の心の奥に宿ったカトリック教会の御《み》教えの響きを聞き取ることができるように思えてならないのです。私の言わんとするところを理解していただくために、先ず、アウグスとは正反対の問題の立て方をしたプラトンの場合を簡単に見ておくのがよいかもしれません。

プラトンは悪《マルム》とは何か、悪はどこから来るのかではなく、善《ボヌム》とは何かを問います。彼の、たとえばあの洞窟の比喩《ひゆ》によれば、この世の人びとはまるでうす暗い洞窟のなかに住んでいるかのようで、光り輝く善のイデア、善そのものを知らず、ただ単に善でないものを善であると思いこんでいるだけで、その結果この世は絶えず悲惨な争いや倒錯した状態のなかに落ち込んでゆく。だから、誰か哲学者のような者が、一度洞窟から抜け出して、太陽の光、善のイデア、何が善なのか、それをはっきりと見きわめ、再び洞窟にもどってきて、このうす暗き世界を善のさし示す方向へ作りかえてゆく以外にない、と、そんなふうに考えているのです。そもそもプラトンは、存在するもの一切が神による無からの創造である、というカトリック教会の御《み》教えの根幹を知りませんから、あるがままに存在するものはそれじたい混沌《カオス》でしかなく、神々も人間もこの混沌を善きものへ秩序づけてゆかねばならない、と考えてゆくことになるのです。

それに対して、若きアウグスはどのような考え方を身につけていたでしょうか。善そのもの、それは創造者なる神御自身にほかならず、したがって、その善き神に創られたもの、そのすべてもまた善きものにほかなりません。それにもかかわらず、それにもかかわらず、この善き世界を破壊しようとする力が存在する。その破壊しようとする力を、彼はフィルムスの乱のうちに見て、悪はどこから来るのか、という問題にとらえられたのでした。父パトリキウスの子アウグスにとって、ローマ文化とともにローマ帝国はそのために死するに値する善き世界でしたし、そしてそれはまた母モニカの語る善き神に創られた善き世界でもありましたから、フィルムスの乱が衝撃となって悪の問題を抱くようになったのだと思います。

「悪はどこから来るのか」――この問題に決着をつけなければ、この問題に納得のいく答を見い出さなければ、アウグスは母モニカを通じて幼少期から身につけてきた神と世界についての原イメージも、父パトリキウスから受けついだローマ文化への誇りに満ちた一体感も、すべて揺り動かされ、みずからの精神、みずからの根幹が、危うく崩れかねないと感じていたにちがいないのです。

「悪はどこから来るのか」――幼少期のアウグスにとって、彼の回想によれば学校教師の鞭打ちの罰などは悪そのものでした。その悪に対して、問いかけではなく、回避することだけが問題でした。フィルムスの乱に際し、ふつうの市民は問いかけではなく、乱を回避したり鎮圧することだけが問題でした。しかし今、若きアウグスは悪というミステリウム、悪の根源に立ち向かおうとしています。なぜならばこの問題は、私たちには形而上学的で抽象的、ただ観念上の問題にすぎぬように見えようとも、当時のアウグスにとっては彼の魂に突き刺さった死をもたらしかねない棘《とげ》にほかならなかったからです。

「悪はどこから来るのか」――一切が善き神の被造物であれば、悪は光のささない影のごときものでしかない。しかし、影のごときものは存在《ある》といえるものなのか。にもかかわらず、善き世界を破壊する黒黒とした力は実際に存在するではないか。若きアウグスはひとり疑惑のなかにおります。

第二章　ハドリアノポリスの戦い

三七六年、ウァレンティニアヌス帝逝去の次の年。帝国東方トラキア地方の属州スキュティア（現ルーマニア・ドブロジャ地方）のドナウ河下流国境。

初夏、第四の夜警の時の終わった早朝、歩哨の交替を告げる巻角笛《ブキナ》の音。河面《かわも》から立ち上る霧《きり》が仄《ほの》白いヴェールとなって流れ、濡れるような静けさばかりがある。時折、近くの樹木が亡霊となって浮かび出るが、たちまち姿を隠してしまう。形態を否定する白い霧は歩哨の眼にかすかな不安を引き起こすけれども、存在の重みがなく、現実と非現実とをあいまいにさせたまま脈絡なく通り過ぎてゆく。やはり脈絡のない想いが立ち現れてきて、河の彼方への意識も途切れる。昔の映像の断片が生き生きと、まるで絵画のようにくっきりと見え、次次と移り変わってゆく。永久に失われたはずの記憶がよみがえる。遠くかすかに聞こえる人の声はその記憶の一片のかけら。自分がひとり白い霧の世界に入りこみ、過去への旅路をたどっているかのようだ。どれほどさすらいの時が経《た》ったのか。小鳥のさえずりが急に耳に入ってきた。見ると、岸の木立をおおい尽くしていた霧が見る間にうすれてドナウ河の全景が視野に開かれてゆく。――と、その時、ぎょっとして驚く歩哨の手から緊急合図用の金属笛が滑り落ち、煉瓦の床にあたって乾いた音を立てた。河岸の彼方《かなた》、緑の扇状の平地に黒く広がる覆《おお》いがあって、ゆるやかに動いている。眼を凝らして見ると、密集する人間の群に荷車や家畜などが入り混じり途方もない広がりをつくりながらこちらに向かってくる。

昼過ぎ、対岸から一艘の舟が出てローマ側に着岸した。舟からの使者は国境守備隊長に会見を求めた。使者の言うところでは、対岸の大群集はフン族の圧迫から逃れた西ゴート族難民だった。西ゴート族の使者はフン族について言った。

――まるで地の底から現れたかのように、未知の民族が突如として出現し、行く手を遮《さえぎ》る者を皆殺しにしながら押し寄せて来るのです。

使者は国境守備隊長マキシムスに、西ゴート族のドナウ渡河およびローマ帝国内での居住許可を要望した。代わりに租税支払いと軍兵供出を申し出た。

たしかに、これまでローマ軍には、ゲルマン系の諸部族を支援軍として利用する慣例はあった。しかし、ほとんど一民族全体を丸ごと帝国内に移住させ軍役につかせるなどということは類例がなかった。この時点で、渡河希望のゴート族難民は十二、三万人に達していた。

国境守備隊長マクシムスは急遽《きゅうきょ》トラキア管区軍司令官ルピキヌスに事態を知らせた。しかしルピキヌスも一存で判断できず、皇帝の指示を仰ぐため急使を立てた。

東方皇帝ウァランスは、ペルシア帝国の動きを牽制《けんせい》するため主力軍を率いてアンティオキアに駐留していた。故ユリアヌス帝の敗戦以後、小アジア（現トルコ）の諸都市は深刻な不安に曝《さら》されている。急使は西ゴート族の使者を伴って、駅逓《えきてい》ごとに馬を替え、小アジアの内陸部を横断する軍用道路を走り抜けて、アンティオキアに到着した。数日間の日程を要した。

ウァランス帝とその諮問会議は急使の報告を受けてただちに検討に入った。国境線防備のための兵力は大幅に不足している。財政も逼迫《ひっぱく》している。ユリアヌス帝敗戦による負の遺産は、ウァランス帝即位の時からのしかかっていた。もし、西ゴート族を、トラキアの地に入植させれば、租税徴収と兵徴募とを同時に行うことができる。トラキアの地は、外からの掠奪や厳しい徴税のため大量の農民が逃散《ちょうさん》していた。さらに、彼らがその地に居住すれば、外からの敵に対して強力な防波堤ともなるだろう。こうした理由で、諮問会議は西ゴート族の受け容れに傾いた。しかし、それに反対する慎重論も強かった。というのは、西ゴート族とローマとの間にはこれまで次のような経緯《いきさつ》があったからである。

――ウァランス帝が兄のウァレンティニアヌス帝に推されて東方皇帝に即位して間もなく、故ユリアヌス帝の近親者で、ペルシア遠征第二軍をセヴァスティアヌス将軍とともに指揮したあのプロコピウスが、ユリアヌス直属の将軍たちと結託して反乱を起こした。その際西ゴート族兵二千ないし三千も反乱に加わった。反乱は短期間で終息した。が、このことをきっかけに、ウァランス帝は西ゴート族との全面戦争に踏みきった。その三年後、三七〇年、ペルシア帝国との軍事的緊張が高まり、ウァランス帝は西ゴート族指導者アタナリックと相互不可侵条約を結び主力軍をアンティオキアに移動させた。それ以来、西ゴート族指導者アタナリックは確かにドナウ河国境線を侵犯しなかった。しかし彼は、西ゴート族の地でゴート族キリスト教徒を親ローマ派とみなして迫害し、諸部族に父祖伝来の宗教を強制して、ローマとの戦いに備えている、という情報が伝わっていた。こうした経緯があったので、今回の西ゴート族の受け容れ問題に関しても、ウァランス帝の諮問会議のなかに強い慎重論があったのである。

西ゴート族の使者が諮問会議に呼ばれた。

使者の説明によれば、アタナリックのキリスト教徒迫害は事実だった。しかし大半の西ゴート諸部族はむしろアリウス派キリスト教徒もしくはその同調者で、アタナリックとの関係を断絶させて、今、ローマ帝国への移住を申請しているとのことだった。

「むしろ私たちはフン族とアタナリックから逃れるために渡河をお願いしているのです」

と使者は言った。

引見後、諮問会議はつづいた。ゴート族使者の言葉をそのまま鵜呑《うの》みにするわけにはいかない。十二、三万の難民のなかにどれほどの危険分子がひそんでいるか、分かったものではない。一度《ひとたび》ドナウ渡河を承認してしまえば、万一の場合、苦慮することになる。ローマは異質物を飲み込んで腹痛を起こさないだろうか……。

結局、ウァランス帝の裁定によって、西ゴート族受け容れが決まった。ただし慎重派の危惧を取り除くために、ドナウ河の渡河をアリウス派キリスト教徒およびその改宗者にのみ許可するという条件を課すことになった。

ゲルマン諸族に伝播したキリスト教はアリウス派だった。ウァランス帝自身もアリウス派キリスト教推進策をとっていた。三七〇年にアリウス派のデモフィルスを帝都コンスタンティノポリスの司教に指名して以来のことである。アリウス派は、父・子・聖霊の三位一体の教義を否定し、キリストの上位に父なる神を置く教派である。

渡河申請にたいする許可の勅令が同じ急使によって、属州スキュティアの軍司令官のもとに届いた。急使の出立時には渡河希望のゴート族難民は十二、三万人だったが、帰着時には二十万人近くに膨《ふく》れあがっていた。

間もなく渡河が始まった。

ある資料は、西ゴート族の人びとが多くの小舟、筏《いかだ》、樹木を刳《く》りぬいた舟で渡ったと語っている。が、そのような牧歌的描写はゴート族を未開民族とみなすローマ人歴史家の偏見にすぎない。かつて西ゴート族は現在のウクライナから黒海にいたる地域で、穀物栽培中心の混合農業や、ガラス・製鉄・鍛冶などの部族工業を営み、チェルナコフ文化と呼ばれる独自な文化圏を担ってきた。ゴート語のウルフィラス訳聖書も広く流通していた。以前、西ゴート族指導者アタナリックとウァランス帝とが相互不可侵条約を結んだ時、双方がドナウ河に大型の軍船を並べて対等の形式で約定を結んだ。つまり西ゴート族は立派な軍船や河港施設をもっていた。

ただし今回の渡河にあたっては、十数万の人間に加えて家畜、荷車、食糧、天幕など大量の生活必需品も渡河させねばならない。戦闘用の軍船だけでは足りない。おそらくローマ側の岸から架橋工事が行われた。皇帝諮問会議は西ゴート族を軍兵と租税を供出させるために受け容れたのであるから、それくらいの便宜は図っただろう。実際、渡河後の一定期間、緊急用の食糧支援も約束されていた。また、ローマ軍にとって架橋工事は技術上、何も問題はなかった。すでに紀元前五〇年、カエサルは、「広い幅や急流や深さ」のあるライン河を、「架橋資材を集めてから十日間」で、架橋している（ガリア戦記）。近時にはコンスタンティヌス帝がドナウ河に石造りの橋を架けている。

橋のもたらす便利さ、船とは違う効率の良さ、それがわざわいを生む。わざわい、それは混沌《カオス》である。

人と物が動きつづけ、やがてあふれ、やがて統制不能になる。糧食の欠乏も始まる。その欠乏につけこもうとして、どこからともなくハイエナのような商人が姿を見せる。奴隷商人も混じる。

トラキア管区軍司令官ルピキヌスは続々と到来する難民の群れを擬似戦争捕虜とみなし、不服従に対して剣と槍で容赦なく規制するよう命じた。それはゴート族の側からすれば、皇帝との約定に反する取り扱いである。西ゴート族は決して無一文の難民ではない。貴重な動産もあれば誇りもある。けれども、貴重品は買いたたかれ、誇りは傷つけられる。食糧の欠乏はますますひどくなってゆく。

そのような状況をかかえたまま、司令官ルピキヌスは西ゴート族の大群をマルキアノポリスに向かって移動させた。

マルキアノポリス（現ドブロジャ地方、ドナウ河南一一〇キロの現シュムラ）は属州スキュティアの州都で、トラキア管区軍団基地がある。

マルキアノポリスに近づいた頃、ローマ軍の対応に反発して、西ゴート族の間には暴発寸前の不穏な空気が澱《よど》んでいた。

ルピキヌスはゴート族の暴動を怖れた。ゴート族をばらばらに分断し、それぞれをローマ人将校指揮下の各部隊で監視規制する必要があると判断した。そのために、彼はゴート族全体をまとめあげている指導者アラヴィブとフリティゲルンを殺害しようと企てた。分断するのに邪魔だったからだ。二人を宴席に招いた。目的地に着いたことを祝い今後の善後策を図るという名目だった。

ゴート族のような部族系社会は、通常は、それぞれ大家族単位で行動し、全体としての凝集力は弱い。しかし戦争の場合や今のように定住地を離れた非常時には、英雄的指導者《カリスマ》を立て、これまでの伝統や慣習にもとづく行動様式を捨てて強固な運命共同体を形づくる。部族や氏族の長たちはカリスマ指導者の前に沈黙し、無条件に服従する。

司令官ルピキヌスはこの指導者を殺害して運命共同体を崩そうとしたのである。かつてウァレンティニアヌス帝下の新任指揮官マルケリヌスがカディ族王を宴席に招き殺害したのも同じ理由による。

西ゴート族指導者アラヴィブとフリティゲルンは招きに応じ、少数の護衛のみで町に入った。やがて二人はローマ側の意図を察知した。脱出の機会を窺《うかが》っている時、町の幾つかの入口で騒ぎが起きた。食糧を買うためゴート人が町まで押しかけ、ローマの衛兵と悶着《かん》が生じたのである。ルピキヌスは町へ崩れ込む暴徒の武力弾圧を命じた。騒然となった。その間、指導者フリティゲルンは逃亡した。しかしもう一人の指導者アラヴィブの名は、もはや資料に現れることがない。

この時以降、西ゴート族はフリティゲルン単独指導のもとで掠奪行動を始める。

しだいに行動半径は広がってゆく。属州スキュティアの南隣、属州第二モエシア（現ブルガリア北東地方）までも蹂躙《じゅうりん》された。

トラキア軍司令官ルピキヌスは、遠方からの支援軍を待たず、自軍だけで西ゴート族との戦闘に向かった。トラキア軍団の威信《ディグニタス》がかかっていた。西ゴート族二十万とはいえ、その内には多くの非戦闘員をかかえている。また、戦闘員といえど訓練もなく規律もない。武装能力は極度に貧しい。この辺りの地勢もよく知らない。西ゴート族を打ち破ることはたやすい、と、ルピキヌスは思った。

三七七年、渡河一年後、フリティゲルン指導下の西ゴート族とルピキヌス指揮のトラキア軍団とは、マルキアノポリスから十五キロ離れた地点で衝突し、戦闘状態に入った。この戦闘についての資料は残っていない。しかし結果だけは伝わった。たった一回の戦闘でトラキア軍団は壊滅し、司令官ルピキヌスは戦死した。詳しい資料が残らなかった理由である。ローマ側は語る気にはなれなかった。

ゴート族問題はトラキア地方だけの問題ではなく帝国の問題となった。

ローマ側にとって、敵対する民族を内側にかかえこんだ結果になった。トラキア軍団の壊滅によってドナウ河国境線の新たな侵犯が起きる危険も生じた。実際、西ゴート族指導者フリティゲルンは、この前後の時期から、東ゴート族の指導者たちと連絡を取り合うようになっていた。

東ゴート族も、やはり迫り来るフン族を怖れてドナウ河の渡河を望み、その許可を申請したが、ゴート族の過剰な流入に不安を抱いて、ウァランス帝はこれを拒絶していた。

トラキアのローマ軍団壊滅の知らせはコンスタンティノポリスに衝撃を与えた。東方の帝都コンスタンティノポリスはトラキア地方の東南端に位置している。帝都居住の元老院議員のなかにはトラキア地方に所領や別荘《ヴィラ》をもつ者も少なくなかった。

帝都から緊急の伝令使がアンティオキアのウァランス帝へ派遣された。ウァランス帝はペルシア国境線から離れることができず、代わりにアルメニアに進駐させていたローマ軍団をトラキア地方に送った。さらに、即位して間もない西方のグラティアヌス帝にも支援軍を要請した。

このアルメニアからの軍団と、グラティアヌス帝の派遣したリコメレス将軍指揮の支援軍とは、トラキア地方で合流した。合流後、両軍はトラキア地方全体に分散する西ゴート族掠奪隊に対し掃討作戦を展開した。やがて三七七年冬頃には、西ゴート族全体をドブロジャ地方に追いつめて、この地方の中に囲い込んだ。——ドナウ河はルーマニア平原を西から東へ流れ、黒海に百キロほど近づいた地点で急に方向を北に変え、まっすぐ百数十キロ北上した後、現在の都市ガラッツィ辺りで再び直角に東へ進路を変え、三角洲をつくって黒海へ流れ込む。ドブロジャ地方とは、この、西と北とがドナウ河で画され、東が黒海に面する地域である。

ローマ軍は、この地域に西ゴート族を追いこみ、その南に包囲線を張った。現在の海岸都市コンスタンツァとドナウ河畔都市チェルナボーダとを結ぶ線である。追いつめられたフリティゲルン指揮下のゴート族は、コンスタンツァの北三十キロほどの海岸都市ヒストリア近辺に軍営基地を築いた。ローマ軍は飢餓作戦によってゴート族の全面降伏を狙《ねら》った。しかし、ローマ軍による封鎖は突破された。包囲線を築く軍団兵不足が主な原因だった。

ふたたび西ゴート族の掠奪部隊はトラキア地方に進出、さらには隣接するダキアやマケドニア方面までも侵害を始める。アルメニア軍団と西方支援軍だけでは対応できぬことが明白になった。

三七八年春、ウァランス帝はみずから対ゴート族戦争に赴くことを決意し、主力軍を率いてアンティオキアを出立した。

同年五月末日、ウァランス帝はコンスタンティノポリスに到着した。

ウァランス帝は西方のグラティアヌス帝へ、皇帝親征によるゴート族戦争への参与を要請した。つまりこの時点になると、ゴート族との戦いは東西両皇帝の主力軍を必要とするほどの事態になっていた。

今や西ゴート族以外にも、課税や大所領主の収奪によって没落した農民たち、土地喪失農民、小作、農業労働者、農奴など、さらにはトラキア山地の大量の鉱山労働者たちまでも西ゴート族反乱軍に加担したのである。フリティゲルン指導下の西ゴート族は、父祖の地を捨て、未知の地をさ迷いながら伝統や血縁の狭い意識から少しずつ抜け出していたので、この雑多な人びとを受け容れた。戦闘力を拡充するためにも必要だった。

六月十一日、ウァランス帝は帝都を発向、二十数キロの行軍の後、メランティアスに着き、宿営基地を設置した。この基地滞在中、グラティアヌス帝の派遣したセヴァスティアヌス将軍の先発部隊がゴート族掠奪部隊に対しかなりの戦果をあげたという情報が届いた。セヴァスティアヌス将軍は、ウァレンティニアヌス帝死去の際、ユスティーナの幼帝擁立側に疎《うと》んじられたあの老将軍のことである。当然彼は、今、幼帝側の将軍ではなく、グラティアヌス帝の将軍として軍務についている。

セヴァスティアヌス将軍の戦果の知らせにつづいて、グラティアヌス帝本軍についても知らせが来た。それによるとグラティアヌス帝は要請に応じて対ゴート族戦争へ向かったが、途中、アラマンニ族との遭遇戦《そうぐうせん》に陥った。しかし、その敵を撃破したので、ただちにそちらに向かう、とあった。

七月上旬、ウァランス帝はメランティアスの宿営基地を出立し、グラティアヌス帝との合同作戦を展開するため、ハドリアノポリス（現トルコ・トラキア地方の都市エディルネ）に向かった。斥候によれば、ハドリアノポリスから北二十二キロのニケの村あたりにフルティゲルン指揮下のゴート族全軍が宿営していた。

ウァランス帝はハドリアノポリス近郊に軍営を築き、グラティアヌス帝本軍が西方から到着するのを待った。膨大な非戦闘員をかかえるゴート族の本体は、分散する掠奪部隊と違い、視界から消えることはない。

他方、この時点では、グラティアヌス帝本軍はシルミウムを通過し、属州ダキア・リベンシス（現ブルガリア北西部）のカストラ・マルティヌスに向かって進軍中だった。ここに至ればトラキア地方は近い。

一日が過ぎ、次の日が来る。

待つウァランス帝の心に微妙な影が落ち、影は次第に濃くなった。なぜ自分は待たねばならぬのか、と、彼は思い始めた。即位して間もないグラティアヌス帝が到着し、合同でゴート族を制圧してみても、グラティアヌスの方はアラマンニ族戦の勝利に加えて帝国東方の救済者という声望を高めるだろうが、自分の方は独力でゴート族を抑えきれなかったという汚名を浴びぬとも限らない。斥候の報告によればゴート族の軍勢は二万ないし二万五千、しかも烏合《うごう》の衆にすぎない。にわか仕立ての蛮族軍に兵力の優《まさ》るわが軍が敗《ま》けるはずもない……。

ウァランス帝が西方グラティアヌス帝本軍の出陣を要請したのは、かつてのアルメニアからの派遣軍とリコメレス将軍支援軍との合同の包囲作戦をさらに大規模に実施するためだった。十数万のゴート族を制圧するには飢餓作戦が有効だ。大量の非戦闘員をかかえているゴート族は包囲されればすぐにも食糧欠乏に陥る。全面降伏すれば、ローマ軍は無傷で、しかも思うままに、課税と兵補充のファンドを手に入れることができる。そもそものために西ゴート族を受け容れたのだった。

しかしこの合同の包囲作戦はヴァランス帝自身によって放棄された。すなわちヴァランス帝は待つことをやめ、単独で西ゴート族との戦端を開くことを決めたのである。――西方から来たリコメレス将軍が、もう間もなくグラティアヌス帝が到着するのだから、と言って引き止めたにもかかわらず。

勝利の栄誉をグラティアヌス帝と分かつことを拒む卑小な名誉心、嫉妬心が、帝国の運命にかかわるこの瞬間にヴァランス帝をとらえた。その心の背景にはこれまでのヴァランス帝の過去がある。

彼は三十五歳の時、帝国東方の皇帝に即位した。見栄えのしない軍歴、特別の功績もなく、したがって軍団内に声望があったわけでもない。単にヴァレンティニアヌス帝が実弟であるヴァランスを推挙したからだった。

即位の翌年、プロコピウスの乱が起きた。プロコピウスは故ユリアヌス帝の親族だった。当初、彼は帝位に野心をもっていなかった。むしろ反対に、故ユリアヌス帝の近親者ゆえに帝位への野心を疑われるのを怖れ身を隠すほどだった。その彼が反逆に踏みきったのは、帝都におけるヴァランス帝の不人気のひどさを知ったからだ、と言われている。プロコピウスの反乱は鎮圧したけれども、ヴァランス帝には人望や家柄についての暗いコンプレックスが残った。

乱鎮圧後、ヴァランス帝はプロコピウスを支持した西ゴート族に戦端を開いた。その執拗な戦争は、帝国防衛というよりも復讐のためであり、同時に、ゴート族の征服者という称号《タイトル》のためだった。しかし、ペルシア王シャプール二世がローマ属国アルメニアへ介入するという事態に至って、ゴート族との間に対等の相互不可侵条約を結んで、アンティオキアに移動せざるをえなくなった。繰り返しになるが、蛮族との対等条約は過去の栄光を背負うローマにとって不名誉そのものである。

アンティオキアに宮廷を移した三七一年、皇帝厭魅《えんみ》事件が起きた。——宮廷官僚のヒラリウスという人物がアテネ・デルフォイ神殿の占い用具をまねた三脚台を作り、誰が現皇帝の後継者になるか占ったところ、三脚台の盤に三文字が現れた。それはテータTHとオミクロンOとデルタDだった。占いにかかわった官僚仲間にガリア出身のテオドロスという人物がいたので、本人もその仲間たちもテオドロスを皇帝後継者として信じた。そのことが、密告によって暴露された。関係者は逮捕され処刑された。しかしそれだけでは終らなかった。ヴァランス帝は拷問を用いた陰湿な調査によって、無実の官僚や貴族を多数処刑した。宮廷世界に不安や恐怖が広がった。そのことが結果としてヴァランス帝自身の猜疑心を強めてゆくことにもなった。

フィレンツェ・ウフィツィ美術館にはヴァランス帝の胸像が所蔵されている。その、遠方に視線を遣《や》る白目がちの大きな眼は、同館所蔵のコンスタンティヌス帝巨像頭部やローマ・カピトリノ美術館所蔵のコンスタンティウス二世像頭部と似ていなくもない。皇帝の眼は一切に及び、そこからは隠れようもない、という含意の皇帝像共通の様式によるのだろう。しかし、むろんこの三者それぞれの顔つきは共通の様式をはみ出して個性の痕跡をとどめている。ウァランス帝の両眼はたしかに大きく、たしかに遠方を見つめている。しかし、その眼は、厚く重いまぶたを持ち上げ何かを探ろうとするかのような疑わしい光を浮かべる。太い鼻、厚い唇、ほとんど二重顎に近い口もと、顔つき全体は、精悍さを欠き、でっぷりとはしているが、どこかがつがつしているような貧相な印象を与える。

政治や軍事にたずさわる者は、猜疑心や名誉心とは無縁というわけにはいかない。人の好《よ》さだけでは仕事は果たせない。しかし時には味方を、さらに時には敵をも信頼する知的な、懐《ふところ》の深さがなければならないし、また時にはみずからの名誉心を捨てて大義につく気概もなければならない。ウァランス帝はそのような資質を欠いていたように思われる。

三七八年八月の初め、ウァランス帝はグラティアヌス帝を待つことをやめ、ゴート族との単独の決戦へと踏み出した。ハドリアノポリス近くの宿営基地で出陣式を行い、行軍準備を完了した。

しかしその時、すなわち八月八日、意外なことが起きた。西ゴート族指導者フリティゲルンから、使者一騎がローマ軍陣営に来たのである。使者はキリスト教アリウス派の若い司祭だった。神の平安を告げに来たと挨拶してから、いずれの側にとっても得るところのない戦いを回避するために、二年前、三七六年の約定の復活を提案した。

ウァランス帝は拒絶した。無条件の降伏か、決戦か、いずれかあるのみ、と答えた。彼は和平交渉の使者をゴート族側の弱体と動揺の表れと判断したのである。輝かしい勝利が目の前にあるのに、なぜ交渉などという譲歩の姿勢を示す必要があろうか……。

あなたは神の使者を退けられた、という呪いの言葉を残して、使者は去った。

八月九日早朝、ウァランス軍はゴート族陣営を目指して進発した。歩兵軍九個師団と六補助軍、騎兵二軍団、総勢四万の大軍だった。

西ゴート族陣営はハドリアノポリスの北十九キロの丘の上に位置していた。

ローマ軍四万は、岩石の多い荒れた地域を通り抜け、できるだけ最短の行路をとった。暑熱での消耗を避けるためである。トラキアの夏の太陽は時間とともにギラギラと輝きを増し、岩石に跳ね返り、光の渦をつくる。前方をカーブする騎兵の甲冑《かっちゅう》や馬甲《うまよろい》が銀色に燃える。ほとんど禿山《はげやま》のようなトラキアの荒地には休む場はない。無風の熱射のなか休息なしに行軍はつづく。

白い太陽が頭上に近づく前に、ローマ軍は行軍を終えた。

遠く、ゴート族軍の戦列が横に長く延び、その左で騎兵軍が臨戦体勢をとっている。この陣形の背後には四輪荷車を長大な三日月形に配置した防御陣が築かれていて、そこには予備軍が交替の時を窺っている。

ローマ軍は司令官の号令に合わせて行軍陣形から攻撃陣形へと編成替えを行う。騎兵前軍が左翼に移り、弓兵・投槍兵を含む歩兵軍縦隊は横に長い方陣をつくる。騎兵後軍はその横の右翼に移る。ゴート族軍背後の高地から見ると、ローマ軍団の動きはまるで大地に幾何学文様を描いているかのように見えただろう。

陣形を整えたローマ軍は沈黙を守り、合図のラッパが鳴り響くのを待っていた。

その時、西ゴート族陣営から一騎の使者が来た。あの若いキリスト教アリウス派の司祭だった。ゴート族はこの最後の瞬間にも戦闘の回避を望んでいた。使者は相互から責任ある地位の者を出して和平協議を行いたい、と申し出た。

すでにこの時点では、ローマ軍司令官たちは西ゴート族軍が予想を越える兵力を持つことに気づいていた。敵の防御陣内予備軍の正確な数は分からないが、対峙する敵戦列から推測するに、ゴート族軍はこれまで予想した軍勢の二倍を越えることは明らかだった。西ゴート族側だけでなく、ローマ側にとっても戦闘に突入することに益はなかった。勝っても甚大な被害を被るならば、その勝利に意味はない。

リコメレス将軍が交渉に応じるようウァランス帝を促した。そのやり取りに時間がかかった。ウァランス帝が躊躇している間に、白い太陽がかすかに動いた。

その時、ローマ歩兵軍前列左端から悲鳴とも雄叫《おたけ》びともつかぬ声があがった。カジオとバクリウス指揮の宮廷親衛部隊が司令官の命令なしに突撃を開始したのだった。その動きに引きずられて戦いが始まった。歩兵全軍が前進した。その側面を守るために右翼騎兵軍が動き出す。

すると、右方向にある丘の影からアラテウスとサフラックスの指揮する東ゴート族騎兵軍が突如姿を現し、ローマ騎兵軍に襲いかかってきた。ローマ騎兵軍は防ぎきれず逃散した。歩兵軍は騎兵軍の援助なしに戦闘に突入した。

この戦闘に関しては、実際に参戦した歴史家アミアヌス・マルケリヌスの証言がある。彼は生き残った兵からも聴取したのだろう。

1 いたる所で武器がぶつかり投げ槍や矢が飛び交《か》った。戦争の女神ベローナは今までにない狂
気に駆られて、愁《うれ》えるローマ人を禍《わざわい》に落とすためトランペットを吹き鳴らした。退却するわ
が軍にあっても、多くの者たちが互いに叫びあって踏みとどまった。が、戦闘は炎のように
広がって兵士たちの心に恐怖を吹き込んだ。狙いをつけた弓兵の矢や、投げ槍が弧を描いて
誰彼となく刺し貫いた。
2 やがて両軍の戦列は船の舳《へさき》のような丸く突き出た形をとって進んで行き、代わるがわる押した
り押し返されたりして海の波の動きに似ていた。
　わが軍の左翼の先端《コルヌ》は敵の車陣《プラウストラ》にさえまで達していたから、（もし騎兵の援助があれば）さら
に突き進むことができた。しかし左翼騎兵軍に見捨てられ、敵の大軍の圧力を受けて、巨大
な堤防《アゲル》が崩壊するように圧迫されて崩壊した。歩兵軍は無防備のまま円形に密集し、剣を引
き抜いたり、腕を振りまわすのも難しいほどになった。今や巻き上がる砂ぼこりのために天
が明晰さを欠き、恐るべき叫び声ばかりを反響する。そのためあらゆる方角から死と深い傷
をもたらす飛び道具が放たれて的《まと》にあたった。見て避けることができなかったのだ。
3 膨大な数の蛮族兵がなだれ込んで来て馬や人を打ち倒していった時、戦列は圧迫され退却すべ
き場はどこにも開かれず、しかもなお密集が強まり退路が見えなくなったので、わが軍の兵
士は、ついに、なすがままになるのを拒絶し、反撃に出て、剣に倒れても、なお剣で敵を切
り倒した。両軍の兵は斧《おの》の一撃で青銅のヘルメットも、そして胸鎧《よろい》も打ち砕かれた。
4 この時、蛮族たちの気高い勇気を見ることができた。大きな声で立ち上がろうとして再びひざ

を屈しても、鉄で右手を切られたり側面を貫かれたりして死に臨んでも、荒荒しい視線を敵を威脅するかのごとくあたりに投げていた。

　両軍のぶつかりあいによって倒れて、地表は死体でおおわれ、戦場は殺された者たちで満ちた。刺し貫かれ、深い傷を受けて死にゆく者たちのうめき声が聞く者に異様な恐怖をひき起こした。

5 この激しい混乱と騒乱のなかで、歩兵軍《ペディテース》は危険にさらされて消耗し、思考力も失われ、衝突ごとに矢も失われていったので、引き抜いた剣だけで、密集する敵軍のなかに、身の安全を考えずに突入していった。実際、あたりには逃げ場も見えなかった。

6 地面は目に見えぬ血の流れができていて滑り倒れやすいから、誰もが命がけで注意せねばならぬ。かしの木のような決心で身を投げ対抗しているので、味方の飛び道具に当たって死ぬ者さえもあった。ついには、すべての様相《ファキエス》が黒い血の色彩を帯びた。どこに目を向けても、倒れた者たちの同じような群れだ。命なき死体を無造作《むぞうさ》に踏みつけていく。

7 太陽は高くなり、ついに天の女神の住まいまで来て、飢えと渇きと武具の重さで疲れ力弱まったローマ兵たちを焼き焦がした。蛮族軍の最後の圧力を受けて、その重圧のためにわが軍の戦列は砕かれた。それが最後列の予備軍にまで及んだので、無秩序に、誰もができるがままに背を向け、壊走が始まった。

8 すべての者たちが散って知らざる道を逃げた時、皇帝（総司令官《インペラトール》）は恐るべき恐怖《ディールス・パボール》に取り囲まれて、少しずつ死体の山を越えて投槍兵とマティアルス兵たちの所まで避難してきた。彼らは、敵の群れに対して持ちこたえられている間、その場から身を離さなかった。彼（皇帝）を見て、トラヤヌス将軍は、もし親衛隊に見捨てられた君主《プリンケプス》がせめて外国補助軍に守られなければ、一切の希望が失われるだろう、と叫んだ。

9 これを聞いて、ヴィクトールという名の指揮官《コメス》が、それほど遠くない予備軍の場にいるバダヴィー族に急ぎ皇帝（総司令官《インペラトール》）を守るようにと、急遽《きゅうきょ》命令を出した。が、そこには誰もいなかったので、彼（皇帝？）は後方に離れて行った。同じように、リコメレス将軍とサトゥルニウス将軍たち自身も危険から逃げて行った。

10 かくして、蛮族たちは荒荒しく、眼をぎらつかせながら、今や血管の熱を失って鈍くなっているわが軍を追撃した。少なからぬ者たちが一人で多勢に倒された。

ある者たちは自分たち自身の武器で殺害された、というのも、彼らは反撃するためにかたまったけれども、退くべき場所もなく倒れた者たちを避けることもできなかったからである。

11 これらに加えて、あれこれの道を、深手の傷でうめき横たわる多くの死にかかった者たちが塞《ふさ》いでいた。彼らとともに、多くの馬の死骸も野を満たしていた。この、ローマの国にとって測りがたい、取り返しのつかない損失の後に、輝く月明かりのない夜が来た。

（原典《テキスト》はLoeb Classical Library, Ammianus Marcellinus, XXXI, 13, 1-11）

ローマ兵の重い甲冑《かっちゅう》は勝つためのもので逃げるためのものではない。戦場で倒れた者よりも敗走中に落命した者が遥かに多かった。騎兵軍は逃散したが、歩兵軍の九個師団および五補助軍は全滅した。

名前の分かっている指揮官だけでも三十五名が戦死した。軍勢四万のうち二万七千の将兵が戦死した。皇帝ヴァランスも死んだ。

ハドリアノポリスの戦いは、その後のゴート族とローマ帝国それぞれに大きな、相異なる影響を及ぼしてゆくことになる。

ゴート族はこれまでの半農半牧の民族という性格から、誇り高い軍事団体という性格を強くしてゆく。他方ローマ帝国は、東方帝国軍に生じた空白を埋めるために、ゲルマン系傭兵軍に依存度を増し、そのための財政政策などに敗戦の影を曳《ひ》いてゆく。

しかしハドリアノポリスの戦いの影響は単に政治・軍事の面に限られはしなかった。それぞれの側の精神に与えた影響の方が、おそらくはそれ以上に甚大だった。

ハドリアノポリスの戦いは、西ゴート族にとって文字通りの奇跡の勝利だった。民族は滅亡の危機に面していた。敗戦の場合はもちろんのこと、たとえ全面降伏したとしても、個個人はバラバラに、奴隷として、農奴として、ローマ下級兵として、などなどとして、生きてはゆくであろうけれども、民族それじたいは死滅してしまっただろう。いかなる者が民族の生命を救ったのか。指導者や戦闘従事者の武勇だけで奇跡は起きない。すべての者が暗く押し迫る戦いに不安を抱いていた。武器も貧弱だった。訓練も準備も十分ではない。地の利もない。にもかかわらず、一方的で圧倒的な勝利だった。神が背後にあって支え、強大なローマ軍を禍《わざわい》へ導いたにちがいなかった。もちろんそうには違いなかった。が、しかし、その神はいずれの神だったのであろうか。

フリティゲルン指導下の西ゴート族は、先祖の神々を奉ずるアタナリックの支配と袂《たもと》を分かち、祖国の地を後にしてきた。だから奇跡の神は先祖伝来の神々ではなかった。なるほど祖国の地から離れても、心に先祖の神々への信仰を抱きつづけた者はいた。しかし、あのドナウ河の渡河に際して、キリスト教アリウス派への改宗を誓約しなければならなかった。だからその時、実際に、先祖の神々と袂を分かったのであった。

するとどうなのだろうか。奇跡の神はキリスト教アリウス派の神だったのだろうか。事実、渡河した西ゴート族のなかにキリスト教アリウス派の信者は多かった。しかし多くの者は、渡河の条件だったので、あくまで必要に迫られて、仕方なく、誓いを立てたにすぎなかった。そのような事情にもかかわらず、キリスト教アリウス派の神は、奇跡による救済をもたらすだろうか。もしもキリスト教アリウス派の神が実在したならば、そのような一時の、その場しのぎの、誓いを、むしろ罰したのではあるまいか。――いいえ、そうではありません、とひとりの者がフリティゲルンに言った。

「いいえ、そうではありません、奇跡による救済はキリスト教アリウス派の神のなせる御業《みわざ》です」

フリティゲルンの使者を果たしたあの若い司祭だった。

彼によれば、ドナウ河の渡河の際、多くの者がその場かぎりの一時の誓いを立てたのは確かで、それは人の側からすれば偽りの誓いではある。だが神の側からすればそうではない。神はその誓いをまことのものと受け取り、いわばみずからあえて欺かれるかのごとくして、奇跡による救いを与えられた。そうすることで、その一時の誓いを一時のものとはせず、永遠のものへ固めようとされたのである、と言うのだった。神はねたみ深き神である。一度《ひとたび》誓いを結んだ者を失うことに甘んじられない。しかし、それだけではなく、私が使者としてウァランス帝のもとへ赴いた時、彼は同じキリスト教アリウス派の神のもとで平和を約定することを拒絶して、その神の怒りを被ったのにちがいないのです、と、若き司祭は言葉を加えた。

ハドリアノポリスの奇跡の勝利以後、西ゴート族はキリスト教アリウス派への信仰を強めていった。その影響は他のゲルマン系諸民族にも及んでゆくことになる。

ゴート族にとっての奇跡の勝利はローマ帝国にとってはその正反対の奇跡、神の怒りだったから、宗教に関してもちょうど反対のことが起きることになる。つまりアリウス派の勢力はしだいにローマ帝国側では後退してゆくことになる。


ハドリアノポリスの戦いの前夜、若き皇帝グラティアヌスは西方主力軍を率いてウァランス帝救援に向かっていた。トラキア地方に接近し東方主力軍と合流するその間際に、ハドリアノポリスの惨劇が起きた。その出来事は決して忘れることのできない陰鬱な衝撃となって、グラティアヌス帝の心に刻まれた。

虚しく帝都トリアに帰還したグラティアヌス帝は、ただちにウァランス帝後の東方皇帝を選び、共同して帝国東方の再建に取り組まねばならなかった。その彼が東方皇帝に指名したのは、皇帝反逆罪で処刑されたテオドシウス将軍の長子、同名の若きテオドシウスだった。

グラティアヌスは即位後間もなく、処刑されたテオドシウス将軍の近親者フラヴィウス・アントニウスを側近に抜擢し、さらに続けて将軍の兄弟フラヴィウス・エウケリウスを帝室財務長官に選んだ。もちろんそれは、テオドシウス将軍を刑死させ、故ウァレンティニアヌス帝の後妻ユスティーナの幼子を皇帝に擁立した軍・官勢力への反発のためだった。若きテオドシウスを東方皇帝に選んだのはこの線に沿っての行動だった。が、この時、別の理由も加わっていた。

グラティアヌス帝は、即位後しばらくの間、宗教問題に関しては父ウァレンティニアヌス帝の寛容政策を引き継いでいた。しかし、ハドリアノポリスの出来事が起き、東方皇帝の選任が急務になった時点では、彼は急にキリスト教ニケア派（父・子・聖霊の三位一体の神を奉じる教派、カトリック）のミラノ司教アンブロシウスと密接な関係をもつようになり、その感化も受けて、スペインの熱心なニケア派である若きテオドシウスを東方皇帝に選んだ。ハドリアノポリスの戦いの翌年、三七九年のことである。そしてこの年、グラティアヌス帝は宗教寛容策を捨てた。代わりに彼は、新帝テオドシウスとともに、帝国の西方および東方をキリスト教ニケア派で統一する構想を抱くに至ったのである。

司教アンブロシウスによれば、ハドリアノポリスの出来事はキリスト教アリウス派に対する神の懲罰にほかならなかった。グラティアヌス帝がその言葉をそのまま信じたかどうかは定かでない。しかし彼が司教アンブロシウスの影響下でアリウス派を抑圧しニケア派推進政策を推し進めていくのは事実である。すなわち司教アンブロシウスの影響のもとで、西方グラティアヌス帝と東方新帝テオドシウスは、キリスト教ニケア派（カトリック）の国教化政策をめざしてゆく。ところで、こうした方向へ皇帝たちを導く司教アンブロシウスとは、一体、何者だったのだろうか。

＊

アリピウス、アウグスティヌスを語る
その三、悪の問題（つづき）

輝かしい将来をになって北アフリカ最大の都市カルタゴに留学したアウグスはタガステの人たちの評判の的《まと》でした。これまで都市《まち》の有力な市民の子弟でも、せいぜい学園都市マダウラで教育を受けた者がいる程度で、それさえも数少ないのに、世界の一流の教師たちの集まるカルタゴの大学で学問の道を歩んでいたのですから、タガステの都市《まち》の公共浴場や広場で人びとの世間話の話題が子供の教育などに及ぶ時、羨望《せんぼう》の混じるようなひびきでアウグスの名が人びとの口調にのぼったのもふしぎではありません。ところが、その、カルタゴ時代のアウグスをとらえたのは、悪《マルム》はどこから来るのか、という問題なのでした。いったいアウグスという人は、暗い憂愁に満ちた、哲学などに関心をもつ若者にありがちな、自分の内にこもって外の世界に冷ややかな視線を配る少々陰気くさい青年だったのでしょうか。いえいえ決してそうではありません。カルタゴはフィルムスの乱の時、以前にまして気晴らしを求め、円形劇場での喜劇、踊り、道化師たちの演技、戦車競技場での白・赤・青・緑の組分け

の賭けごと、剣闘士競技場での血なまぐさい興奮などなどによって、みずからの不安をかき消すことに懸命でしたが、その中でアウグスは、悪はどこから来るのか、という問題に正面から向かいあい、不安という神からの呼びかけから逃げようとはせず必死に応答しようとしていたのですから、彼アウグスは決して暗い憂愁に閉ざされた人だったわけではありません。

フィルムスの乱が終息したのは三七四年、アウグス二十四歳の時でした。その年、彼はカルタゴでの学業を終え、タガステの都市《まち》の教師となって帰って来ました。私事になりますけれども、彼は私たち世代の者の憧れの的でしたから、私も彼の学生となったのでした。タガステでの教師生活はそれほど長くはなく、二年ほど経《た》つと再び彼はカルタゴに戻り、そこで教師をしながら学問を続けることになります。私じしんもカルタゴに行き、彼のもとで学問を続けることになりました。そう、それから一、二年後の三七八年、ハドリアノポリスの出来事が起きたのでした。

ハドリアノポリス、ハドリアノポリス、なんと不吉な名前であることか。ローマ世界のただ中にあって、蛮族と禿鷹だけがその名前を喜ぶとは……。敗戦のニュースは駆け巡りローマ世界を震撼《しんかん》させました。けれどもそのローマ世界は、少なくとも北アフリカは、いや私のいたカルタゴに限っていえば、海の向こうの出来事に対し、預言者ヨナの訪れたニネベの都市のごとく荒布を着て断食するというにはほど遠く、あいかわらず歓楽にふけり、不安をかき消そうとしているのでした。そのようななかでアウグスはひとり必死に悪の問題について取り組んでいて、フィルムスの乱が終わった後でも、この問題から離れることはなかったのです。神の創られた善き世界を破壊しようとする悪の力はこの乱にかぎられるわけでもありません。事実、ハドリアノポリスの出来事が起きました。アウグスは悪の問題についてなんとか答えを見出そうとして読書と思索をつづけ、まるで修道士のような生活をしていました。次第に面《おも》やつれして、病人のようにおぼつかない足取りで広場を歩いていたり、ながい間黙りこんで一室にこもり考えこんだりもしていましたが、ある日、とうとう一つの光明が彼の精神を照らし、彼自身の納得する考えに行きついたかのようでした。それは私の言葉でいえば、全体の秩序という思想でした。その思想について、彼はこんなふうに私に話してくれたことがありました。――フィルムスの乱やハドリアノポリスの出来事は、ローマ世界を襲った害悪そのものに見えるけれども本当にそうなのだろうか、そうに決まっているのだろうか、アリピウス。何を言いたいのですか、文明の破壊を悪とすれば、それは悪でしかないでしょう。そうだ、確かに、しかしアリピウス、病気さえも健全な身体をつくってゆく上で必要な場合もあるのだから、文明と破壊という分かりやすくはあるが単純な対比だけでは十分とは言えないかもしれない……。フィルムスの乱やハドリアノポリスの出来事は、ローマ世界全体のなかの言わば部分の出来事にすぎない。そこに焦点を合わせてじっと見るばかりで全体の視野を欠いてしまうから、それらが黒黒とした悪そのものに見えてくるのではないか。それ自体が悪そのものであったとしても、全体の視野のなかに置いて見るならば、それらはローマ世界がさらに広く深く発展してゆくための梃子《てこ》や発条《ばね》のような様相をも持つのではないか。むろん悪は抑えねばならぬ、しかしそれを抑えねばならぬということが、ローマ世界の発展の起動力を呼び起こすことになるのかもしれない。アリピウス、君は四百年前のあのトイトブルクの森の戦いのことを知っているだろう、あの戦いでは、ウァルス将軍の指揮するライン方面のローマ正規軍がゲルマン諸族によって全滅させられたのだった。この知らせを聞くと、初代皇帝アウグストゥスは何ヵ月も髭《ひげ》を剃《そ》らず髪ものびるままで、時々、広間の扉《とびら》に頭を打ちつけては、ウァルスよ、私の軍団を返してくれ、と叫んでいたそうだ。しかし、アリピウス、ローマ帝国の本当の発展はむしろその時から始まったのだ。……

アウグスのこのような考え方は、ハドリアノポリスの出来事があってから二年後、「美と適合について」という作品のなかに形を表すことになります。若き修辞学者として、アウグスは美（プルケル）とは何かという問題を取り扱いましたが、そのなかで、全体秩序のなかでの悪という思想を美の問題に適用しています。それ自体として見ると美しくないもの、醜くすらあるものも、全体の秩序のなかで眺めれば美を実現することに一役買っているのだ、と言うのです。

悪というものも全体のなかに置いてみればむしろ全体の善を成り立たせることに役立ってさえいるのだ、という考えはアウグスから終生離れることはありませんでした。ただし、一つだけ蛇足ながら付け加えておくことがあります。フィルムスの乱やハドリアノポリスの出来事に対して、それらを全体の部分として位置づける場合、全体にあたるものはローマ帝国にほかなりません。けれども将来彼は、全体とローマ帝国とをただちに等置することをやめ、全体を神の被造物の総体つまり宇宙（ウニベルシタス）とするようになります。その時点の彼は、ローマ帝国を神の視点からもっと客観的に見つめようとするのですが、それはしかしずっと後《のち》のことですから、先を急ぐ前に、この時期のアウグスに踏みとどまり、彼のかかえた悪の問題の、別の一面、ひょっとすればこれまで見てきた問題よりもさらに深刻な一面へと、ここで入りこんでゆかねばなりません。

アウグスにとっての悪《マルム》には二通りの意味があります。一つはこれまでお話ししてきましたように、フィルムスの乱やハドリアノポリスの出来事のような害悪のことですが、もう一つはこのような外から被る害悪ではなくて、みずからの内側の、能動的な、あなた方にとっては罪と呼んだ方が分かりやすいのでしょうが、そのような衝動や情念のことです。北アフリカの人間だからでしょうか、恋人に対するにせよ、友人に対するにせよ、あるいは祖国に対するにせよ、アウグスは激しい情熱の人でしたが、しかしそれと同時に、とても繊細で内省的で、悪を自分の外に見るだけではなくて、自分の内側に見る深い感性の人でもありました。

アウグス自身の伝える一つのエピソードを『告白』の中に読んで見ましょう。フィルムスの乱の発生した年、アウグスは学園都市マダウラから故郷に帰って来ましたが、その故郷の友人たちと果樹園の梨の実を盗んだことを告白してこう言っています。

——しかし、わたしの憐れむべき魂は果実そのものを愛してはいませんでした。果実なら、もっといいものがわたしのためにはありました。果実を盗んだのは、ただ盗むためだったのです。じっさいわたしは盗んだ果実から不義《イニキタス》のみを食べ、不義を喜び楽しみ、果実は投げ捨てました。
——わたしにとっての快楽は、あの果実のなかにはなくて、共に罪を犯す仲間との連帯《コンソルティウム》がつくりあげた悪事そのもののうちにありました。
——「さあ、行こう、やってしまおう」（エアームス、ファキアームス）といわれると、恥知らずでないことが、恥ずかしいことみたいな気になってしまうのです。（山田晶訳）

これはアウグス十六歳ないし十七歳の時のことでした。『告白』が書かれたのはほぼ三十年後のことですが、その永い年月記憶に残っていたのですね。

カルタゴ時代のアウグスは、当初、フィルムスの乱を外から被る害悪という面で受けとめました。しかし次には、そうした破壊に身を投じる人びとの内側にも眼を向けるようになり、そこに不義を喜ぶ悪、罪、を見ました。ところがそのような暗い、不気味な衝動は自分自身の内側にもあったのです。それに気づいたのです。フィルムスの乱になだれこんで行った人びとは、「さあ、行こう、やってしまおう」（エアームス、ファキアームス）と人に言われて、それに従わないと卑怯で恥ずかしいかのように感じ、今度は自分でもそう叫びながら、「仲間との連帯《コンソルティウム》」に喜びを感じて悪事に走ったにちがいないのですが、後《あと》から内省すると、それは友人たちと果樹園の梨の実を盗みに行った時の自分自身の心の姿にほかならなかった、とアウグスは気づいたのでした。フィルムスの乱も梨の盗みも一つの例であるにすぎません。外から来る害悪はさまざまにありますし、害悪をひき起こす人びとの暗い衝動はどこにも見られます。しかし問題はそれが自分自身の内側にもあるということでした。彼の眼にはどこを見ても悪《マルム》が見える。しかしそれ以上に自分のかかえる内なる悪に視線を向け、その悪に苦しむようになったのです。ふつうの人は自分自身の心の悪、罪とか汚れとかいうものに、自分にとって都合よく鈍感なのですが、彼はそうではありません。そうではなかったので、彼はみずからの内なる悪に苦しみ、その苦しみからの救いの道を必死に求めるようになりました。しかし彼は母モニカの宗教、カトリック教会に逃げこむことには躊躇《ちゅうちょ》しました。

当時、カルタゴでは、カトリック教会とドナティスト派教会とが対立するなか、第三のキリスト教団としてマニ教徒たちが教線を広げていて、アウグスは悪の問題に対し彼らマニ教徒たちの立場にひきつけられてゆくようになったのでした。マニ教によれば、悪は物質《マテリア》から立ち上《のぼ》る闇の力であり、私たち人間も肉体という物質をかかえているかぎり、この闇の力に圧倒されかねない。けれども人間は、理知ある者に共通する光の世界にも属しているのだから、全宇宙で行われている闇と光の戦いのなかで、理知の力によって戦いに加わってゆかねばならず、そうすることによってのみ悪《マルム》からの救いがある。その理知に合致する教えと、その教えを象徴し体得させるための礼典とは、マニ教のみが与えることができる、というのです。なぜ若きアウグスがこのようなマニ教にひきつけられたのか、それにはむろんいくつかの理由があります。

これまで見てきましたように、アウグスには父親譲りの誇り高きローマ人の精神があります。その誇りの根底は、アウグスの場合、ローマ人としての血統や家柄などよりも、学問に励んできた者としての理知《ラティオ》と、それへの信頼でした。アウグスにとっての学問は、ローマ人なら誰でも身につけるべき素養という面もあるのですが、同時にそれは理知による自律の精神を培うという性格をもっていました。真実に誇り高き人は理知によって愚かなる感情を支配し、内側から自律することのできる人のことです。それこそが誇り高きローマ人の姿でなければなりません。ですから、理知を強調するマニ教の教えは、当時の彼にとって受け容れやすかったのだと思います。

しかもマニ教は、一方で、旧約聖書を理知に反するものとして聖典から排除しつつも、他方で聖パウロの書簡の霊と肉との対立という思想と用語とを使って、自分たちの闇と光の戦いという原理を説明し、真正のキリスト教であることを標榜していましたから、その点でも受け容れやすかったのだと思います。母モニカはマニ教というsいかがわしい宗教を嫌い、マニ教にひきつけられたアウグスの魂の救いに深く憂慮するようになりますが、悪の問題をかかえこんだアウグスからすれば、マニ教は父パトリキウスから受けついだ自律と誇りの精神と、母モニカから受けついだ信仰とを、彼のこれまで歩んできた学問生活のなかで折り合わすことのできる唯一の道だったのでしょう。ずっと後になって、アウグスは、理解するために先ず信じよ、という立場を取るようになりますが、しかし今のこの時点では、理解できるかぎりにおいて信じる、という立場をとろうとしていたのでした。

とまれアウグスは、三八三年、ハドリアノポリスの出来事の五年後になりますが、二十九歳の年に、数年間のカルタゴでの生活を打ち切り、ローマで新たな教師生活を始めるために旅立ちます。けれども驚いたことにローマにはわずか一年滞在しただけで翌年にはもうミラノ宮廷の修辞学・弁論術教授という栄えある地位につくことになります。ミラノ宮廷の幼帝ウァレンティニアヌス二世と、その母で摂政のユスティーナは、帝都トリアのグラティアヌス帝とローマ帝国西方の統治を分担していたのですが、ガリアの優秀な知識人は多くトリアに流れてゆきましたから、ミラノ宮廷はローマ都市長官シンマクスに宮廷付き修辞学・弁論術教授の推薦を依頼し、アウグスが選ばれたのでした。アウグスやその周囲の者たちには、この選任は奇跡のようなものに見えたのですが、しかし本当の神の御《み》わざは、その奇跡らしきことの次にやってきました。つまりそれはマニ教を脱却しそれまでの生のあり方を根本から切りかえる彼の回心という出来事です。その出来事が生じるべく神の配慮された契機は、ミラノの司教アンブロシウスとアウグスとの、奇妙な、一見すると矛盾に満ちた出会いでした。

第三章　司教アンブロシウスと宗教闘争

アンブロシウスは、三三九年、帝都トリアで生まれた。その二年前に、コンスタンティヌス帝が没し、帝国西方ガリア、イベリア半島、ブリテンはその長子のコンスタンティヌス二世の治世に入っていた。アンブロシウスの父は行政最高職のガリア道長官だった。

アンブロシウスが幼少期を過ごした帝都トリアは、モーゼル川の河畔都市で、ここからほぼ百キロ下流の地点でモーゼル川はライン河に合流する。ライン河沿いには帝国防衛のための要塞都市が点点と配置されており、帝都トリアの皇帝軍は河川ルートを使い、そのいずれの都市へも支援のため出動できた。つまり帝都トリアは内陸部ガリア・イベリア半島の徴税などの行政と、ライン国境線の軍事防衛とをつなぐ結節点だった。

ガリア道長官の子アンブロシウスは、帝国への視野や感性をある程度このトリア時代に身につけたのかもしれない。

アンブロシウス家は、宮殿の中に豪華な居室をもっていただけではなく、都市の西を湾曲して囲む川を渡ってそれほど遠くない丘に、ぶどう畑とバラの花園のある別荘《ヴィラ》をもっていた。別荘には古典写本を集めた図書室もあったし、祭司付き礼拝堂もあった。アンブロシウス家はキリスト教徒だった。

アンブロシウス十四歳の三五三年、彼の父が死去した。

一家はローマの邸宅に転居した。父も母もローマ名門貴族の出自だった。ローマに移って間もない、聖臨降誕祭一月六日、姉のマルケリーナは聖ペテロ教会で教皇リヴェリウスの司式による修道誓願をはたした。当時なお女子修道院はなかったので、マルケリーナは自邸で修道生活を始めた。

兄サティルスとアンブロシウスは父の跡を辿って高級官僚になるため弁論術、修辞学、法学、古典学、ギリシア語の教育課程を進んだ。アンブロシウス二十六歳の三六五年、二人の兄弟は同じ時期に高級官僚の前段階《ステップ》である法律顧問官となりシルミウムの中央行政官庁に赴任した。この三六五年はウァレンティニアヌス帝即位の翌年で、シルミウムでは新政権の最有力者、イタリア道長官ペトロニウス・プローブスが行政分野に君臨していた。プローブスは元老院の勢力を背景にし、当時としては数少ないキリスト教徒元老院議員だった。アンブロシウス兄弟それぞれが、同じ時期に、シルミウムの法律顧問官に抜擢されたのは偶然ではなく、二人がキリスト教徒の元老院議員だったからであろう。プローブスの妻アニキア・プローヴァはローマのキリスト教貴族婦女子の中心人物で、アンブロシウスの姉マルケリーナとも親しい。

アンブロシウスは、三十一歳の三七〇年、北イタリアのアエミリア・リグリア両州の総督（執政官格州知事）に任命された。この地域はミラノを中心都市として、ガリア、イタリア、東のイリリクムとを結ぶ地域で、政治・行政上の重要性は高い。これに前後して兄サティルスも別州の総督に補任された。

アンブロシウスが着任して三年が経過した三七三年、都市ミラノで一つの事件が起きた。ミラノ司教アウクセンティウスが死去し、深刻な後継者問題が生じたのである。司教はアリウス派だった。アリウス派信徒団は当然、同派から新司教を選出しようとした。ニケア派はこれに反対した。アウクセンティウスの前司教はニケア派だったから、今度はニケア派司教を選ぶべきだと主張した。両派の対立はしだいに激しくなった。

やがて都市全体が騒乱状態に陥り、総督アンブロシウスが直接介入せざるをえない状況になった。アリウス派とニケア派とが司教座聖堂にぎっしり詰めかけ、両派の間に一触即発の危機が迫ったのである。

総督官邸を出たアンブロシウスは急ぎカルド大通りから聖堂通りへ曲がって、大聖堂の正面《ファザード》に出た。大扉門《ポータル》から大聖堂に入り、身廊中央を通って、聖職者たちの座席のある一段高い床に立ち、説得を始めた。

信徒群は静まり返る。その説得の途中《とちゅう》、アンブロシウス晩年の秘書で、後に彼の伝記を書いたパウリヌスによれば、大聖堂の片隅から、

「アンブロシウスを司教に」

というささやくような子供の声が聞こえた。その声は、二度、三度、繰り返された。するとそれに合わせる大人の声も生じて、しだいに広がり、ついにはアリウス派もニケア派もいっしょになって、アンブロシウスを司教に、という大反響で聖堂を満たしたのだった。

この時から両派はアンブロシウスをミラノ新司教に選ぶことで一致した。アンブロシウスは司教になるのを避けるため、係争中の裁判に拷問を導入したり、街路の公娼婦を自宅に引き込んだりした、とパウリヌスは書いている。（M.S.Kaniecka, ed., Vita Sancti Ambrosii, 1928）

しかし、おそらく拷問や公娼婦のことは事実ではない。対立する両派が一致してアンブロシウスを新司教に選ぼうとしたのはなぜか――パウリヌスはその理由を知らなかったので、アンブロシウスの総督としての穏和な司法行政や潔癖な人柄をその理由として想定し、司教職補任を避けるためのこのような行動を描き出したのだろう。

アンブロシウスはニケア派だったから、ニケア派信徒が彼を新司教に選ぼうとしたのは理解できぬわけではない。しかし、彼はこの時、まだ洗礼も受けていない現職の行政官である。さらに不可解なのはアリウス派までもが彼を推《お》したことである。パウリヌスでなくとも、首を傾《かし》げたくなる。

司教になって後《のち》のことだが、アンブロシウスは、彼の兄サティルスが北アフリカの広大なアンブロシウス家の所領を悪辣《あくらつ》な侵害者からいかに巧みに守ったか、そしてその結果、間接的にではあれ教会財産の守護にいかに寄与したかを、信徒たち大衆に語ったことがある。このことから推量すれば、信徒たちは、いずれの派の者もアンブロシウス家の莫大な財産に関心を持っていたと思われる。もし彼が司教になり教会の守護者となれば、その恩沢に浴することができるだろう……。司教は新たなる時代の新たなる都市守護者《パトロヌス》だった。

おそらくアンブロシウスは対立する両派がなぜ自分を司教に選ぼうとするのか、その本当の理由をよく知っていた。だから最初は拒絶した。しかし最後は、それを受け容れた。急ぎ洗礼を受け、司教となる要件を満たすため下級聖職者の経歴を形ばかり駆けのぼって、翌年、三七四年、司教として叙階《じょかい》された。総督職を捨てたのである。

彼の心に何が起きたのか。

アンブロシウスが総督職を辞した時、兄サティルスも総督職を辞して、アンブロシウスの司教職を背後から支える決意を固めた。二人は同時期に法律顧問間として世に出、同時期にそれぞれ州総督となり、同時期に職を辞した。二人のこの経歴の背後には、堅く結ばれた兄弟愛があるばかりではなく、あのペトロニウス・プローブスの存在が影を落としている。

二人が総督職を辞した三七四年は、ウァレンティニアヌス帝死去の直前の時期にあたり、プローブスは反元老院派の宮廷官僚たちによって権力の失墜を余儀なくされていた。兄弟二人は外から見ればそのプローブスの家来だったから政治家・官僚としての将来は暗く閉ざされたように思われた。が、むろん、アンブロシウスがそのことを悲観して宗教の世界に転身したと言いたいのではない。

伝記作家パウリヌスは、アンブロシウスが司教になることを決意した理由として、

「彼は自分に対する神の意志を理解するに至ったので」(cum intelegeret circa se Dei voluntatem)

と述べている。

パウリヌスのこの言葉はアンブロシウスその人に由来するかもしれない。というのはその著作『聖霊論』のなかで、

「聖霊は……神の教会の世話をさせるために、あなた方(司教)をこの群れ(平信徒大衆)の監督者《エピスコポス》

に任命なさったのです」

などと、述べているからである。この、聖霊による司教任命という確信は、彼自身の体験にもとづいているのだろう。

いずれにしても問題は、アンブロシウスが神の意志を知って総督職を辞し、司教職についたということである。つまりそこには彼の回心があった。しかしその回心はどのように生じたのだろうか。

ウァレンティニアヌス帝の政権下、プローブス派とみなされたアンブロシウスの政治家・官僚としての将来は暗い。その暗さを抱《かか》えて、ミラノ司教座聖堂へ対立する信徒団の調停に行った時、大聖堂の片隅から起きた子供の小さな声、やがては大反響する「アンブロシウスを司教に」という声。その時には気づかなかったが、後に沈思するなかで、アンブロシウスはその声に神の意志を聞きとったのである。

あの時、彼は、総督として、対立するアリウス派とニケア派との仲裁のために、聖堂へ赴いた。ウァレンティニアヌス帝政権は宗教的寛容政策をとっている。その政権下の総督として、宗派の対立に対しては中立の立場をとり、仲裁せねばならない。しかし彼自身は、ニケア派の信徒であり、彼にとってアリウス派は邪宗である。だから心に亀裂が生じた。そこにあの反響する声が高鳴ってついにやむことはなかった。その声はその後もずっと彼の耳元に響いた。アンブロシウスはその声とむきあった。深く内省する。ついに彼はその声に神の意志を聞きとった。信徒大衆自身の動機とは別に、彼らの声を通じて神が彼に呼びかけていた。

――ウァレンティニアヌス帝政権の宗教寛容策から離脱して、ニケア派・三位一体の神にのみ仕えるべき時が来た。皇帝でもなく、ましてやペトロニウス・プローブスでもなく、神が自分を呼んでいる。しかしそれは、政治の世界を捨て切ってしまうためではない。政治と宗教は緊密に結びついている。司教になって三位一体の真理を伝えることが、ローマ帝国の再生につながる。そうでなければ、なぜ神は官僚としての自分を司教に立てる必要があるだろうか。ペルシア遠征の敗退も、その後の帝国国境の危機も、真実の神を見失ったことへの当然の報いなのだ。神の意志は異教・異端を排除して、帝国を救済することにある。三位一体の真理のもとで、帝国と教会とが一つにならねばならない。自分はそのために呼び出されたのだ、と、アンブロシウスは思い至った。

アンブロシウスの司教叙階は三七四年、三十五歳の時である。これまでキリスト教の教理には素人《しろうと》にすぎなかったので、数年間、教理の研究に専念する。ギリシア語に堪能だったから、東方の教父たちの著作を研究できた。そうした研究の成果として特に注目すべきは旧約聖書の取り扱いである。例えばマニ教などは旧約聖書をキリスト教の聖典としては認めなかった。旧約聖書がユダヤ人の聖典で不合理に満ちていると判断したからだ。同じ理由で、キリスト教徒のなかにも旧約聖書の取り扱いにとまどいを感じる人びとも多い。これに対しアンブロシウスはキリスト教の立場から旧約聖書を理解する道筋をつけた。旧約聖書の人物や出来事を、一方で歴史上の事実として、他方ではその後のキリストとその教会を予示する記述として、両面から解釈するのである。やがて彼の説教にも文章にも、旧約聖書上の人物や出来事が自由に登場してくるようになる。

雌伏《しふく》の数年を経て、彼を司教に立てた神が彼に予定していた時が来た。すなわち三七八年のハドリアノポリスの出来事が起きた。突然の大惨事は、アンブロシウスからすれば、帝国東方が異端に沈んでいることへの神の懲罰だった。かつて、伝来の異教を復興させようとしたユリアヌス帝がペルシアで敗退したように、今、異端アリウス派を奉じるウァランス帝は帝国東方で敗退した。ローマ帝国の再生は、真実の神を奉じる以外にはありえない。

このようなアンブロシウスの信念に、西方グラティアヌス帝が呼応した。彼は、西方キリスト教の多数派であるニケア派（三位一体の神を信じる教派、カトリック）によって、帝国全体を宗教の面で一体化することを決意し、ミラノの司教アンブロシウスを宗教上の相談役《ブレイン》に起用した。

グラティアヌス帝は、スペインのニケア派信徒で故テオドシウス将軍の長子、若きテオドシウスを東方皇帝に選び、二人で共同してハドリアノポリス後の帝国再建に着手することを決意した。

両帝は西ゴート族に対しては融和策を採り、宗教問題についてはニケア派信条の国教化を急速に進めた。その激動する数年間を年譜の上に乗せてみる。上段は西方グラティアヌス帝、下段は東方テオドシウス帝の施策である。

	グラティアヌス帝	テオドシウス帝
三七八年	ハドリアノポリスの戦い	
三七九年	司教アンブロシウス『信仰について』を皇帝に献呈。 皇帝、司教に『聖霊論』執筆依頼。 宗教寛容令取り消し、異端禁止法。	東方皇帝に即位

三八〇年	異教（伝統宗教）シンボルの貨幣の鋳造停止。 ローマ元老院の異教慣習に対する批難。 司教アンブロシウス『信仰について』第三、第四巻執筆（アリウス派駁論） 西ゴート族のローマ属州第二パンノニア（現ハンガリー）への定住許可。	二月、ニケア信条の国教化。 コンスタンティノポリスからアリウス派追放。
三八一年	司教アンブロシウス、皇帝公認のアクレイア宗教会議の開催（対アリウス派闘争）。 トリアからミラノへ遷都。 ガリアの行政官庁はアルルへ移転。	かつてのローマの敵、西ゴート族王アタナリックを首都へ招待、その死去後、首都で盛大な葬儀を行う。 五月、コンスタンティノポリス宗教会議（元老院議員出身官僚でなお洗礼志願者にすぎぬネクタリウスを首都司教に選出、教会管区と行政管区とを一致させ、教会と国家との一体化・中央集権化を志向）。
三八二年	元老院議場の勝利の女神像祭壇の撤去（伝来宗教による誓いの禁止）。	新型の同盟条約をゴート族と締結

（課税なしの定住、ゴート族の宗教・法慣行による自治、緊急時の兵力提供の際の対価支払い、その場合ゴート族みずからの指導者のもとでの参戦、などの承認）。

三八三年	ブリテン島のローマ軍団、マグヌス・マクシムスを皇帝に擁立。夏、ガリア上陸、グラティアヌス軍とアルル近辺で衝突、グラティアヌス敗死。

年譜について簡単に振り返る。全体として、ハドリアノポリスの出来事の衝撃がこの数年の年譜に反響している。衝撃波はブリテン島にまで及んでいる。

グラティアヌス帝による若きテオドシウスの東方皇帝選出は、すでに触れたように、その父テオドシウス将軍を抹殺した幼帝ウァレンティニアヌス二世擁立勢力への反発を秘めている。と同時に、若きテオドシウスがニケア派による帝国の宗教統一に適任だったからだが、さらに彼が、スペインに逼塞《ひっそく》する以前、属州モエシアの軍指揮官としてすでに軍団に声望があったからでもある。

若きテオドシウスの皇帝選出にともなって、アンティオキアや東方の諸都市では、ウァランス帝時代のあの厭魅《えんみ》事件が想い起こされ、しきりに取り沙汰されたらしい。THOD……。

ニケア信条（三位一体の教理）の国教化は、アリウス派に対すると同時にローマ伝来の宗教に対する闘争だった。これまでに元老院議場には勝利の女神像祭壇が置かれ、議員は審議を開始する前、この女神に誓いを捧げねばならなかった。ウァレンティニアヌス帝時代、多くの官僚が元老院議員となり世襲議員の門閥支配は打ち破られた。しかし新興勢力のなかのキリスト教徒議員の声は、女神像祭壇前での誓約要件がある限り封じられざるをえない。それゆえグラティアヌス帝は三八二年、その祭壇の撤去を命じた。

西方での、アリウス派と伝来宗教に対する宗教闘争の同時進行に対して、東方では、まずアリウス派との対決が先決問題となった。異教寺院の閉鎖など伝統宗教との闘争はしばらく遅れて展開する。コンスタンティウス二世およびウァランス帝時代、アリウス派が公権力に支えられていたので、東方新政権はまずこちらに対して旗色を鮮明にしたのかもしれない。

宗教問題と同時に対ゴート族問題についても、東西両皇帝は新しい政策に踏み切った。かつて東方ウァランス帝は課税収入と兵徴集を目的として西ゴート族の渡河を認めた。それに対し、今回のテオドシウス帝の同盟条約は、名目上は、西ゴート族をローマ宗主権下に置くが、実際には独立の民族団体として帝国内定住を許可するものだった。ローマ側に課税権はなく、緊急時の西ゴート族からの支援軍提供に関しても、西ゴート族指導者の同意と、ローマ側からの対価支払いとが必要となった。しかも支援軍は西ゴート族指導者への所属を失わず、これまでのようにローマ軍指揮官や将校のもとに配属されるのではない。したがって、西ゴート族は法や宗教面での自主性に加えて、軍事面でもかなりの自立性を得た。同盟条約の実質がこのようなものだったので、以後、西ゴート族指導者は、ローマ帝国内部にありながら、みずからを王《レークス》と名のることになる。

西ゴート族に対する妥協は、ハドリアノポリス以後、帝国の軍事力が大幅に減退したことを物語っている。西方の幾つかの軍団も不足を補うため東方へ移転させざるをえなかった。そのためグラティアヌス帝は三八一年に帝都をトリアからミラノに移し、帝国西方の心臓部・北イタリアに防御の重点を置くことになった。

その結果、ライン河方面およびガリアの防衛は手薄となった。そのことがブリテンのローマ軍団の反乱をひき起こした。三八三年、軍団はかつてテオドシウス将軍の副官だったあのマグヌス・マクシムスを皇帝に推戴し、海峡を渡ってガリアに入り、グラティアヌス帝軍と戦闘状態に入った。ずっと以前、マクシムスが北アフリカで創設し、彼とともにガリアに来たムーア人騎兵部隊がグラティアヌス帝に反逆した。詳細は不明だが皇帝軍は内部から乱れて敗退した。グラティアヌス帝はミラノ方面へ逃亡したが、途中、捕縛されアルルで殺害された。こうして大胆な宗教政策や対ゴート族政策を打ち出したグラティアヌス帝の治世は八年間で終わった。

年表は歴史の表面の点と点とを結ぶ線であるにすぎないので、その裏面にある動きや力を十分に映し出すことはできない。

ガリアの地は、以前マグネンティウスの乱をひき起こした。その後、副帝ユリアヌスは、コンスタンティウス二世の意向に従うガリア道長官フロレンティウスの政策に対決した。今回ガリアは、ブリテン島のローマ軍団とミラノに拠点を移した皇帝軍との対立の舞台となった。

これらのことは、ガリアの地が、ローマ帝国のセンターに対して、次第に独自の勢力圏を築きつつあることを物語っているように思われる。マクシムスとその軍団は、まるでガリアの地から呼びかけられ、ひきよせられ、ガリアのために帝国のセンターと戦い始めたかのように見える。彼らの野心や利害すらも、ガリアの地はみずからのために利用しようとしているかのようである。

いずれにせよ、グラティアヌス帝の死によって、帝国の権力状況は大きく変動した。

これまでシルミウムに宮廷を置いていたウァレンティニアヌス二世と摂政の皇太后《アウグスタ》ユスティーナはミラノに遷《うつ》った。

マクシムスとミラノ宮廷はひとまず妥協し、マクシムスはこれまでのグラティアヌス帝の統治領域を支配し、ウァレンティニアヌス二世の統治領域もこれまで通りとなった。しかしマクシムスは若年のウァレンティニアヌス二世の後見役につくことを主張し、この分割統治体制の実権を握ろうとしたので深刻な緊張状態が生じた。

東方の皇帝テオドシウスは、マクシムスによるグラティアヌス帝殺害と権力奪取に対して、遠方から視線を向けるばかりで明確な態度は一切示さなかった。それは、マクシムスが彼の父、故テオドシウス将軍の信頼厚い副官でスペインでの遠戚でもあったからなのか、それとも反対に、ガリアへのマクシムス征討軍準備のためなお時間を必要としていたからなのか、誰にも分からなかった。ローマ帝国の政治空間を薄気味の悪い静けさが支配した。


グラティアヌス帝の死は、政治領域とは別に、宗教の領域でこれまでの政策への反動を呼び起こした。

ローマ元老院は、ミラノに帝都を遷《うつ》したウァレンティニアヌス二世に対して、元老院議場に勝利の女神像祭壇を復元することを要求した。形式上、請願のかたちをとっていても、元老院の要求は宮廷に対して強い圧力を持っている。

元老院は、帝国の政治・軍事に対して、往時の力は持ってはいない。しかし、永い伝統と、とりわけ元老院議員たちの有する計り知れぬ財政力によって、影響力は大きい。

一例をあげてみよう。この時元老院を代表してミラノ宮廷に女神像祭壇復元の誓願文を書いたシンマクスは、財産面でいえば、中程度の元老院議員にすぎなかった。が、それでも彼はローマ市内に三つの邸宅、郊外に三つの別荘を構え、イタリアのラティウム地方とカンパニア地方に十二の所領をもち、それ以外にもサムニウム地方、アプリア地方、シチリア島、北アフリカのマウレタニアにもそれぞれ所領をもっていた。カルタゴでの総督時代、フィルムスの乱を鎮圧したテオドシウス将軍に面会したのはこの所領視察の折である。シンマクスはその息子が行政長官《プラエトル》の職位に就いた時、祝賀のため帝国各地から猛獣や剣闘士などを集めローマ民衆に見世物を提供した。この伝統的な施与行為《エヴェルジェティズム》に二千ポンドゥスの黄金を使った。

ローマ時代一ポンドゥスは三二六グラムで、現在の金貨一グラム四千五百円で計算すると、二千ポンドゥスは約三十億円であるという（井上文則『軍人皇帝のローマ』による）。

シンマクスより富裕な元老院議員のなかには、所領からの年収が四千ポンドゥスを越え、その所領に大邸宅、競技場、広場、神殿、泉などを備えている者もいる。一家族で数千の使用人や奴隷を所有しているのだから、その気になれば千や二千の私兵を用意することもできる。ローマ帝国末期の時代、この大富豪集団は場合によっては帝国の遠心力として動く虞《おそれ》があった。

元老院は、シンマクスを通じて、勝利の女神像祭壇の再設置を皇帝に請願した。これに対して、ミラノの司教アンブロシウスは皇帝宛書簡で反対請願を出した。

過去を体現するシンマクスと、キリスト教による新時代を開こうとするアンブロシウスとは噛み合うことがない。過去は将来へ生き延びようとする。将来は過去の束縛を断《た》ち切ろうとする。


「皇帝はあなたと私がこの問題について直接に話すことを求められた」

とアンブロシウスは言った。

「さようですか、若き皇帝はしなやかに振舞われる。おたがいの融和をお求めなのでしょうね」

とシンマクス。

「いえ、そうではなく、相互の違いをくっきりとさせ、裁決に資するためかと思いますが」

「裁決とはいささか角張《かどば》った言い様《よう》ですね、わたしは元老院を代表して皇帝にただ請願しただけなのですよ、あなたが常に主張する謙虚の徳をわたしも重んじていますから」

「元老院を体現するあなたが謙虚の徳を語るのですか」

「おかしくはありませんよ、請願文をお読みならお気づきでしょうが、わたしは皇帝の寛容《クレメンティア》に訴えて、祖先《マイオーレス》たちが尊重してきた祖国《パトリア》の制度・慣行《インスティテュア》を受けいれるようにお願いしているだけですからね、寛容こそは歴代の皇帝とローマの徳なのです」

「しかしその請願文のなかで、シンマクスあなたは、皇帝たちが父祖たちの慣習《パレーントゥム・モース》に対立することは許《ニル・リケレ》されないと言っている」

「だから?」

「元老院の長老であるあなたは、今の時代において、あなたのいう父祖たちの申し子、跡取りでしょう。

だから、父祖たちの慣習に皇帝すら逆らうことはできない、許されない、と言うのは、実のところあなたの言葉に逆らうことができないと言うのと同じで、それは請願ではなく、謙虚でもなく、皇帝に対する命令にほかならないのです。しかし、元老院やローマ都市長官が皇帝に命令するなどありえますか」

「困ったことですね、そう目にかどを立てられては」

「この問題は信仰の根幹にかかわります、真剣にならざるをえません」

「親愛なるアンブロシウス、ふつうに聞いてくれれば分かってもらえると思いますが、最初の皇帝アウグストゥスは五百年前の人です。現皇帝はそれ以来の年月《としつき》の積み重ねの上に立っておられるのですから、御《おん》みずからの土台を尊重されるべきではありますまいか」

「皇帝は自由です、御《ご》自身のキリスト教信仰に誠実であってなぜいけないのか」

「いけなくはありませんよ、アンブロシウス、むろん皇帝は自由です、が、わたしには皇帝にむかって語りかけるローマの声が聞こえるのです」

「声ですって？　どのような声だと言うのですか」

「最良なる皇帝たち、祖国の父たちよ、わが年齢を尊重せよ、その永い年月の間、敬虔なる儀礼《ピウス・リトス》が私ローマを導いてきたのだ。

私に古《いにしえ》の宗教儀式《カエリモーニア》を実行せしめよ、自分の流儀に従って私は生きる、なぜならば私は自由であるからだ、とローマは言うのです」

「各人は自由、ローマは自由、よろしい、しかし皇帝も自由なのだから、皇帝が強制することを望む時には、各人もローマも忍耐強くあるべきでしょう、さもなくば皇帝から自由を奪うことになる」

「けれどもアンブロシウス、あなただってあのネロのような皇帝をよしとはされますまい」

「むろんのことです、ネロは神に仕えるのではなく自分が神のごとくなろうとしたのですから」

「ようやく、おたがいの融和のきざしが見え始めたようですね」

「何を言いたいのですか」

「わたしには、親愛なるアンブロシウス、ネロとは違うコンスタンティウス二世の方策が賢明だと思えるのです。

かの皇帝は、御自身はキリスト教徒であっても、ヴェスタ神殿に仕える乙女たちの特権を奪うこともなく、歴代の皇帝たちの大祭司という称号も受け継ぎ、ローマ伝来の祭儀の公費支出も拒絶せず、永遠の都市《アエテルナ・ウルブス》のあらゆる街路を喜びながら通って元老院を訪問された。

寺院なども静かに観察され、それらの正面に刻まれた神々の名前を読み、聖所の起源について尋ね、それらを建造した者たちへの称賛を惜しまなかった。皇帝自身は別の宗教に従っていても、それでいてこれらの聖所を帝権《インペリウム》によって、保護された」

「コンスタンティウス二世は特殊な事例です。キリスト教皇帝の模範ではありません」

「特殊な事例であるけれども、賢明な君主の開かれた心を示されていると思う。

わたしたちは同じ星空《アストラ》を見つめ、天空《カエルム》を共通にし、同じ宇宙《ムンドゥス》がわたしたちを包んでいる。それぞれの人がその知性《プルデンティア》によって真理《ウェルム》を求めるが、その違いはいかほどの問題だろうか。一つの道《イテル》によるだけでは、この偉大なる神秘《セクレトゥム》に至ることはできない」

「天の奥義《ミステリウム》を私に教える方は、創造された神御自身《デウス・イプセ》であって、人間《ホモー》ではない。人間は自分自身を知らない。シンマクス、あなたの知らぬその神秘を、私たちは神の声によって知らされている。あなた方が推論・観念で探究していることを、私たちは神の英知とその言葉によってすでに確実なもの《コムペルトゥム》として所有している。だからあなた方と私たちとの間に一致するものは何もない」

「あなたのそのような考え方は前から知っていましたよ、アンブロシウス。それについて言葉を返せば、おそらくわたし自身の品位を汚すことになるでしょう。

考え方の違いについては敬意を払ってそっとしておき、暇あるときの議論として残しておくことにしたい。今わたしたちのかかえている問題は、哲学や宗教だけではなく、帝国の統治にかかわる問題なのですからね」

「そう言うあなたはシンマクス、結局のところ哲学や宗教について、それぞれの違いをそのまま認めることを皇帝に求めているのでしょう」

「そうです。広大なローマ帝国の融和のためには、宗教的寛容《ディシミュラティオ》しかありませんからね」

「あなたのいう宗教的寛容とは、私たちからすれば、迎合、妥協、へつらいでしかありません」

「それはあなたが、あなたの世界に閉じこもって窓を開かないからでしょうよ」

「いいえ、決してそうではありません」

「しかしあなたは、親愛なるアンブロシウス、永いローマの歴史のなかで、皇帝の寛容の徳《クレメンティア》による、宗教的寛容《ディシミュラティオ》が、帝国の統合に大きな役割を果たしてきたことを、否定はされますまい」

「いいえ、シンマクス、あなたは真実に眼を閉ざしてそのように言うにすぎない」

「え、どうして」

「かつても、今も、これからも、宗教的寛容というふうなものはなかったし、ありえない」

「どうしてそう断言できるのですかな」

「あなたは、シンマクス、勝利の女神像の祭壇の復元を皇帝に求めているではありませんか」

「当然でしょう、勝利の女神像を欠く元老院議場で、国法への忠誠をどうやって誓うのか、偽りの心をもつ者をいかなる宗教心によって怖れさせ、偽りの証言をどう防ぐことができるのか。たしかにすべてに神は満ちていて、いかなる不誠実な者も安全というわけではありませんが、しかし神の現臨こそがこれまでなかった恐怖《メトゥス》に各人を向けるのです。

彼《か》の祭壇《アーラ》は、全員の和合《コンコルディア》をもたらすとともに、各人の信義《フィデース》を確保するのに役立ちます。私たちの決意（決議）にとって、全員の誓いにもとづく秩序《オルド》ほど大きな権威を与えるものはないのです」

「元老院議員のなかには少なからぬキリスト教徒がいる。なぜ彼らが、意見を述べる前に異教徒の偶像の前で誓いを立てねばならないのか。それは決して宗教的寛容《ディシミュラティオ》などというものではなく、迫害《ペルセキュティオ》にほかならない」

「あなたはそのことを言いたかったのですね、不幸なアンブロシウス。よく聞いてください。

元老院はローマの歴史とともに古く、勝利の女神像も祭壇も常にそこにあった。そのことを承知してキリスト教徒は元老院議員になった。そして故グラティアヌス帝にすがって女神像祭壇を撤去せしめた。それこそわたしたちからすれば迫害でなくて何なのだろうか。

歴史とともに古い元老院の栄光に浴しつつ、元老院の伝統を否定するというのは、いったいどういうことなのだろうか」

「異教徒の皇帝の時代は終わって、キリスト教徒の皇帝の時代が来た。元老院そのものが昔のままではありえない」

「ローマ古来の宗教は、帝国全体の統合に役立ってきましたし、その犠牲《いけにえ》の奉献、その信仰によって、ハンニバルをローマの城壁から遠ざけ、カピトリウムの丘からガリア人を追い払った。

それを教えられて育ったわたしがなぜ年を重ねた今になって自分たちの過去を否認しなければならないのか。いかにそれが時代の流れに合わなくなったとしても、わたしのような人間にとって心を変えるには遅すぎるし、何よりも自尊心を傷つける行為になるだろう……」

（女神像祭壇についてのシンマクスの請願文 Symmachi Relatio およびそれに反対するアンブロシウスの皇帝宛書簡二通 Ambrosii Epistula XVII, XVIII は、ビュデ版 Prudentius, Contre Symmachum, に収録されている）

シンマクスの請願は永い時代の終わりを告げている。しかし、その後《あと》、いかなる時代が待っているのか誰も知らない。

ミラノ宮廷はシンマクスの請願を退け、司教アンブロシウスの上奏を受け容れた。しかしそのわずか半年後、宮廷と司教は激しい対立に陥った。

三八五年、四旬節の始まる頃、皇帝枢密院はアンブロシウスを宮廷に招請した。枢密院は宮廷による復活祭の礼典のため、ポルキアナ聖堂を速やかに引き渡すよう丁重に依頼した。アンブロシウスはポルキアナ聖堂以外に、新聖堂と呼ばれる司教座聖堂と、それに隣接する旧聖堂とを管理していたので、来たるべき復活祭にポルキアナ聖堂が不可欠というわけではなかった。しかし彼は引き渡しを拒絶した。

その理由は、ミラノ宮廷がこの聖堂を必要としたのは、アリウス派信徒であるフランク族将兵のためだったからである。

当時十四歳の皇帝ウァレンティニアヌス二世と皇太后ユスティーナ《アウグスタ》は、アリウス派ではなくニケア派（カトリック）だった。しかし以前、アリウス派のフランク族将兵はメロバウド将軍のもと、幼帝樹立に際して影の役割を果たした。今またガリアのマグヌス・マクシムスとの軍事的緊張が高まるなか、彼らの忠誠は必須だった。だから宮廷はアリウス派による復活祭礼典のためポルキアナ聖堂を必要とした。

ポルキアナ聖堂はコンスタンティヌス帝の後継者の一人コンスタンス帝によって建造が開始された。ふつうの聖堂の煉瓦積み工法ではなく費用のかかる切石積み工法が採用され、聖堂内には、石組み角柱に囲まれた、皇室用にふさわしい八角形の空間が広がる。その壁面はオプス・セクティールと呼ばれる色彩大理石の嵌《は》め板の装飾が施され、周歩廊や二階通廊の大窓からの採光によって聖堂内部は華麗をきわめる。この聖堂に付属する三つの小堂も皇族の霊廟だった。つまりポルキアナ聖堂はもともと皇族用の聖堂だったのである。

さらにミラノ宮廷は、国法上の問題も念頭に置いていた。故グラティアヌス帝とテオドシウス帝による三八一年のニケア信条の国法化に際し、同年の宗教会議は、「蛮族の人びとにおける神の教会は……すでに彼らの祖先においてあったような仕方で統治されるべきだ」（決議第二項）と定めており、帝国内ゲルマン系諸族のアリウス派は異端禁止法には抵触しなかった。ただし、宗派間の摩擦を回避するため、法律はゲルマン系諸族アリウス派が都市城壁内部で集会を開くのを禁止していた。が、まさにポルキアナ聖堂は都市ミラノの城壁の外、二五〇メートル北の街道沿いの地点（現サン・ロレンツォ・マッジョーレ教会）に位置していたのである。

皇帝枢密院がアンブロシウスを宮廷に招請したのは、すでに用件は伝えてはあるものの、一片の通知でポルキアナ聖堂の引き渡しを命じるのは礼を失すると判断したからである。すでにこの時から一年ほど前、宮廷はアンブロシウスを正式な使者としてマグヌス・マクシムスのトリア宮廷に派遣し、難しい交渉に当たらせていた。だからミラノ宮廷は司教に礼を尽くした。むろん司教との対立をいさささかも予想してはいなかった。

しかしアンブロシウスはポルキアナ聖堂の引き渡しを拒絶した。彼にとって「引き渡し《トラディティオ》」は、大迫害時の聖書引き渡しと同じ背教行為で、三位一体の神に対する裏切りだった。

アンブロシウスが宮殿に入ってからかなりの時間が経《た》った。

宮殿正門前の広場に数百名の群衆が集まった。皇帝権力が力づくでポルキアナ聖堂を奪おうとしている、という流言が都市界隈《かいわい》を駆け巡ったためである。イタリア道長官エウシグニウスがアンブロシウスに群衆を説得して離散させるように要請した。

「私が戻れば、彼らも戻るでしょう」

と言って、アンブロシウスは退出し、群衆にかこまれて宮殿前の広場から去って行った。

その後宮廷から音沙汰はなかった。

四旬節も後半を過ぎ、棕櫚《しゅろ》の日曜日が近づいた。

三月二十七日金曜日、宮廷から使者が来て、宮廷の復活祭礼典のため新聖堂を明け渡すように命じた。ポルキアナ聖堂引き渡しを拒絶したので、新聖堂（司教座聖堂）を要求してきたのである。アンブロシウスは拒絶した。

三月二十八日土曜日、イタリア道長官エウシグニウスが来て、新聖堂ではなく、ポルキアナ聖堂を明け渡すように命じた。アンブロシウスは拒絶した。

三月二十九日棕櫚の日曜日、受難週前日、アンブロシウスは新聖堂で洗礼志願者に復活祭前夜に行われる洗礼について教えていた。その時、宮廷官吏たちがポルキアナ聖堂に向かっていて、信徒たちは抵抗するため聖堂に蝟集《いしゅう》している、という知らせが入った。

その暫《しばら》く後《あと》、聖体拝領の時、宮廷側のアリウス派司祭がポルキアナ聖堂のニケア派信徒たちに拉致《らち》された、という報告が来た。

アンブロシウスは流血事件に至ることを怖れ、その司祭を解放するよう急ぎ指示を送った。

ひとまず混乱は収束したが、ミラノ宮廷はこの暴力事件に関し、都市の治安に責任を負う参事会員で富裕な商人たちに重い罰金刑を課した。彼らはアンブロシウスの支持者だった。

三月三〇日月曜日、ニケア派信徒たちは聖堂引き渡しを拒否するため前日につづいてポルキアナ聖堂に立籠《たてこ》もった。

宮廷は下級官吏に外出を禁止した。皇帝への忠誠心の厚い官吏たちが騒ぎを起こすのを止めるためだ、と宮廷側は表明した。しかしアンブロシウス側信徒団は、彼ら下級官吏が自分たちニケア派の信徒団に加わることを怖れての処置だと言いあった。

三月三十一日火曜日、皇帝特別秘書官が宮廷親衛軍指揮官をともなって、最後の交渉と警告のため司教座聖堂にやって来た。秘書官は聖堂引き渡しを要求した。

「ポルキアナ聖堂は皇室に所有権があります」

「いっさいの私財に対して、皇帝は上級所有権を主張できるでしょうし、もし私じしんの財産であればお望みのままに引き渡すでしょうが、聖堂は神の所有です」

これがアンブロシウスの答えだった。

親衛軍指揮官がポルキアナ聖堂をめぐる騒乱の危惧を述べ、アンブロシウスの責任に言い及ぶと、

「私じしんは群集を扇動する気は毛頭ありませんが、群集を鎮静化できる者は神のみです」

と答えた。

四月一日水曜日、宮廷親衛軍がポルキアナ聖堂正門に皇室典礼用の紫の張帷《とばり》（ウェラ）を掲げた。その後《あと》、聖堂を遠巻きにして封鎖した。アンブロシウスが来れば扇動罪で逮捕する。来なければ聖堂

の内に立籠《たてこ》もる群集は自然に解散する。そう宮廷軍指揮官は考えていた。群衆を強制排除する気はなかった。流血事件は回避せよという上からの命令があった。むろんアンブロシウス側はこのことを知らない。

アンブロシウスはポルキアナ聖堂の信徒団の不安な状況に心を痛めながら、旧聖堂で当日の礼典を執り行っていた。と、聖堂前庭《アトリウム》で大きな声がした。武装兵十数名が姿を現したのである。

しかし彼らは軍を抜け出して信徒団に加わるために来たのだった。

その日、アンブロシウスはぎっしり詰まった司教座聖堂で説教を行った。その説教の中で彼は会衆一人ひとりを、悪魔から試練を受けて耐えるヨブにたとえた。他方、聖堂引き渡しを命じた皇太后《アウグスタ》ユスティーナを、悪魔の手先となって囁《ささや》くヨブの妻、あるいは預言者エリヤの迫害者王妃イザベル、あるいは洗礼者ヨハネの首を求めた王ヘロデの妻ヘロディアにたとえた。

説教が終わりに近づいた頃、ポルキアナ聖堂から信徒が走りこんで来た。興奮した口調で、聖堂正門に飾られた皇室典礼用の紫の張帷《とばり》（ウェラ）が、宮廷側の手によって引き降ろされた、と伝えた。宮廷は復活祭の典礼をこの聖堂で行うことを断念したのである。歓声と感謝の叫び声が起きた。神はこちら側におられた、と誰もが確信した。

しかし本当にそうだったのか、神の助けなくして、皇太后ユスティーナは権力行使を断念することができたのだろうか。少なくとも流血の事態を回避することができたのはユスティーナの方があえて屈服したからである。権力を持つ者があえて屈服する、そこにユスティーナの状況判断（政治）と同時に、信仰もあったのではないか。

いずれにせよ、復活祭の前に、聖堂問題は決着したように思われた。

しかしそうではなかった。

一つの出来事が起きた。

ポルキアナ聖堂正門に飾られていたあの皇室典礼用の紫の張帷《とばり》（ウェラ）が、撤収される前に信徒たちの手によってずたずたに引き裂かれたのだった。明らかにそれは皇帝反逆罪に該当した。皇帝側が権力行使を断念した後の、感謝や敬意とは正反対の、皇帝の品格に対する攻撃とみなすべきこのような行為に対して、もしアンブロシウスがかつての州総督であったならば、職務上、極刑で臨んだかもしれない。

彼は急ぎポルキアナ聖堂に赴き、会衆と一つとなった。

来たるべき宮廷側の報復のなかで、殉教する覚悟をもったのである。それはアンブロシウスだけではない。聖堂にこもる一人ひとりの信徒も殉教する覚悟をもった。一夜、詩篇の歌を歌って、心を互いに励ました。

夜が明けて青い朝が来た。

四月二日聖木曜日、昨日からポルキアナ聖堂を包囲していた武装兵団は撤退した。その後、以前の、富裕な商人たち信徒への罰金刑も、解除された。今度こそ聖堂問題は終わったのである。アンブロシウスとその信徒たちは試練に耐えた。しかし皇太后ユスティーナも試練に耐えた。

（聖堂引き渡し事件の経緯は、F.H.Dudden, The Life and Times of St.Ambrose, 1935 やそれ以後の研究書、またアンブロシウスの姉マルケリーナ宛書簡 Saint Ambrose, Letter 60, to Marcellina his sister, tr. by

M.M.Beyenka, The Fathers of the Church, vol.26, 1954 による）

ポルキアナ聖堂をめぐる宮廷と司教との確執《かくしつ》には、政治的な背景があった。帝都トリアに軍事政権をおくマグヌス・マクシムスは、ガリアのカトリック教会（ニケア派）の守護者であることを標榜していた。もし、皇太后《アウグスタ》ユスティーナがミラノ・カトリック教会を弾圧しているという風評が広がれば、それを口実にして軍事介入する危険もあった。同じようなことは遠方のテオドシウス帝についても言えた。ミラノ宮廷はアンブロシウスやカトリック教会側の扱いに慎重にならざるをえなかった。

司教アンブロシウスはこうした事情をも念頭において、聖堂引き渡しの拒絶を貫いた。といっても、実際の経過は、何が起きるか予断を許さず、宮廷親衛軍が出動した時点からは一切の楽観を捨て去った。特に信徒大衆とポルキアナ聖堂で過ごした夜、キリストの受難の跡をそのまま踏む覚悟だった。その思いで信徒大衆と一つとなり、キリストと一つとなった。殉教の死を受け入れる覚悟だった。

しかし他方では、西のマグヌス・マクシムスと東のテオドシウス帝の存在を考慮してミラノ宮廷の行動の限度を見極め、復活祭にいたる四旬節、受難週の祭歴を、礼典としてではなく現実に、生身に体験する受難劇として耐え、信徒大衆の心にキリスト教の精髄を刻み込もうとしていたかのようでもある。

いずれにせよアンブロシウスが信仰を貫いたのは、政治権力そのものを拒絶したからではない。彼は、ミラノ宮廷に対してアリウス派への傾斜を糾弾し、帝国の将来がニケア派・カトリック教会のみにあることを教えようとしていたのであろう。彼の人生が総督から司教へと転回したのは、そのことによってむしろ帝国の将来に寄与できるし、そこに神の召命の意図を見たからだった。彼にとって政治と宗教は緊密に結びついている。

今の場合にも、ただ心情に忠実な、政治世界とは断絶した純然たる宗教者としてのみ振舞っていたとは思えない。その証拠には、聖堂事件の翌年、三八六年、アンブロシウスは皇太后《アウグスタ》ユスティーナと少年皇帝ウァレンティニアヌス二世のために、二度目の使節となってマグヌス・マクシムスの宮廷に赴《おもむ》き、困難な交渉にあたっている。

マクシムスは、みずから後見人と主張して、皇太后《アウグスタ》と少年皇帝の二人がアルプスを越えてトリアに来ることを要求していた。その要求を退けることがアンブロシウスの交渉目的だった。交渉は難航した。アンブロシウスはミラノ宮廷宛の密書でマクシムスがミラノ宮廷に対する戦争の準備を急いでいると書き送った。

実際、その年の秋、マクシムス軍はイタリア侵攻を開始する。メロバウド将軍の後継者バウト将軍は迎え撃つ態勢を整えた。しかし敗退し、将軍は戦死した。詳細は不明である。ウァレンティニアヌス二世と皇太后ユスティーナはテオドシウス帝の庇護を求めてエーゲ海の海港都市テッサロニキアに亡命した。マクシムス軍はイタリア侵攻開始の翌年、三八八年、ミラノに無血入城した。

＊

アリピウス、アウグスティヌスを語る

その四、回心

アウグスは二十九歳の三八三年、一介の私教師であることをやめ、輝かしい将来を目ざしてカルタゴの港から永遠の都ローマに旅立ちました。輝かしい将来――アウグスはローマ世界での栄誉ある地位を求めて旅立ったのでしたが、もうほとんどそれが実現した時に、回心という生涯を画す出来事を体験し、すべてを捨てて、別の人間、新しいローマ人に生まれ変わって、つまり霊にあっては父パトリキウスの子としてではなく神の子として、故郷タガステに帰ることになります。

回心というアウグスの魂の内実の出来事それ自体に関しましては、この出来事をもたらされた神に対する、感謝と賛美をこめた彼じしんの告白がありますから私が口をさしはさむことは何もありません。私がお話ししたいのは、まず、彼の回心に際して、いわば外側から大きな力を及ぼしたと思われるミラノ司教アンブロシウスの存在についてです。と言いましても、司教が直接にアウグスを教え回心に導いたと言いたいのではなく、アウグス自身の心のなかで、司教との出会いがあり、それが弾《はず》み

となって彼の心の転回が起きていった、その経緯についてお伝えしたいのです。そしてその次に、彼の回心後、その出来事が私をふくめて周囲の者、とりわけ母モニカに及ぼした影響について語っておきたいと思います。彼の回心は決して彼だけのことではなく、それを通じて神の御《み》わざは周囲の者たちに、さらにここにいるあなた方じしんにも及んでいきます。

前置きはこれくらいにいたしましょう。

アウグスがローマに向かってカルタゴを出港したのは三八三年のことでした。この年、海の向こうでは、マグヌス・マクシムスが帝位を僭称《せんしょう》し、ガリアでグラティアヌス帝を殺害するという大事件が起きていましたが、むろんカルタゴではまだ知られておりません。ローマに着いてから、アウグスは私教師としての生活を始めました。が、それはわずか一年間だけのことで、次の年、三八四年、ローマ都市長官シンマクスがミラノ宮廷の依頼を受けて修辞学・弁論術教授の人材を探している折、その募集に応募してアウグスが見事に選ばれたのでした。彼の人に抽《ぬき》んでた力量が認められたのはもちろんのことなのですが、同時に、この頃なおアウグスがマニ教仲間に属していたことも、むしろ有利に働いたかと思われます。というのはこの年の夏、シンマクスは元老院議場に勝利の女神像の祭壇を復元させようとして、ミラノ司教アンブロシウスと激しく争っており、カトリック教会に対立する人間をミラノに送りこもうとしていたからです。ですからこの時、めでたく国立学校教授に選ばれたアウグスは、司教アンブロシウスに対していわば否定の形で、対立する者として出会うことになったわけなのです、もし、出会うという言葉を使うことが許されるならば。

教授職に就任してミラノで新生活を始めると、アウグスはすぐにカルタゴに残しておいた女性とその間に生まれた一人息子アデオダトゥス――神に与えられし者という名の子をミラノに呼び寄せ、さらに父パトリキウスの悲願が半ば到達できたので、父の死後これまで尽力してきた母モニカをミラノに招きました。

母モニカがミラノに来ると、アウグスにとって司教アンブロシウスの存在はもっと直接的で微妙な、名状《めいじょう》しがたいものとなってゆきます。と言いますのは、母モニカはこのカトリック教会の司教に対して敬愛の念を深め、やがて今では周知の、あの皇太后《アウグスタ》と司教とのポルキアナ聖堂をめぐる争いが起きた時には、一夜聖堂に籠って司教とともに殉教を覚悟するほどになるからで、彼女を通じてアウグスは司教について次第に認識を深めてゆくことになります。けれども、アウグスの心において司教アンブロシウスとの真実《まこと》の出会いが成り立つためには一つの出来事が必要でした。その、神の用意された一つの出来事とはこのようなものでした。――ある日、アウグスは雄弁術においても高名な司教の説教が、一体どのようなものなのか関心をいだき、司教座聖堂に出かけて、説教の内容よりも説教の仕方、語り方に注意を払い耳を傾けておりました。その日の説教は詩篇第四五について行われたものでした。助任司祭が詩篇第四五を朗唱します。

わたしの心はよき言葉をあふれ出し、
わたしは王《レークス》の前にわが詩を語る、
わたしの舌は速やかなる書記の筆。
あなた〔王〕は人の子の誰よりも麗《うるわ》しく、

あなたの口唇は気品に満ち、
ゆえに神は永遠《とこしえ》にあなたを祝福された。
勇者《ますらお》よ、剣を腰に帯びよ、
あなたの栄光と輝く剣と、
その装飾《よそおい》をもって高く翔《かけ》よ、
真理と寛恕ある正義のために。
あなたの矢は敵たちの胸に鋭く、
もろもろの民はあなたの下《もと》に倒れる。

神《デウス》よ、御身《おんみ》の玉座は世々かぎりなく、
公正なる棒笏《スケプトルム》は御身の王の棒笏。

あなた〔王〕が正義を喜び悪を憎むゆえ、
神は、あなたの神は、あなたに油注がれた、
あなたに集う人びとの前で、歓喜の油で。

当時のアウグスは、ミラノ国立学校教授に就任してほぼ一年が過ぎ、宮仕えの気苦労で少々疲れ、彼の言葉を使えば「重い屈服の生活」に耐えて、その年の十一月二十二日のウァレンティニアヌス二

世の祝祭のため、皇帝称賛演説の準備に神経を磨《す》り減らしておりました。彼はわたしにそのことを語りましたが、後に『告白』でも書いています。

「私は皇帝にむかって讃辞を朗読する準備をしていましたが、それは、讃辞の中でたくさんのうそをつき、うそつきの私が、それをうそと百も承知の人々のお気にめすようになるためでした。私の心は心配であえいでおり、身もほそる病熱の憂慮で引き回《まわ》されていました」（六巻六章）

このような時に、彼は司教座教会を訪れたのでした。

詩篇第四五は、皇帝称賛演説にもっともふさわしい文言と内容を備えていましたが、司教アンブロシウスは、説教のなかで、驚いたことにこの詩篇をキリストへの賛歌として解釈し、「あなた」と呼びかけられる王《レークス》をキリストのことであると、きっぱり断言したのでした。その時、アウグスは、若き皇帝ウァレンティニアヌス二世に偽りの賛辞を語って世の思わくに取り入ろうとする自分と、真実の神キリストにむかって心からの賛辞を捧げる司教との、まるで方向の違う雄弁術の姿を眼にして強い衝撃を受け、狼狽し、愕然としたのでした。この時、アウグスの心において、司教アンブロシウスとの出会いがあった、と言うこともできるでしょう。司教は意図せずしてアウグスの、日々の苦悩に満ちた思惑と逡巡《ためらい》の生活に衝撃を与え、魂を覚醒する者として立ち現れてきたのでした。

それからやや後《のち》のことになりますが、詩篇第四五の王《レークス》をキリストとして解釈したように、アンブロシウスは他の説教においても旧約聖書の人物や出来事をキリストとその教会にかかわる事柄の予示《シグヌム》として、あるいは含意を持つものとして解釈しましたから、旧約聖書をユダヤの土俗に満ちた迷信とみなすマニ教の偏見を、アウグスが捨てる導きにもなったのでした。

このようにして、司教アンブロシウスの存在はアウグスが回心に向かう際に大きな意味をもつことになったのですが、さらに司教とのかかわりで、もう一つ、私にとって語ることの苦しいお話をしなければなりません。

その頃、アウグスは宮仕えに耐えながら、やがては今よりも自由で栄誉ある地位、たとえば地方総督《プラエダトゥス》のような、元老院議員の資格をもつ地位を得ようとしており、母モニカはそのために必要な、富裕な良家との縁談を調《ととの》えていました。ローマの貴族社会は人脈と富がなければ泳ぎ渡ることができません。『告白』が告白しているので、すでに御承知かと思いますが、この縁組のため、カルタゴのあの美しい少女、今ではアデオダトゥスの母でアウグスの愛する女性は、正式な結婚の妨げとなるという理由で離縁され、アデオダトゥスを残して、ひとりアフリカへ帰ってゆきました。その時に彼女が残したものは、アデオダトゥスだけではなく、

「わたしは今後ほかの男《アリウム・ウィルム》を知ることがありません」

という誓いの言葉でした。

この誓いの言葉の背後には、司教アンブロシウスから教えを受けた彼女の信仰がありました。さようです、三位一体の神への信仰です。三位一体の神への信仰は、子なる神キリストが聖霊によって乙女マリアに宿るという信仰と不可分ですから、司教アンブロシウスにとって聖母マリアの純潔は信徒の模範でしたし、信徒が結婚した場合においても貞潔の大切さを絶えず説いておりました。司教の姉は修道誓願を立て、司教の兄も結婚さえしませんでした。貞潔を重んじる司教の教えに従って、あの女性、アデオダトゥスの母は誓いの言葉を残して去って行ったのでした。

ところがアウグスは、後に私たち友人に告白したところでは、さらには『告白』が公《おおやけ》にしたところでは、新たに婚約した女子がまだ法律上結婚可能な年に至っていなかったので、別の女性との関係をつくったというのです。

「私はほかの女《アリアム》を手に入れた」

とアウグス自身が告白しているとおりです。

あの女性の誓いの言葉のなかの「ほかの男を」（アリウム）に対応させ、「ほかの女を」（アリアム）という言葉を使うのは、あの女性の誓いが彼の心に深く突き刺さっていたからにほかなりません。やがてアウグスに神が迫ってきます。

「あなた（神）は私を私自身に直面させ、いやでも自分の不義《イニキタス》と嫌悪《オディッセ》すべき面を見させられ……」

（八巻七章）

と彼は言ってます。

カルタゴ時代からかかえてきた悪の問題が、彼の内側に息苦しいほど切迫してきました。黒黒としたこの自己嫌悪のなかで、どれほどながく苦しい時を過ごさねばならなかったのか、しかしその彼の心にさしこんでくる一筋の光があった。その光は、自分が不幸のなかへ見放してしまったまさにその女性から発出されたもの、彼女の誓いの言葉にほかならなかったのでした。何もかも捨て、みずから貞潔の世界に入り、孤独にひとりアフリカに去ったあの女性と、再び心のなかで運命を共にすることができれば、その時はじめて、失われた心の平和を取りもどすことができる、と、アウグスは思った（山田晶『アウグスティヌス講話』）。そしてそのめざす貞潔の世界こそ司教アンブロシウスのキリストの世界でした。しかし、悪をかかえ、しかもそれを嫌悪し、悶々としてみずからの意志それじたいが分裂するような状況のなかで、どうすればそのめざす道を突き進むことができるというのでしょうか。その時に、まさにその時に、もはやアウグスではなく神御自身が彼の心のなか深く入ってきて御《み》わざを果たされたのでした。

アウグスの回心は三八六年三十二歳の時です。その年の初春、ミラノではポルキアナ聖堂引き渡しをめぐる宮廷とカトリック信徒団との争いがあって、それが終わって夏も過ぎた頃のことでした。ですからその争いもまたアウグスの回心の背景をなしていたことはまちがいないでしょう。しかし今は先を急がねばなりません。

アウグスの回心を通じて、神の御《み》わざは周囲に及んで行きます。私事にわたりますが、私があの女性とアウグスとの離縁の話を聞いた時、正直に言ってアウグスに幻滅して意気消沈し、耐えかねていました。私はあの女性、アデオダトゥスの母を、まだアウグスが同棲して間もない頃から知っておりましたし、姿形ばかりではなく心も清らかに美しい女《ひと》であることを知っていたからです。けれどもいつしか私はこんなふうに思うようになりました。——ふつうこのような離縁の場合、男は女と離縁する理由が一方的で勝手であればあるほど、女の側に何かしらの落度なり欠点などがあるとあげつらって、自分自身に対してもまわりの者に対しても弁解し正当化し、その結果、離別させられ悲しみのなかに去ってゆかざるを得ない不幸な女に対し、離別するのはおまえのせいだと言わんばかりに追討ちをかけ、重荷を負わせるものだが、実際そのような例を何度となく見てきたけれども、アウグスはそれとは反対に、ミラノ国立学校修辞学・弁論術教授として人びとの敬意も厚いにもかかわらず、このように自分の不誠実な心と行いを私や周囲の者に告白し、あの女性の名誉を守ろうとしている、だから不誠実なアウグスの背後にどこまでも誠実なアウグスがいるのだ、と、このように私は思ったのでした。そしてその後、私の眼の前で彼の回心の出来事が生じて、彼の、その女性に対する誠実さをも証《あか》ししたのでした……。それから間もなく、私自身もアウグスの後を追って、この世を捨てる決意をしました。どう言えばよいのでしょうか、神はアウグスを突き動かされ、その出来事の衝撃によって、私をも突き動かされたのでした。

アデオダトゥスもそうでした。彼はまだ十三、四歳の少年でしたが、どこか不思議な聡明さがあり、キリストの世界のなかに母との再会があることをよく理解して、私たちと共に洗礼を受けることを希望しました。

アウグスの回心を通じて、神の御《み》わざは母モニカにも及び、これまでの彼女の心のあり方をつくりかえ、回心と言ってもよいような出来事を生じさせました。——あなた方が怪訝《けげん》な表情をされるのはもっともなことかもしれません。母モニカの愛と祈りがアウグスを回心に導いたのも確かなのですから、それとは反対に、アウグスの回心がむしろ母モニカの回心をひき起こしたと言うのでは、どうしても腑《ふ》に落ちぬ思いを抱かざるをえないことでしょう。けれどもそのこと、モニカの回心とでも言うべきことは、私がモニカ自身から聞いたことなのです。

そう、あれはアウグスの回心の後、秋に入り、カシキアクムの友人の山荘で、翌年春の洗礼式までの間、私たちが祈りと読書と対話とで過ごした時期の、ある一日のことでした。私は読書に疲れたので、外に出て、プラタナスの木の方に歩いて行きました。そこからは透明な光のなかを遥かに広がる盆地の全景が一望され、白く細い道筋が丘の裾野《すその》をとぎれがちに巡ってやがて彼方に消えてゆきます。それまで木陰のせいで気づかなかったのですが、歩を進めたとき、縞模様のある黄色のチュニカを纏《まと》ったモニカが首をうなだれて、ひとり物おもいに沈んでいる姿が見えましたので、そっと引き返そうとすると、彼女の方が人の気配を感じたのか私に気づき、来るようにと軽く手で合図をしました。それからあれこれと語りあっていたのですが、どのような話の流れだったのか、私は来春にひかえる洗礼式について緊張した気持を話すと、モニカは深くうなずいて、わたしにもアリピウス、あなたに話したいことがあるのですと言って、アウグスの回心が彼女の心にひき起こした出来事について話してくれたのです。静かな声が今も耳元に聞こえます。あの子は大都会のカルタゴで学業をつづけるうちに、マニ教の人びとと交わるようになり、しだいに深入りして、いつか目覚めてくれると思っていてもその気配がなく、やがてひとりの少女と同棲して、わたしからは疎遠になっていきましたので、わたしは遠くタガステで、あの子がいつしか本来のキリストの園《その》にもどるように、日々、祈って暮らしていましたが、今から思えばその頃のわたしの心は知らず知らずのうちにゆがんでいたのかもしれません、とモニカは言って、少しの間、プラタナスの枝葉《えだは》からこぼれる光が地面にゆらめくのを見ていましたが、また続けて……、そのようなある日、わたしは一つの夢を見たのです。夢のなかでわたしは大きな木製の定規の上に立っているのでした。すると、どこからともなく輝くばかりのはれやかな若者がやって来て、暗く沈みこんでいるわたしの顔をのぞきこむようにしながら微笑《ほほえ》みかけ、モニカなぜ悲しんでいるのか、なぜ毎日涙を流しているのかと訊《き》きますので、わたしの子アウグスの魂の滅びを嘆いているのですと答えると、安心するがよい、よく注意して見よ、彼は汝のいる所にいるではないかと言ったので、注意して見るとあの子は同じ定規の上に立っているのでした。それからはこの夢に支えられて祈りの日々を過ごしてきました。あの子がタガステではなく、海の向こうのローマに行ってしまった時も、この夢を何度も想い返し、失望せずにじっと待ち続けていたところ、ミラノで然るべき地位についたという知らせをくれましたので、海を渡ってこちらにまいりました。いっしょに暮らすうちに、マニ教からも遠のき、アンブロシウス司教さまの御説教にも関心を引かれる様子でしたので、あの子がキリストの園《その》に帰り来ることも、きっとそう遠い先ではないだろうと思えて、嬉しく感じていました。そう言って、モニカはふたたび光と影の描く玉もようの、ゆらゆら揺れる地面に視線を落としたのですが、それはまるでその時のモニカの揺れる心を自分で見つめるような、どこか悲愴感を帯びた眼差しでした。風がモニカの黄色のチュニカの裾《すそ》をひらひらさせ、雲の流れる影が大急ぎで谷間を渡ってゆきます。視線を上げ、その影を追うようにしながらモニカは続けました。あの子がキリストの園に帰るのを、ながい間祈り願ってきましたが、それと同時に、夫のパトリキウスとわたしとはあの子が学業を通じて身を立てることにも心を配ってきました。パトリキウスの家柄はとても旧くて、タガステの都市《まち》ができた頃からずっと参事会の要職を務めてきて、時には都市《まち》に多額の施贈を行ったりして、広場の一隅に顕彰碑が建てられたこともあったのですが、先代の頃から家運はおもわしくはなく、パトリキウスは家を再興するため尽力して、あの子にも期待をかけ、学業の資金繰りに奔走《ほんそう》しながら数年前、死去してしまいました。けれどもその甲斐《かい》があって、パトリキウスの願いを実現できる時がやってきたように思えましたので、わたしはミラノの知人を通じてある富裕な名家の令嬢とあの子との婚約を調《ととの》え、元老院議員の身分のために必要な推薦や経済上の便宜を得る約束も済ませたのでした。ほっとしたのも束《つか》の間、なぜかこの婚約について不安な影がさしますので、何か好ましい示現《ヴィズム》を得ようとして神に祈り、懇願をつづけたのでした。が、いつもどこか虚しい幻影《ファンタスティカ》のような物が心に浮かび出るばかりで、それらは決して神からの指し示し《レウェランス》ではありませんでしたし、自分の心が勝手につくり出す夢《ソムニアンス》のような物にすぎませんでした。そうなのです、アリピウス、神はわたしに応答されたまわず、いつ終わるともしれない沈黙がつづくばかりなのでした。そのうち、この物狂おしい沈黙に、わたしの心は神の怒りの気配を感じとるようになって、出口のない部屋の、たったひとり孤独な壁のなかで、外からは聞こえないうめき声を立てていました。永遠に閉ざされた空間のなかで、怖れさえもまひするような、すべてから色彩が薄れ、味覚さえも鈍くなり……、そのようなある日、あの子が突然やって来て、うわずった声で、神と出会ったこと、もうすべてを捨てて、神に従って生きる決心をしたこと、その、心に起きた大事《だいじ》を、知らせてくれたのでした。最初、わたしはとまどい、何があったのかよく分からなかったのですが、その後《あと》で、しだいに、衝撃が生じてきて、わたし自身のこれまでの心組みがこわれてしまい、ちょうど海中に投げ出された身体《からだ》が波間にもぐり、自分が今どこにいてどちらを向いているのか分からなくなるような、そのような心の状態になってしまったのです。けれどもそれも長くは続きませんでした。アリピウス、そのような状態のわたしの心に一条の光が貫いて、わたしは一瞬ですべてのことを理解することができたのでした……。わたしはながくあの子の魂の救済を祈りつづけてきました。わが神はとうとうその祈りを聞き給われ、そしてそのことによって、あのアデオダトゥスの母の心に深い痛手を負わせたわたしに復讐を果たされたのです。え、何ですってモニカ、いえ最後まで話を聞いて下さい、アリピウス、神はイシマエルの母ハガルを深くあわれまれたように、アデオダトゥスの母を深くあわれまれ、誠実な彼の女《ひと》に代わってわたしに復讐をとげられたのですが、その復讐によって、偉大なる神はパトリキウス家の再興という妄執に囚《とら》われていたわたしの心を打ち砕かれ、わたしの身勝手な企てや計《はか》らいをも打ち砕かれ、わたしを、わたし自身から解き放たれて救いの手をさしのべてくれたのです……。あの定規の夢はたしかに実現してアウグスは帰って来たのですが、それは決してわたしのキリストの園《その》のもとへではなく、キリスト御自身のもとにでした。あの子の回心によってわたし自身のつくり上げてきたわたしのキリストの園も崩壊《こわれ》てしまい、わたし自身がアウグスと同じ定規の上に立つことができたのです。そうです、アリピウス、あなたもその同じ定規の上におります、わたしは人から熱心なキリスト者だと思われ自分自身でもそう思ってもいましたから、きっとあなた方以上に回心することが難しく、ようやくあなた方の回心を通じて神の救いにあずかることができたように思われるのです。そう言ってモニカは口を閉じました。モニカと私は遠く白くつづく道が夕刻の壮麗な太陽のなかに消えてゆく光景を見ながら、ながくプラタナスの木の下にたたずんでいました。

とまれ三八六年九月から半年に及ぶカシキアクム山荘での共同生活は終わり、三八七年春三月、私たちは洗礼を受けるためにミラノに戻りました。厳《おごそ》かで感銘深い洗礼式はカトリック教会に共通のものです。ただ、ミラノ教会では、洗礼式の次の週に洗礼の霊的意味《ミステリウム》について、司教による説明と確認の場がもたれることになっていまして、その折の司教アンブロシウスの言葉をあなた方にお伝えするのも無駄ではありますまい。司教はこう言いました。

――さて、あなたは洗礼の泉（深さ七十センチ・メートルの昇降用階段のある大水盤）へおりて行った。あなたの答えたことを思いおこしなさい。あなたは、御父《おん》を信ずる、御子を信ずる、聖霊を信ずると答えた。あなたはそこで、わたしはより大なる者（御父）とより小なる者（御子）とそして最終のもの（聖霊）とを信ずるとは答えなかった。

お分かりのように、洗礼が、三位一体の神への信仰告白であって、アリウス派の神への信仰告白ではないことの確認です。前年、ポルキアナ聖堂引き渡しをめぐる角逐があったばかりですし、また司教アンブロシウスの生涯の課題がアリウス派との闘争にもありましたから、このような洗礼の霊的意味《ミステリウム》の確認が行われているのでした。

さらに司教の説教のなかで、アウグスや私たちに重く響いた言葉がありました。

――あなたは、悪魔とそのわざを捨てるかと尋ねられたとき、捨てると答えた。この世とその快楽を捨てるかと尋ねられたとき、捨てると答えた。自分の言った言葉を覚えておきなさい。あなたの与えた保証の結果を決して見失わないように。あなたが手形を振り出せば、あなたは後にその全額だけの責任を負わなければならない。あなたに債務が生じ、債権者はあなたの意に反してもあなたを強制することができる。あなたが拒絶すれば法廷につれ出され、そこで、あなたの手形の責任が問われる。

ミラノは交通の要地なので貿易商人やその子弟の信徒たちも多く、こうした表現が使われたかと思われますが、それはともかく、この世の執着《デーモン》との戦いという課題に、アウグスと母モニカは間もなく立ち向かうことになります。さようです、『告白』の記すオスティアの直観《ヴィジョン》をめぐる出来事です。

アウグスと母モニカは栄誉ある地位や財産やこの世での安穏への願望を捨て、ミラノを去ってタガステに帰郷するため海港の町オスティアに至りました。そのオスティアの、窓ごしに中庭の見える静かな宿屋で、この世を捨てた二人は、永遠の生命《いのち》の源をめざして、対話によって、探求の旅に旅立ったのでした。すべての源である神はすべての創造主でありますから、この地上の、あるいは天上の、すべて創られたものには、創造という神の御《み》わざの痕跡が残されております。それは一つひとつのものばかりではありません。神はそれらすべてのものを無規則《アト・ランダム》に創られたわけではありませんから、創られたすべてのものは、最も神に近いものから最も神から遠いものにいたるまで、いずれも神に創られた善きものではあるものの、そこには自《おの》ずから価値の違いもあって、そういう意味ですべてのものは上下の序列をなす秩序のなかにあります。アウグスと母モニカは、山頂をめざす人が岩盤の出っ張りを掴《つか》み窪みに足をかけ、じりじりとよじ登っていくように、神の創造の痕跡を手がかりにして、一つひとつの物や事に残された理《ことわり》を対話によって掴み、被造物がまとうその理の深さに驚嘆しながら、地上のものたちから日、月、星のある天体へ、さらに物たちを越える精神的な存在へ階梯をたどりながら昇ってゆき、ついには、精神や知性を創造された精神そのもの英知そのものである神、探究をつづけるアウグスとモニカの精神の創造者、その存在、「在りて在る者」を目前に覚知し、その瞬間、まばゆく輝く太陽に眼を射られた人のように、ふたたびオスティアの、中庭のある宿屋の一室に落ちてきたのでした。この一瞬の体験は、この時の二人、いや洗礼式を終えた後のアデオダトゥスや私にとっても、かけがえのないものでした。というのは、アウグスと母モニカそして二人に従う私たちは、この世の彼方に、永遠の存在を感知して、いつしかその存在とともにあって深い内的歓喜の時が来ることを確信し、この世の執着《デーモン》を断ち切ることができたからです。洗礼の時のあの司教アンブロシウスの問いかけ、この世とその快楽を捨てるかという問いかけに対して、オスティアの体験こそがアウグスの応答なのでした。その体験を共有した私たちにとってミラノでの生活は遠い過去のものとなりました。

オスティアの出来事は、アウグスの回心の性格を理解する上でも留意しておく必要があります。アウグスの初期の論稿には、時折、新プラトン主義哲学の用語が援用されていることなどもあって、彼の回心を新プラトン主義の性格を帯びるものだという人が少なくありません。しかしその新プラトン主義を代表するプロティノスのいう回心は、決してアウグスの体験した回心と同じ性格のものではありません。プロティノスの崇拝する「一者」(絶対者)は、万物の根源とはいわれるものの、それは決して万物の創造者ではなく、ちょうどたとえば家や船などの個物がさまざまな素材(多)からなる一なる性格(全体性)をもつように、万物の総体をつつむ全体、ないし万物の総体の帯びる全体性のことなのです。もちろんその全体・全体性は、個物の場合とは違って、その内側にある者にとっては見通すことのできない、理解を越えた超越者ではあります。けれども、その内側にある者は、いわば全体の部分としてこの超越者への通路をもち、存在《エッセ》を分有してもおります。ですからプロティノスにとって回心とは、この全体性を喪失した、個的・利己的な孤独な魂がふたたび全体性を回復することなのであって、それこそが「一者」（絶対者）との神秘的合一という回心体験にほかなりません。アウグスも母モニカもオスティアで、そのような「一者」とはまったく異質な神と出会い、まったく異質な体験をもったのでした。

とまれオスティアの体験のあった三八七年は、マグヌス・マクシムス軍のイタリア侵攻を怖れて、ウァレンティニアヌス二世とその母ユスティーナが、ミラノからテッサロニキアに亡命した年です。宮廷が地上をさまよっていた時、アウグスと母モニカは、一瞬ではありますが、天上に昇ったのでした。

第四章　司教アンブロシウスと帝国官僚ルフィヌス——皇帝改悛問題

司教アンブロシウスは、ポルキアナ聖堂事件から半年後の三八六年夏、ミラノ宮廷の依頼で、マグヌス・マクシムスのトリア宮廷へ和解交渉のために旅立った。

しかしすでに交渉の時は過ぎていた。

司教はミラノ宮廷宛密書で、マクシムスが戦争の準備に入っていることを告げた。

三八七年秋、マクシムス軍はイタリア侵攻を開始した。ミラノ宮廷はすでに東方テオドシウス帝支配下のテッサロニキアに亡命していた。ウァレンティニアヌス二世の将軍バウトがマクシムス軍を迎え撃ったが、敗北し、将軍は戦死した。

同年、テオドシウス帝は、長子アルカディウスと、ミラノから亡命してきたウァレンティニアヌス二世とを、帝国の東と西それぞれの執政官《コンスル》（その年の最高名誉職）に選び、旗幟《きし》を鮮明にした。

翌三八八年初頭、マクシムス軍はミラノに入城した。

同じ頃、東方ではテオドシウス帝が即位十周年祭を挙行した。記念祭用に、コンスタンティノポリス工房が制作した銀製大皿一枚が、スペインのアルメンドラレーホで出土している。中央に玉座につくテオドシウス帝、右に帝国西部を支配するウァレンティニアヌス二世、左に帝国東部を支配する長子アルカディウスが配置されている。マグヌス・マクシムスはスペイン出身だったから大皿のスペインでの出土は偶然ではない。大皿は戦争キャンペーンの手段として使われたのだろう。

記念祭後まもなく、テオドシウス帝は皇太后《アウグスタ》ユスティーナの娘、ウァレンティニアヌス二世の妹、ガッラと結婚した。テオドシウス帝が美貌のガッラと恋に落ちたという噂が流れた。が、噂は噂でしかない。いずれにしても、この結婚はテオドシウス朝とウァレンティニアヌス朝との盟約を意味する。つまり、東方皇帝軍の西方進出に正当性を与える。

その年の晩春、テオドシウス軍は三軍構成でイタリアへの進撃を開始した。一軍はコンスタンティノポリスから進発したティマシウスとプロモトス二将軍の軍団で、北方面からのイタリア侵攻をめざす。テオドシウス本軍はテッサロニキアからまっすぐ西方に向かい、マクシムス軍本営基地をめざす。ウァレンティニアヌス二世の第三軍は、艦隊を編成して海からイタリア本土への上陸をめざす。

夏、テオドシウス本軍は属州パンノニア南部、サヴァ川の急流に守られた都市シスキア（現クロアチアの都市シサク）の近郊で、マクシムス主力軍と戦闘状態に入り、これを打破した。マクシムスは要塞都市アクレイアに逃亡したが、テオドシウスの寛恕《クレメンティア》を信じて投降した。その後、テオドシウス側の公式発表によれば、皇帝の命令に反して兵士たちがマクシムスを殺害した。マクシムスに最後まで忠誠を尽した北アフリカ出身のムーア人親衛隊もその時虐殺された。

ガリアにはなおマクシムスの息子の残存勢力があったが、テオドシウスの派遣したアルボガスト将軍によって一掃された。アルボガストはバウト将軍の後継者でウァレンティニアヌス二世の軍指揮官となっていた。

マグヌス・マクシムスの敗北は、戦闘技術や戦力など直接の軍事上の理由に加えて、目には見えない背景があった。彼の本拠地ガリアは、ずっと以前から、少しずつローマ帝国全体のなかで自立圏域へと向かう道を歩んできた。マクシムスの課題はこのガリアを守ることだった。しかし彼がイタリア侵攻を決意して、主力軍を移動した時、これまでの権力基盤であるガリアからの、有形無形の支援を失った。軍団の士気も低下した。マクシムスに最後まで従ったのがムーア人親衛隊だったことは象徴的である。故グラティアヌス帝は帝都をトリアからミラノに遷《うつ》した直後、ガリアから見捨てられ殺害された。ガリアから離れたマクシムスも同じような運命を辿《たど》ったのである。

マクシムス戦後、テオドシウス帝は戦後処理のためしばらくミラノに滞在した。その時期、テオドシウス帝と司教アンブロシウスとの間に緊張に満ちた交流があった。まず司教アンブロシウスが不吉な姿で歴史に再登場して来る。

ユーフラテス河畔にカリニクムというローマ都市があった。現在はアル・ラッカと呼ばれる。その都市で、司教に扇動されたキリスト教徒がユダヤ人の聖堂《シナゴーグ》の物品を盗奪し放火する事件が起きた。当該地域を管轄するローマ司法当局は、この違法行為に対して、物品の返還および扇動した司教による聖堂再建を裁定し、その承認を遠くミラノに移動している宮廷に求めてきた。テオドシウス帝は了承し署名した。そのことが司教アンブロシウスの知るところとなった。司教は激越した感情に襲われ、皇帝に署名取り消しを要求する手紙を書いた。その調子は旧約聖書の中の預言者を思わせる。

――私は自分の義務を果たさねばなりません。私は神の命令に従わねばならない。たとえ聞いてもらえなくても、たとえ禁じられても、それにもかかわらず私は神に罪を犯さぬため語る。……

ミラノ司教アンブロシウスの主張ははっきりしている。都市カリニクムのキリスト教司教にキリストの敵であるユダヤ人の聖堂の建造を命じるのは、司教に背教もしくは殉教を命じるに等しい。だからその命令は神の意志に反する。彼によれば国法といえども神の意志の前では沈黙せねばならない。

このアンブロシウスの主張はユダヤ人がキリストの敵であるという前提に立っている。すでに「カインとアベル」と題する説教のなかで彼は声高く叫んでいる。

――これら二人の兄弟カインとアベルは、シナゴーグと教会との原型を私たちに与えているのです。カインという人物のなかに、私たちは親殺しの民族ユダヤ人を感知することができるのです。彼らは聖処女《おとめ》マリアに身ごもり、かつ彼らの創造者である主の血で汚れている。反対にアベルという人物のなかに、神に寄り頼むキリスト教徒の姿を見ることができるのです。

三位一体を奉じるアンブロシウスにとって、キリストは父なる神と同格の創造者である。だからキリストはユダヤ人の創造者である。その創造者を殺害したのだからユダヤ人は親殺しだと言うのである。同じ偏見はこの時期のカトリック教会の司教に共通している。同じ時期に、アンティオキアのカトリック教会では、ヨハネス・クリゾストモスがアンブロシウスと同じように叫んでいる。

——もし何人《なんぴと》かがあなたの息子を殺すなら、あなたはその殺害者の挨拶をまともに受けることができようか。神の子を十字架にかけた悪魔そのものである殺害者から、身を遠ざけないでいられようか。……

そうした殺害者たちが祈っているところこそシナゴーグであり、腐敗と悪徳の深淵である。

キリスト教徒たちの扇動者はカリニクムの司教だけではなかったのである。

テオドシウス帝はアンブロシウスの書簡を受け取ると、その処理を官房長官（管理職務の主人《マギステル・オフィコールム》）ルフィヌスに委ねた。帝国の司法行政は彼の管轄である。ルフィヌスは判断に苦慮した。——シナゴーグの放火は国法によって厳禁されていた。それどころか、国法上、ユダヤ教は他の宗教よりも優遇されてもきた。ユダヤ教はキリスト教の姉妹宗教だったし、帝国各地の富裕なユダヤ人共同体は重い課税にも応じてきた。国法を曲げる理由はない。

しかし、マクシムス戦直後の状況からすれば、ミラノ司教を中心とする北イタリア・カトリック勢力との間に悶着を起こすのは好ましくない。さらに国法によってニケア信条（三位一体論）のみを公認しているという事情もあった。

官房長官ルフィヌスは、今回に限り、カリニクム聖堂事件の責任者に特赦を与えることを進言し、テオドシウス帝はこれを了承した。

カリニクム事件は歴史上の一つのエピソードにすぎぬかもしれない。しかし、司教アンブロシウスが後の時代に聖人化されると、不吉な影響力を帯びるようになる。

カリニクム事件から一年数ヵ月後の三九〇年、再び司教アンブロシウスと皇帝テオドシウスとの間に深刻な角逐が生じた。カノッサの屈辱前史として世に知られる出来事である。その起《お》こりは海港都市テッサロニキアでの大規模な暴動だった。

暴動の背景には、通常の高率課税に加えて、統治十周年記念祭にともなう特別税や、マクシムス戦のための船舶徴用などへの、これまでの鬱積《うっせき》する不満があった。

しかし暴動の直接のきっかけは、ゴート族出自の駐屯軍隊長ブテリックが、戦車競技で絶大な人気のある御者を違法行為のかどで投獄したことにあった。民衆は御者の釈放を要求した。隊長ブテリックは拒絶した。衝突が起きた。隊長ブテリックは殺害されて市内を引きずり回された。多数の兵も殺された。都市在住の帝国官吏も犠牲者を出した。

重税とゴート族兵――おそらくテッサロニキアの都市民衆は外国軍による植民地支配を受けているかのような屈辱と怒りに駆られて暴発した。

皇帝テオドシウスは、この知らせが着くと、テッサロニキアに懲罰のための軍兵を送った。彼らは円形競技場に都市民衆を招き、収容後に閉鎖し、無差別の虐殺を行った。虐殺された人間の数は、一千とも、七千とも言われるが正確な数は分からない。

テッサロニキアの民衆虐殺を知ると、司教アンブロシウスは戦慄に襲われた。夜、夢を見た。大聖堂で聖体拝領を執り行おうとしていると皇帝テオドシウスが入ってくる。すると礼典を行う力が全身から抜け落ちた。この夢は「天からのしるし」であった。その証拠に、八月二十二日から九月十七日まで、長い髪の彗星が空にあらわれた、と彼は書いている。

かくして再びアンブロシウスは、霊感に打たれた旧約聖書の預言者のように、皇帝テオドシウスに対して、教会の全会衆の前でみずからの罪を認め、神に悔い改めの犠牲を奉《ささ》げるべきである、応じねば、聖体拝領を停止すると書簡に書いた。

当初、テオドシウスは、この、全会衆の前での罪の告白、という屈辱行為を拒絶した。

ところが、何かが起きて、態度が変わった。皇帝はその屈辱行為を全ローマ帝国が見つめるなかで実行したのである。いったい何があったのか。唯一の資料は五世紀前半キュロス（アンティオキアの東の都市）の歴史家テオドレトスの伝える消息である。その物語風の作品を要約してみると、ほぼ次のようになる。（Theodoret of Cyrus, tr. by B.Jakson, Ecclestical History, Book V , chap. 17）

クリスマスの近づく頃、破門された皇帝はすっかり落胆して宮殿の一室に閉じこもっている。所用のためやって来た官房長官ルフィヌスが、涙にくれる皇帝の様子を見て訳《わけ》を尋ねる。皇帝はうめくような声で言った、

「おまえは元気でよいが、私はだめだ、教会は奴隷や乞食にさえ開かれているというのに、私には閉ざされている、教会とともに天国も」

事情を聞いてルフィヌスは、

「閣下、もし許可をいただければ急ぎ司教のもとへ行き、拘束を解いてもらってきましょう」

と言うが、

「無理だろうな、彼は皇帝の力をもってしても神の法を破ろうとはすまい」

と諦め顔である。

けれどもルフィヌスは自信あり気に、きっとうまく行きますから、しばらくして後からやって来てください、と言い残して宮殿を退出、アンブロシウスの聖堂に向かった。

「おまえは犬のように恥知らずなのか、ルフィヌス、おまえこそあの忌《い》まわしい虐殺を進言したというのに、恥も怖れもなしにここに来たのか」

アンブロシウスは一喝し、たとえ殉教することになっても皇帝を教会には入れぬ、と叫ぶ。ルフィヌスは断念し、皇帝に、こちらに来るには及ばない、と使いを送る。が、すでに皇帝は広場を過ぎて聖堂に近づいていた。近づかないようにという門番の警告にもかかわらず、

「当然の叱責に頭を下げるためにやって来たのだ」

と皇帝は大声を立て、聖堂へ入るのを避けて聖具室に行き、アンブロシウスに罪を認め魂の救いを求めた。アンブロシウスは、今後、安易な死刑判決をせず、また公の悔い改めの行為を行うことを条件に、皇帝を教会に受けいれた。

このテオドレトスの物語では、まず皇帝は破門のために嘆き崩れる弱弱しい人物として描かれる。

公に罪を認め、悔い改めよ、というアンブロシウスの勧告を拒絶したからこそ、破門されたはずなのに、そのことは物語上かき消され、拒絶する皇帝の剛直な面も消えている。

その結果、皇帝と司教との仲介役として、官房長官ルフィヌスが登場する必然性もあいまいになる。実際、この物語では、ルフィヌスの仲介は何も意味をもたず、彼が簡単に追い払われた後、皇帝は仲介役など最初から必要なかったかのように、アンブロシウスのもとへ、罪を認め救いを求めるためにやってくる。

つまりこの物語では、皇帝は最初に司教の勧告を拒絶したが、最後にそれを受け入れたという転回と、そのために果たした官房長官ルフィヌスの役割とが、最初から皇帝を敬虔な人物として描こうとする動機のため、かき消されているのである。にもかかわらず、物語構成の中心にルフィヌスが登場するのは、歴史家テオドレトスの使用した原資料において彼が仲介役として大きな役割を果たしていたからであろう。

官房長官ルフィヌスは、この皇帝悔悛《かいしゅん》問題の起きた時期、ミラノにいる皇帝の側近であるとともに、ミラノ司教アンブロシウスとも親密な関係を結んでいた。アンブロシウスは、この問題の少し後《のち》に、ティティアヌスという人物に宛てた書簡のなかで、ルフィヌスについて次のように書いている。


あなたにとって直接には関係ありませんが、一つの出世物語が生まれました。それは、手に入れようとする苦渋から免れた出世です。つまりルフィヌスが、官房長官から、道長官（プラエフェクトゥス・プラエトリオ）の職に昇進したのです。これにより彼はより多くの事ができるようになります。けれどもそれは決してあなたの妨げにはなりません。彼はあなたとは別の道《どう》の長官だからです。私は友人として彼の名誉が増大したことを喜んでいますが、あなたもいわばあなたの息子に対して、嫉妬のようなものから無縁であると、確信しています。なぜならあなたには、より大きな司法権がある（グラヴィオレム・ユディケム・アルヴィトラヴァーレ）からです。

（ミーニュ版ラテン語教父全集、Ambrosius Titiano, Epistola, LII, 15, 1）

ミーニュ版のラテン語注によれば、宛先のティティアヌスは、オリエンス道長官タティアヌスのことで、当時彼は皇帝のいないコンスタンティノポリスで皇子アルカディウスの補佐役を務め、帝国東方での皇帝代理の役割を果たしていた。またこの注によれば、書簡は三九二年頃の執筆、ルフィヌスの昇進は三九一年、テッサロニキアの虐殺をめぐる皇帝の悔悛問題が、司教アンブロシウスとの間で解決した直後である。

推測になるが、ルフィヌスの昇進は、この問題の解決に果たした功労のためだったのかもしれない。アンブロシウスとの関係についても、両者は以前からの友人であったのではなく、この問題の解決を果たすなかで、友人になったのかもしれない。

このような推測にもとづき、当時の関連史実などをも念頭において、ルフィヌスを中心に、テオドレトスの作品をもう少し事実に即する形に復元してみたい。

ルフィヌスは宮殿を出て、アンブロシウスのいる聖堂に来た。皇帝の悔悛問題をひき起こしたテッサロニキアの虐殺について、単刀直入に言った。

「テッサロニキアに対し強硬措置を取るよう進言したのは官房長官の私です」

ルフィヌスは事柄の実際をありのままに話すことが得策だと考えた。彼は熱心なキリスト教徒だったし、司教はかつて帝国行政を担う総督だった。理解しあうことができるはずだ。

「と、申しましても謝罪や弁解のために参ったのではありません。話を聞いていただけますか」

ルフィヌスの言葉に、アンブロシウスは頷《うなず》いて、驚いたような、瞬《まばた》きを止めた目で相手の顔をじっと見た。驚いているわけではなく、相手の真意を掴《つか》もうとする時のアンブロシウスのいつもの表情である。

「テッサロニキアの出来事の三年前、三八七年に起きたアンティオキアの暴動のことを御記憶でしょうか。

それはひどいもので、劇場からあふれ出た群衆によって官庁の建物は焼き打ちされ、多くの犠牲者が出、皇帝像や皇族の像まで破壊されて……」

「記憶しています」

「都市の問題は官房長官の管轄ですから、私は兵を付けた調査団を送って首謀者らしき者たちを逮捕させ、懲罰と治安のため劇場や公共浴場を閉鎖させ、パンの配給も停止させました。もっとも暴動の後ろには民衆を操る都市参事会員たちがいて、彼らは課税や船舶の徴用に絶えず不満を抱いている」

ルフィヌスにとって、都市の有力者たちは帝国官吏の敵対者のごとく見えるらしい。顔をしかめて続ける。

「彼らの多くは遠隔地貿易で莫大な財産を作っているのですが、アンティオキアの港湾そのものはローマ軍の優秀な技術と途方もない労力によってようやく出来たものです。それなのに帝国の非常時に際して、少々の課税の不満から暴動を策すなどとは、あまりに身勝手というものではありますまいか……」

同意を求めているのか独り言なのか分からぬような口振りである。本題前の意見齟齬《そご》を避けるためかもしれない。なおもアンブロシウスは驚いたような、瞬きを止めた目で、ルフィヌスの顔を見つめる。

「私の配下の局長たちの間には、拷問を使っても都市参事会員たちの罪状を明らかにし、極刑に処すべきだという意見も強かったのですが、アンティオキアの司教が謝罪に来て、額に汗を浮かべ必死に皇帝への執りなしを嘆願しました」

「それで?」

「アンティオキアの司教の嘆願を受け入れました。私は誠実なキリスト教徒ですし、マクシムスとの戦争を間近に控えている折でもあり、皇帝の寛恕《クレメンティア》によって事態を収拾すべきだと判断したのです。テオドシウス帝に怒りを抑えていただき、アンティオキアの都市《まち》に特赦を認めていただきました」

アンブロシウスはルフィヌスの真意がすでにどこにあるのか分かったらしい様子で、

「アンティオキアの後《あと》の、テッサロニキアのことでは、皇帝の寛恕はもはや限界《かぎり》を越えたと言いたいのですね」

「仰《おっしゃ》る通りです、司教どの、あなたが神に仕えられるように、私たちは帝国に仕えねばなりません。寛恕によるだけでは、帝国の統治はかないません。だからこそ皇帝は剣を帯びているのです」

「あなたは一つ大事なことを見逃している」

「えっ、どのようなことを？」

「寛恕《クレメンティア》の限界を決めるのは、皇帝ではなく、官房長官のあなたでもなく、神御自身です」

「…………」

「神の意志に反して、寛恕《クレメンティア》を捨て、剣を振るうことになれば、皇帝は神の敵、民衆の敵に変貌してしまう」

「しかし、しかしです、テッサロニキアはアンティオキアに示された皇帝の寛恕につけこんで、高《たか》を括《くく》って悪魔のように暴れ回った。もしこの狂気が他の都市にまで伝染すれば、帝国は内側から崩壊《くずれ》てしまうでしょう。私たちは帝国一千の都市に好き勝手なふるまいを認めるわけにはいかないのです」

「見せしめが必要だったと言うのですね」

そう言ってアンブロシウスは、節制のため頬《ほお》の削げた顔を曇らせたが、続けて
「しかし、ルフィヌス、死に襲われたテッサロニキアは今、耐え難い悲しみの淵に沈んでいる」

「私としても哀悼の意を失ってはいませんが、帝国全体の運命を背負う者のひとりとして、同情に溺れるわけにはいきません」

眉をややつり上げ緊張した面持でルフィヌスが言うと、

「あなたは寛恕《クレメンティア》を捨て憐れみを捨ててテッサロニキアに耳を塞ぐが、私たちの神は、その闇の淵から洩《も》れる嗚咽《おえつ》の声を聞きたまわれる」

「……」

「神の怒りがあなた方に注がれる」

「えっ、なんですって！」

「テッサロニキアの嘆きは波のように広がってゆき、あなたの思惑とはまるで正反対に一つひとつの都市の民衆をとらえ、駆り立ててゆくにちがいない、神の怒りをひき起こしたからには」

ルフィヌスの端正な顔が歪んだ。

二人のいる聖具室に紫の薫香が流れる。

ルフィヌスは前より弱弱しい声で、

「私たちとて、力で都市民衆を抑えこもうと思っているわけではありません。神に対しても、民衆に対しても、教会の仲立ちをお願いしに参っているのです」

「それは私たちの務めです。しかし和解のためには条件があります。皇帝が教会において、全信徒の前で罪を告白し、悔悛の秘蹟《サクラメント》を受けることです。この条件を課すのは私たちではなく神御自身です。私たちは司式を行いますが、罪を赦されるのは神のみです」

ルフィヌスの顔に驚愕《きょうがく》の色が浮いた。

「正気でございますか、司教どの、かようなことは前代未聞、それでは皇帝の権威が地に落ち、まるで皇帝が民衆に屈服することになって、帝国の秩序は一日で瓦解してしまうことになります」

アンブロシウスは首を横に振って、

「友よ、私は皇帝が民衆に屈服することを要求しているのではなく、神に屈服することを要求しているのです」

「同じことではありませんか、公に罪を告白せよと言うのであれば」

「いや、そうではありません、まったく違うのです」

「そう言われても皇帝の威信《ディグニタス》が取り返しのつかぬ傷を受けることには変わりありません」

「ルフィヌス、あなたはキリスト教徒なのに古い異教徒たちの威信に執着している」

「えっ、どういうことでしょう」

「カエサル、アウグストゥス、歴代の皇帝たち、彼らは威信《ディグニタス》の源を人びとの眼に置いて、人びとの眼に自分がどう映るかを基準にして行動してきた、そうではありませんか」

「人びとを敬服させ、服従させるためには当然のことと思いますが」

「しかしそれでは人びとは心から敬服せず、心から服従はしない」

「心から？」

「人びとの眼が基準ならば、人びとが従っているように見えても、その実、皇帝たちの方がその眼に従っているだけでしょう」

「よく分かりかねますが」

「たとえばカエサルが世界の果てブリテン島にまで遠征したのは人びとの拍手喝采を受けるためだった。それはちょうど、劇場の役者に似ていなくもない。しかし、人びとの眼は、より好ましく見える者が現れれば容易にその方へ心を移してゆく。すると今までの服従は消えてしまう」

「ではどうすべきと言われるのですか」

「皇帝の権威の源を人びとの眼ではなく、神の眼に置く以外にはないでしょう」

「そう言われましても……」

「あなたは、ルフィヌス、ダビデを知っていますね、旧約聖書のあのダビデを」

「ええ」

「ダビデはある時罪を犯し、預言者ナタンに糾弾され、イスラエルの王であるにもかかわらず神の前に罪を告白し、その謙虚さゆえに神に嘉《よみ》せられ人びとの間にも心からの敬意を得たのです」

「そうかもしれません、が、ダビデは遥か昔の遠い国の王にすぎず、われわれの皇帝の模範者としては相応《ふさわ》しくはありません」

「わが子よ、あなたはカトリック教徒で、三位一体の神を信じる者ですね」

「もちろんです」

「父と子と聖霊は三位一体の神であります」

アンブロシウスは胸に十字を切って、

「その御子イエス・キリストは、神でありながら、人間を救済されるために、御《おん》みずから身を低くされ、人の姿をまとわれた。そこに謙虚そのものの模範があります」

「それは確かに……」

「ダビデは、未だ時満ちる以前に、つまりキリストが来たる以前に、そのキリストの模範に従ったのです」

「時満ちる以前に？」

「そうです、聖霊によって感知できたのです、神の秘義《ミステリウム》を」

「……」

「今、すでに時は満ちて、神の秘義は光のように私たちに啓示されています。昔の王ダビデをまねて、皇帝が公に罪を告白し悔悛の秘蹟を受けることにより、三位一体の神の恩恵を受けることができる」

「昔の王ダビデをまねて？」

「昔も今も、歴史の中心にキリストが在《いま》して、謙虚の模範を示されておられるのです。その模範に従うことによって神の恩恵が注がれることでしょう」

「謙虚と恩恵……」

「皇帝テオドシウスは、古い異教徒の威信《ディグニタス》ではなく、キリストに嘉《よみ》せられる威信を求めねばなりません。そのためにはダビデをまねて、キリストの模範に従う道を歩むほかありません」

アンブロシウスはきっぱり言った。

ルフィヌスはしばらく、キリストの謙虚、その模範、ダビデ、恩恵の注ぎなど、アンブロシウスの言葉をひとりぶつぶつ呟《つぶや》いていた。視線が宙をさ迷う。彼のなかで、何かが閃《ひらめ》き、思考がぐるぐる回転しているようだったが、しっかり掴《つか》みきれないらしく、

「少し時間をいただけますか」

と言った。

アンブロシウスは頷《うなず》いて、祈りが済んだら戻ると言って席を立った。薫香の漂う空気が扉《とびら》の方へゆらぐ。

ルフィヌスはアンブロシウスの言葉を聞いて、それが、なぜか、官房長官になってから彼が今までかかえてきた問題について、一筋の光を投じるもののように感じた。その問題というのは、官僚・官吏と、その下にあるべき地方諸都市など、帝国の上下秩序の問題だった。

帝国は皇帝を頂点にして、上下の秩序にしっかりと組みこまれていなければならない。しかし現実はそれにほど遠い。今かかえているテッサロニキアの問題なども、帝国の統治組織がうまく作動していない一つの例にすぎない。応急処置や力づくだけでは、十分でない。いったいどうすれば、帝国全体の統治に筋を通し、しっかりとまとめあげることができるのか、力だけではだめだとすれば。

ルフィヌスはこうした問題をかかえながらアンブロシウスの話を聞いていた。その話のなかで、特に謙虚と恩恵のかかわりが心に留まった。

アンブロシウスによれば、神であるキリストが人間になられたことが、謙虚《フミリタース》そのものの姿である。その謙虚ゆえに、人間の救済も可能になった。ここでは、救済という恩恵《グラティア》は、キリストの謙虚から来る。そして昔の王ダビデは、キリストの謙虚の模範に従ったので、神からの恩恵を注がれた。だから皇帝テオドシウスも同じように振舞うべきであると言う。

司教アンブロシウスが言ったのはそこまでだった。

官房長官ルフィヌスは、そのつづきを考えようとしていた。

謙虚《フミリタース》と恩恵《グラティア》とのそれぞれの噛み合いは、キリストと皇帝のところで止《とど》まるのではなくて、皇帝とその下の人間、さらにその下の上下の関係にまでも貫いてゆくべきなのではあるまいか。そうなれば、下から上に向かう謙虚の流れができ、それに応じて、上から下に向かう恩恵の流れができることになるだろう。

一歩一歩、よく考えてみなければならない。

もしテオドシウス帝が、テッサロニキアのことで公に罪を告白したら、どういうことになるのか。威信《ディグニタス》を失う、と自分は言った。司教は、神の眼によく映ればよいと言う。我々にとってそうはいかない。そうはいかないけれども、もし皇帝たる者が、公に罪を告白したら——人びとの前で、帝国全臣民の前で、自分の罪を告白したら、皇帝が神に対しいかに謙虚であるかをさし示すことにはなる。そうなれば、皇帝は謙虚の徳の模範者であるキリストに従う第一者《プリムス》となる、なぜ、なぜって、皇帝という最高の地位の者が悔い改めを行うからだ。するとどうなる、すると、今度は、臣下が皇帝の模範に従い、皇帝に対して、謙虚を尽くすべきである、ということになるだろう。そうなれば皇帝は面目や威信を失うのではなく、むしろキリストの威信をその身に帯びることになる。……

むろん、謙虚と恩恵との関係は、皇帝以下どこまでも続いていかねばならぬ。

帝国官僚は皇帝に謙虚を尽くす。代わりに皇帝は恩恵を与える。

下級官僚は上級官僚に謙虚を尽くす。代わりに上級官僚は下級官僚に恩恵を与える。

都市は官僚に謙虚を尽くす。代わりに官僚は都市に恩恵を与える。……

そうなれば帝国の秩序はキリストを頭にし、皇帝以下、最底辺にいたるまで、謙虚と恩恵の連鎖によって保たれることになる。それこそキリスト教帝国の然るべき姿ではないか。

こう思い至って、彼はアンブロシウスに従い皇帝に公の罪の告白を進言する気になったのだった。

しかしこのルフィヌスの思考回路には一つの錯誤があった。

司教アンブロシウスのいうキリストの謙虚《フミリタース》は、神なるキリストが人間へ身を低めることだった。その模範に従うのであれば、皇帝は臣下の立場に身を低めねばならない。皇帝の地位にとどまるならば、少なくともその心は臣下の側におき、その最も低き者とともにあるとき、キリストの模範に従う第一人者となる。しかしルフィヌスの思考にとって、皇帝は神に対して謙虚を示すが臣民に対してそうではない。むしろルフィヌスにとって、謙虚は、上に対する下の者の無条件の服従だった。恩恵《グラティア》は、この服従に対する地位、名誉、富の授与だった。だからこの考えでは、努力や功績などは評価されず、代わりに上に対する迎合ばかりがはびこる危険もあった。

ともあれルフィヌスの、謙虚と恩恵についての考えは、キリスト教を前提にしている。官僚や都市がキリスト教を受け容れているかぎりで、彼の考えは成り立つことができる。

「しかし、どういうことだ、」と、ルフィヌスは聖具室でまたぶつぶつ呟《つぶや》き出した。「ニケア信条を国教に掲げているのに、あのオリエンス道長官タティアヌスは異教徒だし、その息子の首都長官プロクルスも異教徒だ。奴らの家来が中央・地方の官庁に散らばっている。そればかりではない。今回のマクシムス戦の戦後処理のため、皇帝は異教徒の元老院議員フラヴィアヌスをイタリア道長官に任命するしまつだ。こんなことでは国教も廃《すた》れてしまう……。しかし、この今、皇帝が教会で公に罪を告白するならば、そのことはただちにキリストの旗を高く掲げることになる。そうなれば奴らを一掃することもできる。……」

官房長官ルフィヌスは、どこまでもキリストに従う覚悟を決めた。しかし彼のキリストは上が下に仕えることを求めるキリストではなく、下が上に仕えることを求めるキリストだった。同時に彼のキリストは、彼の政敵を排除する者でもあった。

ルフィヌスが、皇帝悔悛問題について決意を固めた頃、静かに扉を叩く音がした。開くと、祭司服のアンブロシウスが立っていた。

「あなたは、司教どの、神と王ダビデの間を取り結んだ預言者ナタンのような方です」

「決心がついたのですね」

「皇帝は今の世のダビデとなられるでしょう」

三九〇年末、皇帝テオドシウスは、ミラノ司教座教会で、テッサロニキアの民衆殺害の罪を公然と告白し、悔悛の秘蹟《サクラメント》を受けた。

三九一年一月、元老院議員フラヴィアヌスはイタリア道長官を罷免され、代わりにルフィヌスが補任された。(先ほどのアンブロシウスのタティアヌス宛書簡は、この直後に書かれた)。

同年二月、ミラノの宮廷からローマ都市長官宛に、異教祭儀を禁止する勅令が出された。

同年六月、アクィレイアに移動した宮廷からエジプト管区長官および軍事総監宛に、属州総督とその官吏が異教祭儀に参加することを禁止する勅令が出された。

以後、東方では、キリスト教徒による異教寺院の破壊が相次いだ。それに反発する異教徒の暴動も続出した。ペトラ、ヒエラポリス、ラフィア、ガザ、ヘリオポリス、アウロンなどの諸都市では、寺院の争奪をめぐる市街戦が起きた。

同年十一月、異教祭儀の全面禁止法が発布された。

同年（月日未詳）、オリエンス道長官タティアヌスが罷免され、代わりにルフィヌスが補任された。タティアヌスとその息子の首都長官プロクルスは死刑判決を受けた。

翌三九二年、プロクルスの死刑執行。タティアヌスについては不明。タティアヌス派の高級官僚および地方総督を追放するための反異教立法が発布された。

司教アンブロシウスと官房長官ルフィヌスとの会談以後、事態は以上のように推移した。


ミラノで皇帝悔悛問題が起きていた頃、ガリアのローヌ川の河畔都市ヴィエンヌの宮殿では、ヴァレンティニアヌス二世の身辺に異変が起きていた。

マクシムスとの戦い後、テオドシウス帝はヴァレンティニアヌス二世に、帝国西方全体の統治権を承認し、ヴィエンヌに送った。その際、若きヴァレンティニアヌス二世の補佐役として、ガリアでの対マクシムス軍追討戦の功労者アルボガスト将軍をも派遣した。しかし、この将軍と若き皇帝との関係は悪化した。

そして、三九二年の五月、ヴィエンヌの宮殿の一室で、自殺したヴァレンティニアヌス二世の姿が発見された。それが本当の自殺だったのか、それとも偽装だったのか、はっきりしたことは分からなかった。

＊

アリピウス、アウグスティヌスを語る
その五、三位一体の夢と言葉《ロゴス》

私たちはミラノで洗礼を受けたあと、故郷タガステに戻ることにしました。この世の執着《デーモン》を捨ててしまいましたから、ミラノやローマからいくら離れても離れすぎるということにはなりますまい。途中、港町オスティアに宿泊して帰りの船を待っていた時のこと、当時、マグヌス・マクシムスのイタリア侵攻のため世の中はどこでもがさがさと慌《あわ》ただしく、乱雑で泡立っていましたが、アウグスと母モニカはその騒乱に満ちた世から一瞬脱《のが》れ出て、永遠の、在《あ》りて在る者に出会うというかけがえのない体験を得たのでした。そのオスティアの体験後間もなく、アウグスの母モニカは身罷《まか》り天の故郷に帰り、私たちは地上の故郷タガステに帰ったのでした。帰郷してから、私たちは祈りと思索を中心とする共同の生活を始めることになりました。新たな信仰生活をしっかりと踏み固めるためで、その時には聖職者の地位につくことを考えていたわけではなかったのですが、神の御心《みこころ》でアウグスもわたしも司教として神と信徒の方々に仕える身となり、今から振り返ればその準備期間として、共同生活を

過ごしていたことになります。

私事《わたくしごと》になりますが、共同生活をしていた当時、私は三位一体という神の奥義《ミステリウム》をなんとかよく理解したいと念願していました。司教アンブロシウスに導かれて洗礼を受けキリスト教徒となった私にとって、三位一体の神への信仰以外にはキリスト教というものはありえず、それ以外の異端宗派を嫌悪すべき偽りのキリスト教であると思っていましたから、たとえばアリウス派などに対して、しっかりとした反論もできなければなりません。

けれどもこの、三位一体という奥義は、人間の理知《ラティオ》を越えたものですから、ふつうの物ごとを理解するようにはいきません。手がかりもなく永遠の神秘におおわれているように見えます。理知《ラティオ》はこの神秘のヴェールを前にして、たじろぎ後ずさりしてしまいます。ただただ深く頭を下げる以外にないのだ、という声がどこからともなく聞こえてまいります。聖なるものの前では沈黙と断念があるべきなのでしょう。しかし主イエス・キリストは、

たずねよ、されば見い出すであろう（クアエリーテ・エト・インウェニエティス）

と言われています。

理知が、おのが魂の憧《あくが》るる方向へ向かおうとするのは、当然のことではありますまいか。三位一体の奥義がいかに深遠なものであろうとも、それは決して理知に矛盾するはずのものでもないのですから、まるで自分の限界を越えようとでもするかのように、理解をめざして進み模索することが、むしろ敬虔というに値するのではないか、と、そのように思い、祈りと思索によって三位一体の奥義に近づこうとし、そして弾《はじ》き返される日々がつづいてゆきました。やがて、心が萎《な》え、力が欠けてしまっ

たように感じていた頃のこと、ある夜、私は一つの夢を見ました。

その夢のなかで、前後の脈絡なしに、まるで壁に描かれた大きな絵画のように、聖処女《おとめ》マリアが聖霊によって御子キリストを身ごもる聖なる一瞬がくっきりとした映像になって浮かびあがりました。

ふだんの私の夢は、淡い白と黒だけのぼんやりしたもので、朝になれば記憶にも残らないものなのですが、この夢にかぎっては、強い色彩をもっていて、その映像は鮮明に記憶に残り、今でもまざまざと想い起こすことができます。


夢の大きな画面、そのなか、ずっと下方の地上に、寝静まっているのか、建物の屋根と屋根、家並をぬう道など、静寂の支配する都市《まち》の全景が見えます。ふしぎなことに、太陽と月が画面の右上隅に掛かっているにもかかわらず空は暗く、闇に沈んでおります。

画面の右下には、薔薇《ばら》と百合《ゆり》の花束があって、そのあたりから鮮黄色の長衣をまとう身の丈《たけ》の長い天使が、左上の方へ浮き上がってゆきます。天使の背には大きな翼があり、暗黒の空のパチパチと音を立てる火の粉《こ》が、その黒い翼の縁《ふち》を蘇芳《すおう》色に染めています。

この天使に支えられるようにして、濃紺の外衣と、火を照り返すようなつややかな紅色の上衣をまとう聖処女《おとめ》マリアが、やはり身の丈の長い姿を上に向かって浮上させているのですが、すぐその左側には、鮮やかな赤色の衣の長身の天使と、緑と黄の装いの少年の天使がいて、まるで聖処女マリアを側面から守るかのように共に上方へ向かってゆくのです。

聖処女マリアは、左手を軽く胸元にあて、細面の顔を上に向け、まるで神に満たされたかのような忘我の瞳で天を仰《あお》ぎ見、恍惚としながら、なおも天上に向かって浮上をつづけようとしているのですが、その一瞬、動きが止まり、暗黒の天空に黄金《きん》の光が炸裂して、そのまばゆい光の源から白い鳩が飛び立ち、今しも聖処女マリアに達しようとしているのです。それは、キリストの、今一瞬の、神秘に満ちた生誕の出来事を告げる映像なのでした。

この夢は私の心に刻みこまれ、通常のあれこれの夢とは違って、私には神からの啓示のごとく思われたので、もしそうであればこの夢を通して神は私に何を教え示されようとしているのであろうかと、夢を何度も想い起こしながらあれこれ考えながら日を送っていますと、ふとある時、この夢のなかの強い色彩に夢を解く手掛かりがあるのではないかと思うようになりました。といいますのは、私には特に聖処女《おとめ》マリアの衣装の色彩が意外だったからです。司教アンブロシウスが絶えず強調していましたが、聖処女《おとめ》マリアは純潔そのものの模範者ですから、百合の花で象徴されるように、その衣装も純白であるべきはずなのに、夢のなかの聖処女マリアは天上に向かう長くのびる身を濃紺と鮮やかな紅色の装いでつつんでおります。それが私に意外の念を強く引き起こしたのです。なぜ白衣ではないのか……。色彩に注意して、記憶の映像をよく見ます。――――と、画面全体が闇に燃える火のなかの出来事のように見えるではありませんか。つややかな赤と黄と青、そして緑の混じる衣装を着て、上方に向かう長身の天使たちやマリアの姿は火のなかにめらめらと燃え上がる炎のように見える。すべてが燃えているように見える。しかし少し注意すれば分かるように、天使たちやマリアは実際に燃えているのではなく、燃える火に照らされて、そのあざやかな色彩をまとう形、存在《すがた》を与えられているのでした。もしこの燃える火がなければ、彼らの存在《すがた》は虚無のような闇のなかに沈みこんでしまうでしょう。そして、その燃える火が、私の連想を呼び起こします。私は、旧約聖書出《しゅつ》エジプト記のなかの有名な一場面を思い出しました。モーセの前に突然現れた燃える柴《しば》の光景です。モーセの前で燃える火は、聖なる神の現臨《げんりん》、神がそこに在《いま》すことを表しています。そして、そうであれば、夢のなかの画面も、燃える火に照らされ、神の現臨を前にする出来事にほかなりません。その出来事というのは聖処女《おとめ》マリアの懐胎という奇跡です。

燃える火のなかに炸裂する光があります。そのまばゆい光から白い鳩が飛び立ち、今しもマリアに向かって達しようとしていました。

白い鳩は聖書の記述にあるように、聖霊に違いありません。とすれば、聖霊を発出する光は御子キリストにほかなりません。

光は、天使たちやマリアのように、燃える火に照らされて存在するわけではありません。光はそれじたいとしてまばゆく輝いています。けれども光は、燃える火のなかで輝いていて、もし燃える火がなければ、光はありません。かといって、燃える火がまずあって、その後に光が現れるというわけではなく、また、光のない燃える火があるわけでもありません。

燃える火が父なる神、光が御子を表すとすれば、両者は別べつでありながら一つであり、同時に存在します。同じことは聖霊にも言えます。父なる神と子なる神との交わりから発出する聖霊は、両者と同時に存在し、両者から区別されはするけれども同一の神なのです。

このようにして、夢の画像は三位一体の神の秘義《ミステリウム》を語っていました。しかもこの秘義は御子キリストの受肉（聖処女《おとめ》マリアの懐胎）という奇跡に結びついています。この奇跡は歴史のある時点で起きた出来事ではありますが、その御計画は三位一体の神の内奥に由来する永遠の相において成り立っております。三位一体の神は人間の救済者たる神でもあるからです。夢の画面の下方にうす暗く寝静まる町はおそらくはこの奇跡をなお知らぬ夜明け前のナザレの町なのでしょう。それともそれはエル・グレコの町なのでしょうか。

とまれ、こうして私は一つの夢を通じて、三位一体の教義に対して、これまで以上に強く信仰を固めることができたように思えたのですが、しかしなお前に突き進んでゆく必要を感じてもいました。と言いますのは、この三位一体の夢はすべてが比喩《ひゆ》だからで、言葉《ロゴス》の説明にはなっていないからなのです。父なる神は目に見える火そのものではありませんし、子なる神は目に見える光そのものではありません。ですから私はこの夢の話をアウグスに語って、夢の啓示を言葉《ロゴス》（理）に置き換えてくれるように頼んでみました。たとえではなく、たとえで示される事柄の、言葉《ロゴス》による説明を頼んだのです。

彼は最初、戸惑ったふうの表情をして、確かに君の夢は三位一体の秘義《ミステリウム》を示しているけれども、その秘義を言葉《ロゴス》で語ることはとても難しいし、自分自身もながく四苦八苦しているところなので、と、言葉をにごしていましたが、間もなく気を取り直して、しばらく前に三位一体の教えを理解するための手掛かりらしきことに行きあたったので、それでよければ聞いてもらうことにしたい、と言っておよそ次のように語ってくれました。

三位一体の教えの核心は、君の夢のなかの燃える火と光とによって示されるが、その際問題なのは、アリピウス、同一でありながら区別される火と光の神を、聖書がそれぞれ御《おん》父と御《おん》子と呼んでいることなのだ。子は父から生まれるのだから、たとえばアリウス派の者たちは父が子に時間の面で先に在《あ》るとし、また神の権能という面でも父が子の上にあるとして、三位一体の教えを否定する。しかし、父と子と言っても、あるいは子は父から生まれると言っても、神は人間ではないのだから、その表現を文字通りに受けとることはできない。なるほど子は父から「生まれる」から子と呼ばれるわけだが、アリピウス、この言葉を神に対して用いる場合、それがどのような意味を担っているのか、そのことが問題なのだ。ながい間、その意味について考えをめぐらしていたけれども、ある時、その意味を解く手掛かりらしきものが、昔ソクラテスに愛（エロース）の道を語ったふしぎな女性ディオティマの言葉のなかにひそんでいるように思えた。君はディオティマを知っているかな、アリピウス、彼女はおおよそこんなふうにソクラテスに語っている。――正しく愛の道を歩む人は、最初はひとりの人の姿を恋《した》い求めて、時には詩を作ったりもするでしょうが、やがてその人は、自分を魅《ひ》きつける美がひとりの人だけではなく、多くの人びとに備わっていることに気づき、さらに人びと以外のものたちも美をまとっていることに眼を開かれ、最初のあの恋い求める心エロースは、一から多へ、そしてついには、身体や物体の美から、人間の魂やさまざまな法則に見られる精神の美の存在に気づき、美そのもの、美のイデアを求めて上昇して行き、その都度《つど》、おのがとらえたその法則などのもつ美について、壮大な言論《ロゴス》を生み出してゆくことになるでしょう、と、ディオティマはそんなふうに語っている。

彼女のいう言論《ロゴス》とは、愛の精神によって知られたもののことで、彼女自身の言葉でいえば、知られたものとしての子（プロレス）であって、その子は愛の精神から生まれる（ナスキトゥール）。この意味での出産（パルトゥム）という考えを人間ではなく、神における生むということ、そのことを理解するための手掛かりにできないかと思ったのだ、アリピウス。……君が意外そうな顔をするのはもっともだ。たしかに神は、人間のように、何かを自分の外に恋《した》い求めたり、何かを発見したり、何かの知に至ったりすることなどあるはずがない。神の外にあるものはすべてその神御自身によって創られたものでしかないのだからね。それはそうなのだ。けれども、神の外ではなく、神の内はどうなのだろう。神は善美そのものである御自身を愛され、御自身について認識され、御自身についての知《ロゴス》を生むのではないか、それこそが神の御子《ロゴス》なのではないか、神による神御自身の認識は、神とともにあって、いつ始まったとはいえぬものであろうし、知られたものである御子は、知るものである御父と、区別はされても同一の神であられる、ということになるのではないか、アリピウス、……。

これがアウグスの説明してくれたことのおおよそのところです。

アウグスは語りませんでしたけれども、神の自己認識による御子《ロゴス》の出産という考え方は、プロティノスの「一者」が「自己直観《カタノエーシス・ハウトゥー》」によって知性《ヌース》を派出するという思想を、キリスト教の立場から正しい方向で作り直したものかもしれませんが、私にとってはそのような詮索は必要のないことでした。アウグスもまた、三位一体の秘義《ミステリウム》に、単なる知的好奇心から身のほど知らずに頭をつきこもうとしていたわけでは決してありません。彼の神に対する愛が、彼の精神をつき動かして、神にむかわせたのでした。そうしたアウグス自身の姿のなかに、アウグスを創造された三位一体の神の、その創造の痕跡が残されているのかもしれません。神を尋ね求めることによって、私たちは私たちの創造者に立ち返り、日々、創造者への愛を深め、その都度、限られてはいるけれども生じる知によって聖なるものに圧倒され深く頭を下げることもできるのです。神学は神にむかう私たちの、神への愛（エロース）

そのものなのです。

＊

あるユダヤ教教師《ラビ》の覚え書き

ユーフラテスがわのほとりのまちのユダヤじんのシナゴーグが火につつまれてくずれおちた。司教にそそのかされたキリスト教徒たちが、もうもくになり、しょうきをうしない火をつけて、ものをうばった。ローマのやくにんはその司教にシナゴーグをたてなおすようにめいじたけれども、ミラノの司教アンブロシウスというもののとりなしで、皇帝はとくしゃをだして、シナゴーグのたてなおしを免《めん》じたのだそうである。それゆえに、わが子たち、ブネー・イスラエルよ、こんごシナゴーグにたいするこうげきがよそうされるので、あなたがたにちゅういをあたえるため、わたしはこのおぼえ書きをしたためているのである。

まずなによりも、ふりかかる火のこからみをさけ、そのなかにはいりこむ愚《ぐ》をさけなさい。ぼうりょくのおうしゅうに、まきこまれてはならない。狂信のものたちにたいして、あなたたちまでも狂信のふるまいをしてはならない。それはサタンのいざないで、あなたたちをほろびにみちびくにすぎず、ユダヤ教のおしえに反するからである。

そもそもユダヤ教とキリスト教とはきょうだいしまいのかんけいにある。キリストとよばれるイエスは、ガリラヤのナザレのまちのヨセフとマリアの子で、ローマ軍にたいする非ぼうりょくのおしえをといたけれども、そのローマ軍によって十字架につけられころされたひとである。このひとのおしえとふるまいとは、ユダヤ教のたちばからしてもしょうさんできるもので、それゆえにあるユダヤじんはキリスト教徒にもなり、べつのユダヤじんはイエスを教師《ラビ》としてそんけいもしているのである。ユダヤ教とキリスト教とはたいりつするものではなく、むしろともにおなじみちをあゆむきょうだいしまいのごときあいだがらである。

そのうえで、わたしはあなたたちにいうのであるが、キリスト教徒たちのなかの狂信のものたちのあやまったかんがえにたいしては、じゅうぶんちゅういをはらい、そのかたよったりくつにたいしては、あなたたちじしんがゆらぐことのないようにしっかりとこころをそなえるべきである。かれらがなにをいおうともあなたたちはゆらいではならぬ。

ユーフラテス川のまちのひとびとをせんどうした司教や、その司教を皇帝にとりなしたもうひとりの司教アンブロシウスというものたちは、キリスト教徒たちのなかでさんみいったいの説をとなえるねっきょう派である。その説によると、キリストといわれるイエスは、さんみいったいなる神のなかの一柱の神であって、聖霊のはたらきによりおとめマリアにやどって人としてのすがたかたちをとったというのである。なぜそのようなことをいうのかといえば、ふつうの、ひととしてのイエスを神とするならばぐうぞうすうはいにおちいるからであるが、そればかりではなくて、ガリラヤにうまれ、いき、しんだイエスというひとからユダヤじんの血すじをかきけしてしまうためでもある。それゆえに、わが子たちよ、ちゅういしなければならない、イエスがキリストという神になったとき、さんみいったいというその説においては、すでにユダヤじんにたいするこうげきの芽がひそんでいたのである。というのは、イエスというひとからユダヤじんの血すじをうばってから、さらに、この説は、神でありながら人になったイエスが地上にいきているときすでにみずからを神であるとみなしたので、わたしたちユダヤじんのそせんが神をぼうとくするものとしてかれをころしたというのだからである。まるでさきほどまでかれらじしんイエスはてっとうてつび人間であるといっていたことをわすれたごとくに。しかもこの説のねっきょう派はそのようなそせんの子であるいまのユダヤじんをもイエスのさつがい者であるとみなして、きょうきにかられあなたたちに噛みつこうとしているのである。イエスをさつがいしたものはローマ軍であり、イエスはユダヤ教の石打ちの刑によってではなくローマじんのけいばつである十字架刑によってさつがいされたのにもかかわらず、つみをユダヤじんになすりつけようとするのである。

イエスはガリラヤのヨセフとマリアの子できょうだいしまいもあった。にもかかわらずこの説はかれからユダヤじんの血すじをうばって、どのみんぞくのひとびともすうはいできるすくいぬしとしてイエスをみなしたのではあるが、しかしユダヤじんをイエスのさつがい者にしたてあげることをよぎなくされて、どのようなみんぞくもさべつなくうけいれながらユダヤじんだけにたいしてはさべつのにくしみをもえあがらせるのである。

それだけではなく、この説のねっきょう派は、わたしたちユダヤじんの聖典、キリスト教徒たちのいう旧約聖書にたいしても、わたしたちのみんぞくの聖典というせいかくをはぎとりうちけしてしまおうとして、聖典のなかのじんぶつやできごとにたいして、予示《よじ》・予徴《よちょう》・予型《よけい》という奇怪なことばをあてはめたり、比喩《ひゆ》・象徴《しょうちょう》・隠喩《いんゆ》などとすべてをたとえとみなすことによって、聖典のもともとのいみをねじまげてしまい、キリスト教につごうよくかいしゃくして、わたしたちのそせんたちと神とのふかくかかわるあゆみをかきけしてしまおうとしているのである。

だからあなたたちは、さんみいったい説のひとびとのことばにけっしてまどわされてはならぬ。さんみいったい説をとなえているひとびとは、じつにさんみいったいとはどういうことなのか、だれもわからぬままくちにとなえ、まるであたまがもうろうとしているひとのようにしょうきをうしなっているのだから、かれらからみをさけ、あらそいにまきこまれてはならぬ。しかし、かれらがあなたたちにキリストのさつがい者であるといういいがかりをあびせるならば、あなたたちはそうではないとだんげんし、ユダヤじんにたいするそのようなひぼうにははっきりとしたたいどをとるべきである。ヨブ記のなかのヨブのように、じょうほしてはならない。そして、非ぼうりょくをまもり、わたしたちの神、一なる神にのみ、すくいをゆだねるべきである。神は一なるかたである。

שְׁמַע יִשְׂרָאֵל יְהוָה אֱלֹהֵינוּ יְהוָה אֶחָד׃
וְאָהַבְתָּ אֵת יְהוָה אֱלֹהֶיךָ בְּכָל־לְבָבְךָ וּבְכָל־נַפְשְׁךָ וּבְכָל־מְאֹדֶךָ׃

シュマアー　イスラエル、アドナイ・エロヘヌー、アドナイ・エハット。

ヴェ・アハブター、エト、アドナイ・エロヘイファ、ヴェ・コールレヴァヴェファ、ウ・ヴェ・コールナフシェファ、ウ・ヴェ・コールメオデファ。

（聞け、イスラエルよ、われらの神は唯一の神、汝《なんじ》心を尽くし、魂を尽くし、力を尽くして、汝の神を愛せ）

第五章　勝利の神学とアラリック

三九二年五月、若き皇帝ヴァレンティニアヌス二世がヴィエンヌの宮廷で自殺した姿で発見された。マグヌス・マクシムスとの戦争後、テオドシウス帝はヴァレンティニアヌス二世に帝国西方全体の統治権を認め、アルボガスト将軍を補佐役に任じて、ヴィエンヌの宮廷に送った。

ヴィエンヌはリヨンの南五十キロ、ローヌ川のほとりの都市で、北に向かうとモーゼル川、さらにライン河へ通じる。ローヌ川を下《くだ》って河口に至ると海港都市アルルがあって海陸ともにイタリアにつながる。

故グラティアヌス帝が帝都をトリアからミラノへ遷《うつ》したことがガリアの反発を招き、マクシムス・マグヌスの反乱を生起させたことを省みて、ヴィエンヌが帝都に選定されたのだろう。ガリアをしっかりと帝国のなかに押さえておくためには、帝都をガリアの内側に置く必要があった。しかし若き皇帝はこのヴィエンヌで死去した。

その皇帝の死が自殺だったのか、それとも実力者アルボガスト将軍の所為《しょい》だったのか、当時、帝国全体で取沙汰された。

若き皇帝は、テオドシウス帝がミラノ司教座教会で公の悔悛を行った後、コンスタンティノポリスに帰還して間もなく死去している。

その死から三ヵ月後の八月、アルボガスト将軍とローマ元老院とが盟約を結び、ヴィエンヌ宮廷のエウゲニウスという官僚を西方の皇帝に樹立している。

元老院は、その少し前、あの勝利の女神像祭壇の再設置をヴァレンティニアヌス二世に要求し、拒絶されている。

以上の文脈から見ると、ヴァレンティニアヌス二世は、元老院と結託したアルボガスト将軍によって殺害されたか、自殺に追いこまれた可能性が強い。

アルボガスト将軍と元老院がエウゲニウスを皇帝に樹立した翌年、三九三年、その一月、テオドシウス帝は首都コンスタンティノポリスで当時九歳の次子ホノリウスを帝国西方の皇帝に任命した。すなわちエウゲニウス政権を否定した。マグヌス・マクシムスとの戦争からわずか五年後、再び帝国西方と東方との抗争が再燃した。

今回のこの対立の根本要因は、テオドシウス帝政権のキリスト教推進政策の強行と、それに対する反発だった、と言われてきた。

当時の元老院指導者はニコマクス・フラヴィアヌスで、彼は三九〇年テオドシウス帝によってイタリア道長官に任命されたが、翌年、帝国官僚ルフィヌス起草の異教・異端禁止法の発布とともに罷免された。フラヴィアヌスは熱心なローマ宗教の擁護者で、尚古心の篤《あつ》い歴史家でもあった。そのフラヴィアヌスと盟約したアルボガスト将軍は、キリスト教アリウス派のフランク族将兵の統率者だった。

それに対して、若き皇帝ヴァレンティニアヌス二世は、ヴィエンヌ宮廷の主となってからは、国教キリスト教(ニケア派)の立場を強く守った。司教アンブロシウスとも親密な関係となり、死の直前の頃には、あたかもみずからの死を予期するかのように、直接司教アンブロシウスによる洗礼を願った。司教も駆けつけようとした。が、間に合わず、願いははかなくなった。

こうした状況から眺めると、テオドシウス帝と、アルボガスト将軍・元老院の樹立したエウゲニウス帝との対立は、根本に宗教上の対立があったように見えるのである。

しかし、その宗教上の対立が、東方と西方との内戦に至る根本理由だったのかどうか、再考を促す事情もある。

アルボガスト将軍配下のフランク族将兵は、アリウス派だったが、テオドシウス帝の国法によって迫害されたわけではない。国法はゴート族やフランク族などの場合、ニケア派(カトリック)への改宗を要求してはいない。また、新帝エウゲニウスは、たしかに古来のローマ宗教の復興を認めたが、しかし、これまで異教寺院から国家によって没収された財産の返還、という元老院の要求は拒絶した。また、古来の宗教復興に際しても、私財は寄進したが公金を使用することは拒否し、元老院の要求を退けた。帝国西方、特にガリアのカトリック勢力にも配慮を示したのである。

それに対して、死んだヴァレンティニアヌス二世は、みずからの洗礼について、ガリアのカトリック司教ではなく、ミラノの司教アンブロシウスに最後まで執着した。そのことは、ガリアのカトリック勢力とイタリア本土から乗りこんできた若き皇帝との、疎遠な関係を暗示している。

アルボガスト将軍と元老院とが樹立したエウゲニウス帝政権は、テオドシウス帝のキリスト教推進政策に反発する宗教勢力の連合というよりも、むしろ宗教的寛容のもとでガリア諸勢力を結集しようとする地域圏の動向を背景にしていたのではあるまいか。

かつてのマグネンティウスの反乱、ユリアヌス帝のガリア保護政策、マグヌス・マクシムスによるガリアの防衛、つづく今回のエウゲニウス帝政権の成立。ガリアはローマ帝国内部での植民地的性格をはらいのけようとしてきた。それは、ガリアだけではなく、ブリテン、スペイン、北アフリカなどにも見られる動きである。ローマ帝国の衰退というのは、各地域圏の興隆と表裏の関係にあるにちがいない。東ローマ帝国が衰退せず、ビザンティン帝国として生きのびてゆくのは、西方とは違って東方においては、この各地域圏の興隆が未発達だったからかもしれない。

三九四年、テオドシウス帝軍はアルボガスト将軍・元老院主導のエウゲニウス帝政権と戦うため、首都コンスタンティノポリスを進発した。

この三九四年の四月、テオドシウス帝の若き妻ガッラは同名の幼女を残して産褥熱《さんじょくねつ》で死去している。ガッラはヴィエンヌ宮廷で死んだヴァレンティニアヌス二世の三姉妹の一人である。ヴァレンティニアヌス二世の三姉妹への愛情は深く、そのため結婚を忌避した、と噂された。今回も巷《ちまた》では、死にゆくガッラの願いによって、ヴァレンティニアヌス二世の敵《かたき》アルボガスト将軍との戦端が開かれたと噂された。ガッラの死は四月、テオドシウス軍が発《た》ったのは五月だからである。おそらく当時の人びとはこの戦争の根本原因を知らなかった。ちょうど地表の住民が足下の活断層の存在を知らないように。

テオドシウス帝を総指揮官とする全軍は、テオドシウス本軍に加えてティマシウス将軍とスティリコ将軍の二軍団、ガイナスとサルスの率いるゴート族軍およびバクリス王の率いる東方民族混成軍から成っていた。

三九四年八月、テオドシウス軍はエモナ（現スロヴェニアの都市リブリャーナ）から北イタリアの都市アクィレイアへの街道を進み、ポワリエの峠を越えてフリギドゥス川の流れる盆地に入った。その盆地を俯瞰《ふかん》する高地に敵の連合勢力は軍営を構えていた。この高地は昔から北イタリア防衛上の要衝で堅固な要塞もあった。

同年九月、テオドシウス軍は高地に向かって円陣を敷《し》いた。

その直後の九月四日、斥候が緊急の知らせを伝えてきた。敵の一軍団がポワリエの峠に移動しているというのである。

敵軍指揮者アルボガスト将軍は、明らかに、地勢を利用して、一挙《いっきょ》に高地と峠からの両面攻撃をかける作戦だった。この挟撃《きょうげき》を避けるためには、迎撃《げいげき》戦ではなくて、こちらから速やかに二方面の敵に先攻する以外にない、とテオドシウス側は判断した。テオドシウス帝の裁定によって、ゴート族軍および東方民族混成軍が高地の攻略をめざし、スティリコ軍が峠の敵軍に立ち向かい、テオドシウスとティマシウスの本軍が両軍をささえ、戦闘の展開に応じて先攻軍と入れ替わることになった。

九月五日、早朝、戦端が開かれた。

経過を伝える資料はない。結果だけが分かっている。テオドシウス軍は完敗した。特にゴート族軍の損害は大きく、おびただしい死者を出した。

高地をめざす戦いは大敗したが、峠へ向かったスティリコ軍は無傷で本陣にもどった。スティリコは峠を占拠した敵の軍団長アルビティオと交渉し、巨額の報酬を約束して峠からの撤退を了承させたのである。彼はアルビティオ軍がテオドシウス軍に対し正面ではなく後背地からの戦闘配置にあることから、この軍が敵側内部での信頼度の低いことを推測した。敵側は元老院の資金によって大量の傭兵軍をかかえている。忠誠と規律を最も必要とする陣営正面ではなく、ポワリエ峠配置の傭兵軍ならば交渉も可能だろう、とスティリコは判断したのだった。

本来、スティリコは生粋の軍人というよりも交渉能力に長《た》けた外交官だった。若くしてペルシア帝国への使節の一人に選ばれ、際《きわ》立った役割を果たしてテオドシウス帝の信頼をえた。その後、テオドシウス帝の姪《めい》で養女でもあるセレーナと結婚し、軍歴をかけ昇ってきた。

ともあれ、敵側のアルビティオの裏切りによって戦局を立て直す道が開かれた。

翌日、九月六日、テオドシウス全軍は高地の敵陣営をめざして進撃を開始した。

テオドシウス側が勝った。

敵の新帝エウゲニウスや元老院議員フラヴィアヌスは戦死した。アルボガスト将軍は自害した。勝利したにもかかわらず高地攻防戦をめぐる詳細は伝わらない。それは偶然ではない。後に見るように、この戦いの勝利は神による恩恵、神による奇跡の勝利とされたので、実際の戦闘過程の伝承はかき消されてしまったのである。

テオドシウス軍はこの戦いの後、ミラノに向かった。配下のガイナスとサルスのゴート族軍もそれに従ったが、若きゴート族指揮官アラリックとその兵団は戦死者を葬ってトラキアのゴート族居住地域に帰った。

テオドシウス帝はミラノに向かう途中、司教アンブロシウスに一通の手紙を書いた。今回の勝利を告げ、この勝利は神の恩恵によるので感謝の奉献祭を準備してもらいたいと要請した。折り返しアンブロシウスの感激に満ちた返書が来た。


喜んで感謝の奉献を執り行いましょう。あなたの人徳を想いあなたの名において捧げる感謝は、神を喜ばすことまちがいありません。大いなる敬虔と信仰の印だからです。ほかの皇帝たちであれば、勝利につづいて直ちに凱旋門の建造や他の勝利記念碑の建立を命じることでしょう。しかしあなたは神への感謝祭を準備し、祭司たちによって感謝の奉献が主の前に行われることを望まれるのです。（Ambrose, Letter 6）

勝利した場合の大規模な感謝奉献祭は、テオドシウス軍のコンスタンティノポリス出発以前に構想されていた。

皇帝の公の悔悛以後、東方では、ローマ伝来の異教に対する闘争は重要な局面に入っていた。異教祭儀への官吏の参加禁止、異教寺院の閉鎖、異教寺院の破壊や財産没収などが次々と行われ、それに対する反発や抵抗も広がっていた。こうした状況のなかで、テオドシウス帝やオリエンス道長官ルフィヌスは、今回の内戦を、異教に対するキリスト教の、最後の、全面的な戦いというキャンペーンを展開し、勝利した暁には大大的に感謝奉献祭を行うことを計画していたのである。

勝利を神に帰し神の栄光をたたえるならば、ここでもまた皇帝は謙虚の模範《フミリタース》を示すことになるし、この謙虚ゆえに勝利という神からの恩恵《グラツィア》も与えられたのだ、ということにもなる。少なくともルフィヌスにとっては、皇帝を頂点にして、謙虚に対する恩恵が上から下へ流れるというこれまでの彼の構想を定着させるよい機会に思われた。

しかし、この感謝奉献祭の大規模な執行には、ルフィヌスのもう一つ別の思惑もあった。彼はこれまでの反異教闘争の過程で、官僚界の重鎮タティアヌスやその党派を一掃し、宮廷官僚のトップに立っていた。その彼にとって、今や最も危惧せねばならぬのは軍幹部だった。もし今回の戦争に勝てば、当然、スティリコ将軍やティマシウス将軍など軍幹部の勢力が増大する。戦争には勝たねばならないが、勝って将軍たちの威光が増すのは好ましくない。だからルフィヌスは勝利後の大がかりな感謝奉献祭を企画した。勝利が徹頭徹尾、神の恩恵の所産であれば、将軍たちの功績などはどこかに吹き飛んでしまう。そして、軍人たちの功績のかわりに恩恵の源としての謙虚《フミリタース》を掲揚することができる。テオドシウス帝にとっても、将軍たちの野心を未然に削ぐこうした企画に異論はなかった。

こうして、ミラノで、盛大な感謝奉献祭が執り行われることになった。それを機会に、今回の戦争は異教に対するキリスト教の最後の戦い、最終的な勝利だった、という風説も広まった。どこからともなく、戦争キャンペーンに呼応する幾多の偽りのエピソードが生まれ、まことしやかに語られるようになった。その一、二を拾ってみると――

異教徒の元老院議員フラヴィアヌスとアルボガスト将軍がミラノから出陣する際、勝利して帰った暁には、ミラノの教会堂を厩《うまや》に変え、キリスト教の聖職者どもを兵卒として軍に徴発するであろう、と豪語して出て行ったものだが……

アルボガスト将軍とフラヴィアヌスの軍は山の要路に、黄金製の雷《かみなり》を投げつけるユピテル像を建てたのだが、敵の足音が近づくと兵たちは逃げてしまい、無傷でユピテル像を手に入れたテオドシウスの兵たちは、このような雷ならばいつでも打たれたいものだと冗談をとばしながら黄金の雷を砕いて分かちあったそうだ……

これらは事実ではない。相手側をキリスト教に敵対する異教の徒として特徴づけ、その異教の無力を嘲笑するために作られた。

感謝奉献祭によって、勝利が神の恩恵によるものとなった。今回の勝利は神の奇跡によるものとなったのである。

まず、この戦いはフリギドゥス川の戦いと呼ばれるようになり、敵の将兵たちは逃亡の際重い鎧のままフリギドゥス川に沈んだと語られるようになった。もちろんこれも事実ではなく、かつてコンスタンティヌス帝がキリストの旗を立て、異教徒のマクシミアヌス帝に奇跡の勝利を収めたミルヴィウス橋の戦いになぞらえたものである。

奇跡の勝利の神話は海を越えて北アフリカにも伝わった。

テオドシウスはエウゲニウスの最強の軍隊に対して、武力行使よりもむしろ祈りによって戦ったのである。その場に居合わせた兵隊たちがわたしたちに告げたところによると、テオドシウスの陣営の方角から敵対する者どもに向かって風が激しく吹きつけ、敵が投げようとした槍はことごとくもぎとられたということである。
またその風はたんに敵対する者どもに向かって投げられた槍をことごとく強烈に加速して吹きつけただけでなく、敵の投げ槍さえも彼らの身体に投げ返したということである。

（アウグスティヌス、赤木善光・金子晴勇訳『神の国』第五巻）

フリギドゥス川の戦いの神話に対して、鋭く反発する者がいた。激戦後の戦場に残って死者を葬った西ゴート族指導者アラリックとその戦士たちである。彼らは、決戦初日、先陣を務めて敵に大きな損傷を与えながらも、みずから累累と屍《かばね》を晒《さら》した幾多の西ゴート族兵たちを、決して忘れなかった。彼らの死の上に勝利があった。奇跡による勝利というデマゴギーは彼らの死に対する冒瀆《ぼうとく》だった。

戦いの翌年、三九五年、春、アラリックは西ゴート族兵を率いてトラキアの東方に姿を現した。コンスタンティノポリスに対して、西ゴート族の要求を武力で突きつけるためである。前年の戦いの時、西ゴート族は信頼できる同盟部族だった。今、その態度は急変した。コンスタンティノポリスへの襲撃も辞さない様相である。
冬の間に何があったのか。
一つはローマ側に対するアラリックの不信が決定的になったことである。

ミラノの大感謝奉献祭の話が伝わると、アラリックの疑惑は深まった。あの戦いが異教徒を撲滅するための戦いであったというならば、彼らローマ側にとって、異端であるアリウス派のゴート族を利用することは、都合のいいことだっただろう。感謝奉献祭は、ゴート族兵の犠牲を闇に葬るばかりでなく、むしろそれどころか、その犠牲をも祝う祝祭でもあったのではないか、異教と異端とを同時に抹殺したことを祝う……。

もう一つは、この冬、一月、テオドシウス帝が急死したことである。ただちに皇帝の遺言が公表された。それによれば、東方の皇帝に長子アルカディウスが即《つ》き、西方の皇帝には次子ホノリウスが即き、年少の両皇帝のために、スティリコ将軍が後見役を果たすという。

しかし、東方のアルカディウスにはすでにオリエンス道長官ルフィヌスが後見役についている。彼がこの遺言の正当性を認めるはずがない。帝国官僚と軍将軍とが対立することは目に見えていた。しかもそれは東方と西方との、帝国を二分する対立にまで発展しかねない。テオドシウス帝の死によって、かすがいを失ったからである。

アラリックは政治情勢が急転回するこの瞬間をとらえた。ゴート族軍を率いて、トラキア地方の東、コンスタンティノポリス近くまで接近した。彼はこの時初めて「ゴート族の王」（レークス・ゴートールム）と名のり、アルカディウス帝との対等の交渉を要求した。

ルフィヌスが皇帝代理として交渉要求に応じた。

交渉の結果、両者の間に密約が成立した。その性格上、内容の全貌は明らかではないが、ルフィヌスがトラキア地方東部からアラリック軍の撤退を要求したことは確かである。この地方は、コンスタンティノポリス元老院貴族たちの所領が多く、また帝都の後背地なので、アラリック軍の存在は東方統治の安定を阻害する。

撤退の対価として、ルフィヌスは、バルカン半島へ至るテルモピュライの隘路《あいろ》の軍団を小アジア国境方面へ移動させることを提案した。つまりそれは、バルカン半島をアラリックの自由に委ねるということだった。

アラリックは同意した。

ルフィヌスがバルカン半島を放棄する背後には、彼の思惑があった。現在、スティリコ将軍が東西両皇帝の後見役を主張している。西方から東方へ軍団を率いて迫ってくることが予想された。その際、アラリック軍がスティリコ将軍に対する障壁の役割を果たすことが密約の内意だった。

むろんしかしこの密約に従えば、アラリックのゴート族が事実上バルカン半島の諸都市を支配することになる。掠奪も行われるだろう。しかしルフィヌスからすれば、これら諸都市は古くからの異教都市なのだから、ゴート族軍の支配あるいは掠奪は神の鞭だということになる。加えて、この時期、コーカサスを越えて、とうとう北方の狼フン族が小アジアに姿を現したのである。人心を鎮静化するためにもこの方面にバルカン半島の軍団を投入する必要があった。

密約から二ヵ月後、アラリックのゴート族はテルモピュライの要路を通過してボイオティア（現ギリシャ東部）の沃野に入った。北から南へと掠奪の被害は拡大してゆく。

東西両皇帝の後見役を自任する将軍スティリコにとって、アラリックの行動は帝国東西を分断し楔《くさび》を打ち込む所業だった。単なる遠方の野盗のごときものとして放置するわけにはいかない。バルカン半島をゴート族から解放すれば東方アルカディウス帝の信頼を得ることにもなる。こう判断して大軍を動員し、アルプスを越え、バルカン半島のテッサリアの平原に至った。

スティリコはながい間アラリック軍に対する追撃戦を展開する。

やがて敵の退路を断《た》った。

とうとう正面からの会戦の時が近づいた。スティリコ軍がはるかに優勢だった。

戦端が開かれようとした時、ちょうどその時、アルカディウス帝からの勅使が来て、スティリコ軍のなかの東方管区ローマ軍団をただちに返還せよ、という命令を伝えた。故テオドシウス帝がフリギドゥス川の戦いへ随伴した東方軍は、現在スティリコ軍に配属されているが、その指揮権は西方の新帝ホノリウスではなく東方のアルカディウス帝にある。スティリコは命令を無視できない。無視して会戦に突入すれば、勝利を得ても東方皇帝後見役の地位を捨てることになり、東西の亀裂を深めもする。スティリコは会戦を断念した。ミラノ帰還後、東西のローマ軍を区分整理してから東方軍を返還する旨、勅使に告げた。

この出来事は、むろんアラリックとルフィヌスとの密約を背景にしている。そのおかげでアラリックは危機から脱け出した。しかし、帝国全体にとっては、この時から、複雑で陰鬱な東と西との関係が始まった。

その年の冬、スティリコは腹心の部下ガイナスを東方帰還軍の指揮官に立て、密命を与えてコンスタンティノポリスに送った。

ガイナスの率いる東方帰還軍団は冬の間に行軍を終え、コンスタンティノポリス近郊の閲兵場で歓迎式典に臨んだ。整列する儀仗兵の中央に玉座がある。若きアルカディウス帝が軍団の歓呼を受けて着座する。つづいてオリエンス道長官ルフィヌスが帰還軍団を歓迎する演説を行った。演説を終え盛大な拍手のなか、彼が演壇を降りてくると、帰還軍団の各軍列先頭の将校たちが感激した様子で演壇の方に歩み出た。と思う間もなく、暗色の外套《ラケルナ》の将校たちはルフィヌスを囲み抱擁した。後《あと》に、全身血に染まったルフィヌスの死体が地面に倒れていた。

ルフィヌス死後、コンスタンティノポリス宮廷で実権を握ったのは、スティリコ派の官僚でも軍団指揮官ガイナスでもなく、宮内長官で宦官のエウトロピウスだった。

ローマ帝国の官制は二重の組み立てになっていて、帝国行政用の官制とは別に皇室用の官制がある。たとえば帝国全体の財政を司る帝国財務長官に対して、皇室財産を司る皇室財務長官がいる。エウトロピウスは、この後者の、皇室直属の官吏の長で、帝国全体を統轄するルフィヌスに対しては、国政上の地位は低く、表に対する裏のような関係にあった。しかし宮内長官で宦官という特殊な地位の者は世界のいたる所で見られるように、皇帝や皇妃たちとの身近な関係を利用し、さまざまな仕方で実権を握る場合がある。エウトロピウスもすでにルフィヌスが殺害される以前から着着とルフィヌスの勢力を削《そ》ぐため暗躍をつづけてきた。

たとえば、ルフィヌスは彼の一人娘をアルカディウス帝の皇妃に立てようと企図したのだが、エウトロピウスはそれを阻止するため策謀を重ねた。その結果、バウト将軍の娘エウドキシアを皇妃に立てることに成功する。バウト将軍はマグヌス・マクシムスとの戦いで戦死。そのためエウドキシアはテオドシウス帝麾下《きか》のプロモトス将軍の養女として庇護されていた。ところが、このプロモトス将軍はルフィヌスの陰謀によって軍歴を解かれ流罪となって死んだ人物である。当然エウドキシアはルフィヌスに憎しみを抱いていた。

エウトロピウスは、ルフィヌスの殺害に関して、軍団指揮官ガイナスとその将校たちの免罪を皇帝に嘆願した。彼らを自分の配下に置くためである。皇帝が認めたので、エウトロピウスはガイナスの帰還軍団を五分割し、同等の地位の軍長官五名に分掌させ、首都近郊に二軍団、イリリクム、トラキア、東部国境方面に各一軍団、それぞれ分散配置した。帰還軍団が全体として西方のスティリコ将軍に呼応することを危惧したからである。彼は西方のスティリコに対する東方の自立、軍部に対する官僚の優越、というルフィヌスの基本姿勢はそのまま受けついだ。


コンスタンティノポリスの宮廷で権力の再編が進んでいた頃、アラリックのゴート族軍はバルカン半島を南下して、ギリシア全域にわたって掠奪行動を広げていた。被害はベオティエ地方、アッティカ地方、メガリト地方、コリントスの地峡、ペロポネソス半島に及んだ。特に被害の大きかったのは、エレシウス、メガラ、コリントスなど多くの諸都市で、これらは商業・貿易都市として繁栄するとともに古くからの名高い神殿都市だった。古代では、神殿は財宝貯蔵所でもあり、銀行の役割も果たしていた。アテナイはゴート族に都門を開かなかったが代わりに莫大な金貨を支払った。

この状況に対し、スティリコ将軍は、ライン国境方面で兵力を補充し、艦隊を組んでイオニア海を渡り、コリントスの地峡に上陸した。ゴート族軍の制圧をぬきにして帝国東西の再統一はありえない。

牧人の神パンと森のニンフ・ドリュアデスたちが住むというアルカディアの森と山々が、アラリックとスティリコとの再度の戦いの舞台となった。長期にわたる攻防戦の末、アラリック軍はじわじわと押されてオリンピア聖域の東のフォロエーの山地に追いこまれた。

スティリコは山地をめざす一回的な総力戦を避け、ゴート族陣営を遠巻きに囲んで濠を掘り、さらには川の流れの向きを変えて包囲網を築いた。スティリコが長期戦を覚悟したのは、平地から山地にむかう戦いの不利を避けるためだが、それ以上に、ライン河方面から補充したゲルマン系諸部族を多くかかえる自軍に十分な信頼をもてなかったからである。

日が過ぎてゆく。

スティリコは、食糧を欠き戦意を失ったゴート族軍の、降伏の使者が来るのをじっと待っていた。しかし来たのは西方ホノリウス帝の宮廷からの使者だった。北アフリカの軍司令官《コメス》ギルドが帝国に反逆し、オスティアやラヴェンナなどイタリアの海港に向かう穀物輸送船の出港を一切停止したというのである。ローマなど住民の多い都市では飢餓暴動が起きる危険があった。フォロエーの山を囲んで悠長に兵糧攻めを行っている場合ではない、なぜならば本国イタリアが兵糧攻めに遭っているのだから、と、使者は伝えた。

反乱を起こしたアフリカ軍司令官ギルドの略歴を摘記しておこう。

ギルドはフィルムスの異母兄弟だったが、三七〇年のフィルムスの乱には加担せず、ローマ側についた。故テオドシウス将軍による反乱鎮圧後、ギルドはムーア人の統率者兼ローマ軍指揮官となった。

三八七年、ガリアのマグヌス・マクシムスは、イタリア侵攻の際、ギルドをアフリカ軍司令官に任命した。マクシムスはフィルムスの乱の際、故テオドシウス将軍の副官としてギルドと共に乱鎮圧のために戦った経緯があった。

三八八年、ギルドはそのマクシムス軍のためアフリカの穀物をイタリアに送ったが、しかしマクシムスと運命を共にはしなかった。戦いの直前、テオドシウス帝と姻戚関係を結んだ。ギルドの娘とテオドシウス帝妃フラキラの甥とが結婚したのである。

三九二年、アルボガスト将軍と元老院が新帝エウゲニウスを立て、テオドシウス帝と対立した時、ギルドは表面上はテオドシウス帝との関係を維持しつつも、エウゲニウスのローマに穀物輸送をつづけた。テオドシウス帝からの参戦の要求にも応じなかった。

三九六年秋、ルフィヌス死去の翌年、ギルドは東方宮廷で権力を握った宮内長官エウトロピウスと密約を結んだ。

翌三九七年、スティリコと西ゴート族との戦いの時、イタリアへの穀物搬出の全面停止措置に踏み切った。

このようなギルドのジグザグとした歩みの背後には、彼個人の権力志向や処世術とからまって、ローマ帝国の支配に対する北アフリカの、自立への鼓動の音が聞きとれるように思う。かつてはフィルムスの乱に背き、今は帝国への反乱を決意するギルドは、彼なりに北アフリカの利害をおもんぱかり、時が来るのを待っていた。その背後にはギルド個人を越えて北アフリカの自立への脈拍がある。そのことを示すのは、ドナティストと呼ばれるカトリック教会からの分離派が、フィルムスの乱の時と同じように、しかし今回はさらに全面的に、ギルドの乱に加担したことである。北アフリカ・カトリック教会は帝国と歩みを共にしてきた。それに対してドナティスト（分離派）は、ギルドの乱に加わることによって宗教上ばかりでなく政治上も分離派となった。北アフリカはガリアとは諸事情が異なるけれども、帝国の権力センターに対し離脱への底流をもつ点では共通している。

スティリコはバルカン半島から急ぎ撤収した。帰るとただちにローマ元老院を招集して、アフリカ軍司令官ギルドを「国家の敵《ホスティス・プブリクス》」として宣言するように要請した。この宣言を受けた敵と戦う場合、皇帝は元老院議員に対して新兵の提供義務を課すことができた。膨大な数の小作や使用人、奴隷をかかえる元老院議員はその一定割合の新兵を供出せねばならず、それが不都合であれば代替として醵金《きょきん》を支払わねばならないのである。スティリコはこうして戦争ファンドを準備し、翌年にはガリアから五千の兵団を派遣してギルドの乱の鎮圧を企てた。一年後の三九八年春、ギルドの乱は鎮圧された。ただし、反乱を生む社会基盤が取り除かれたわけではない。

アフリカ軍司令官ギルドが、スティリコの要請によってローマ元老院から「国家の敵」という宣言を受けていた頃、コンスタンティノポリス元老院では、エウトロピウスの要請によってスティリコが「国家の敵」として宣言されていた。スティリコが東方アルカディウス帝の許可なくその管轄領域であるバルカン半島に不法に軍事侵入したという理由からだった。

その結果、スティリコ軍と戦ったアラリックは国家の擁護者ということになった。フォロエー山地の包囲戦を耐えた三九七年の秋、アラリックはイリリクム方面軍司令官（マギステル・ミリトゥム）という正式の地位についた。エウトロピウスとの盟約によるものだった。

エウトロピウスは東方宮廷の実権を握っているが、その出自のため元老院や官僚、それと結ぶ軍幹部などに潜在的な敵も多い。だからアラリックのゴート族を彼独自の権力基盤の一つにしようとした。

しかしむろんそれだけではない。

彼がアラリックにイリリクム方面軍司令官の地位を認めた背景には、西方スティリコ軍のことがもちろんある。が、加えて当時、フン族の圧迫があった。フン族はコーカサス地方から、アルメニア、カッパドキアを経て、ついに北シリアに侵入し始めたのである。宮廷も小アジア地方も不気味な恐怖に襲われた。エウトロピウスは帝国東方のすべての軍事力をもってフン族に備えねばならないと判断した。それゆえイリリクム地方をアラリックに委ねた。

他方、アラリックにとってもイリリクム方面軍司令官という地位は、特別な意味をもっていた。これまでもゲルマン系諸族出身でローマ軍の将軍や指揮官となった者は珍しくない。しかし彼らは個人として軍歴を上昇した。それに対して、アラリックは独立する西ゴート族の王である。彼がイリリクム地方の軍指揮権や人事権あるいはまた軍工廠《こうしょう》や武器庫などを掌握すれば、イリリクム地方という諸属州からなる地域において、アラリックのゴート族は、事実上、軍事的な身分階級《カースト》を形成することになる。それはちょうど古代インドのクシャトリヤ階級のようなものである。分かりやすく言うと、イリリクム地方において、ローマ人官吏がローマ人の都市と農村から租税を徴収し、その租税によってゴート族の生活が保証される。代わりにゴート族がローマ人の軍事保護を行う。つまりその地域に限って見れば、保護の名目でゴート族が支配団体となり、ローマ人が支配される側になる。

アラリックが司令官の地位についた翌年、三九八年春、宮内長官エウトロピウスは、みずから大軍を率いて国境を侵害したフン族との戦闘状態に入った。夏頃、とうとうフン族の撃退に成功した。その功績によって、宦官のエウトロピウスは最高爵位パトリキウスの身分に昇り、翌三九九年、その年の最高栄誉職、執政官《コンスル》の地位についた。いずれもローマ史上類例がない。フン族に対する恐慌がいかに大きかったかを物語っている。

エウトロピウスは陰で実権を握る者だったが、今や表の舞台の主役となった。権力と栄誉の頂点に昇った。するとただちにその反動が起きた。

皇妃エウドキシアとコンスタンティノポリス元老院との策動によって、突然、エウトロピウスは失脚した。皇妃と元老院出身官僚とが提携して権力を握った。

しかし次には、以前スティリコによって東方帰還軍の指揮官とされたあのガイナス将軍が、配下のゴート族将兵とともにこの新政権に反旗を立てた。ガイナス将軍とエウトロピウスとの間にはこれまで親密な関係があった。一時、ガイナス将軍は首都を制圧した。しかしその後、首都から軍を撤収した。詳しい経緯は分からない。その撤収後まもなく、首都で反ゲルマン運動が起きた。数千人のゴート人が「ゴート族の教会」で殺害されたといわれている。正確な数は不明。この反ゲルマン運動は、異民族に対する排斥と、アリウス派に対する排斥とが結びついたものである。

ふたたび皇妃エウドキシアと元老院官僚とが権力を握った。エウトロピウス後のこの新政権はフン族と和約を結んだ。ガイナス将軍はフン族王ウルディンによって殺され、その首がコンスタンティノポリスに送られてきた。

東方帝都でのこの政変の結果、アラリックもイリリクム方面軍司令官の地位にとどまることはできなかった。盟約相手のエウトロピウスは失脚し、反ゲルマン運動が起き、しかも新政権はフン族と和約を結んでいる。アラリックを排撃するために、フン族を投入するかもしれない。アラリックの西ゴート族はフン族に対してトラウマに近い恐怖心を抱いてもいる。

東方宮廷管轄下のイリリクムから離れて、一体どこへ行けばよいのか。どこへ行こうとも、ゴート族は民族として生きてゆかねばならない。北風の吹くトラキアの荒地で、半農半牧の生活を営むべきなのだろうか。しかしゴート族は鋤《すき》を剣に替《か》えて久しい。アラリックにとって西ゴート族はローマ帝国内部での独立した戦士民族（クシャトリヤ階級）であるべきだった。

三九九年、エウトロピウスの失脚後まもなく、アラリックのゴート族は西方に向かった。ダルマティア地方を通過し、イストリアとゲルツの山あいを縫《ぬ》ってヴェネチアの平原に至り、四〇一年十一月にはポー川に沿って北イタリアの内側奥深く入った。四〇二年二月にはついに帝都ミラノに迫った。このほぼ二年間のゴート族の移動は、カリスマ指導者としてのアラリックの卓越した統率力を示している。西ゴート族はみずからの運命をこの一人の指導者のさし示す方向に投げ入れたのであった。

アラリックは、帝都ミラノの若きホノリウス帝に対し、軍事上の正式な高い地位を要求した。しかも彼は力づくでその要求を実現しようとして帝都ミラノを包囲した。だが、この包囲の最中に、アラリックの敵スティリコが、ライン河方面で兵を補充しアルプスを越えてミラノへ進軍してきた。アラリックは自軍がむしろ包囲されることを避けるため、ひとまず撤退し、両軍の衝突は後の時に持ち越された。

やがて決戦の日が来た。

四〇二年四月六日復活祭の日曜日。場所はアスティの南、タナロ川に近い街道の交錯する地ポレンティアだった。会戦の詳細は伝わっていないが、スティリコ軍が勝った。しかし翌年夏、アラリックは軍を再編し再びスティリコに戦いを挑《いど》んだ。が、このヴェロナの戦いにおいてもスティリコが勝利した。

アラリックのゴート族はいずこへか姿を消した。

しかしゴート族の与えた衝撃は大きく、ホノリウス帝は帝都をミラノから防衛上堅固なラヴェンナに遷《うつ》したほどだが、その分ゴート族の危機を乗り越えた喜びも大きかった。その年の秋、スティリコと皇帝ホノリウスはローマに入り、熱狂する人びとの歓迎を受けた。パラティウムの丘からミルウィス橋まで、軍事行列を見るためにすべての家の屋根に人びとが密集し、街路には男たちの波ができ、テラスや露台には装った女たちがあふれた。若者たちは若き皇帝を見て感激し、老人たちは過去を忘れてこの日に出会えたことの幸運を神に感謝した、と、当時の資料は伝えている。

しかし、なお北イタリアには試練の時が控えていた。

アラリックの危機が去ってから一ヵ年を経た四〇四年、ラダガイススという名の男に率いられた東ゴート族や、その他のゲルマン系諸族およびケルト族から成る諸民族混合集団が、国境線を越えて北イタリアに迫ってきたのである。その数は低く見積もっても十万、資料によっては四十万とするものもある。どこから来たのか、資料は語らない。小さな河川が合流して大河となるように、フン族に圧迫された諸民族が難民となり一体となったのかもしれない。

この状況に直面して、スティリコは、ライン方面の諸族から大幅に兵を補充するとともに、奴隷からの徴募さえも行って三十個師団の兵力をつくった。さらに彼は、昨日の敵アラリックをイリリクム方面軍司令官に任命した。スティリコのこの驚くべき行為の真意はどこにあったのだろうか。

イリリクム地方は帝国東方と西方の交錯する広大な地域で、東方宮廷に属する諸州と西方宮廷に属する諸州とがある。以前アラリックはエウトロピウスによって、イリリクム方面軍司令官に任命され、東方帰属諸州の軍事権を握った。

今、スティリコはアラリックを西方帰属諸州のイリリクム方面軍司令官に任命し、かつての東方宮廷と同等の処遇を提供した。それはアラリックが現在の状況のなかで東方宮廷と結びつくことを怖れたからだろう。当時、東方宮廷との緊張関係は高まっていた。スティリコにとって、アラリックのゴート族軍はよく切れる剣である。敵が手にすれば危険きわまりないが、こちらが手にすれば有効な力を発揮する。

四〇五年、ラダガイスス率いる膨大な民族混合集団は津波のように北イタリアになだれ込んで来て、フィレンツェを取り囲んだ。なぜフィレンツェを包囲したのか、それは誰も分からない。多分、そこにフィレンツェがあったからである。都市のまわりはラダガイススの膨大な武装兵でおおわれた。フィレンツェはじっと耐え忍んでいたが、とうとう気力を失って城門を開こうとした。しかしその前夜、後《のち》の物語によれば、ひとりの女に亡き司教アンブロシウスの亡霊があらわれ、もう一日耐えれば救われるであろう、と言って消えた。フィレンツェはもう一日耐えた。すると遥か遠方からスティリコの軍団が近づいて来たので包囲は解かれた、という。当時すでに死去していたアンブロシウスは、都市フィレンツェの守護聖人のごとき存在になっていた。彼は生前フィレンツェに滞在していたことがある。その折、信者の魂の看《み》取りの活動を行っていた。

ラダガイススとスティリコとの戦闘はフィレンツェから数キロ離れたフィエゾーレの盆地で行われた。前哨戦は互角だった。攻防戦が繰り返された。やがて、数においてははるかに勝るラダガイスス軍は民族混成軍としての弱点を露呈し始めた。諸部隊はばらばらに分散し支離滅裂な状態に陥って壊滅した。ラダガイスス側の戦死者は数えようもなく多数に上《のぼ》った。女や子供は奴隷市場に売られた。その数があまりに多かったので奴隷価格が大幅に下落した。

四〇五年のラダガイススに対する勝利は、神による奇跡の勝利とされた。

> ゴート人の王ラダガイススが恐ろしい大軍を率いていまや都の近くに陣どり、ローマ人を大いに悩まそうと窺ったとき、ある日たいへん速やかに敗れたため、ローマ人の側にはひとりの戦死者はおろか、だれひとり傷ついた者もいないほどであった。他方、彼の軍隊の十万人以上が打ち倒され、ラダガイスス自身も間もなく捕えられ、当然の処罰を受けて殺されてしまった。
>
> （アウグスティヌス『神の国』第五巻二三章）

四〇五年ラダガイススとのフィエゾーレの戦いは、ミラノ司教座聖堂を中心に広まった勝利の神学、汝、謙虚であれ、かくあれば神、恩恵としての勝利汝に与えられん、という勝利の神学を、最終的に証《あか》ししたかのように思われた。

＊

アリピウス、アウグスティヌスを語る
その六、ドナティスト（分離派）

マグヌス・マクシムスとの戦争が終わって、オスティアの港が解放され、私たちはイタリアから北アフリカに帰ることができました。しばらくの間、故郷タガステの都市《まち》で共同の修道生活をつづけ、祈りと読書と対話の日々を過ごしていました。時が静かに流れて行きます。やがてアウグスはヒッポ・レギウスの人びとに強く請《こ》われて、この教会の司祭になり、その後ヒッポの司教の後継者として叙階（補任）されることになりました。それはたしか三九五年の復活祭のことで、この年はテオドシウス帝がフリギドゥス川の戦いで奇跡の勝利を収め、感謝奉献祭が、司教アンブロシウスの司式のもとで行われた年です。その年、皇帝は神に抱きかかえられるごとくして昇天したのでした。

アウグスはテオドシウス帝を、常日頃、「謙虚さにおいて驚くべき人《フミリターテ・ミラビリウス》」と呼んでいました。感謝奉

献祭もそうですが、すでにそれ以前のテッサロニキアの事件に際して、皇帝はあの公開《おおやけ》の懺悔《ざんげ》によって、謙虚そのものの姿を世界中に示したのですから、アウグスのこの言葉に誰もがうなずくことでしょう。ともかく、テオドシウス帝の謙虚《フミリタース》にアウグスの受けた印象は強く、彼の心に深い共鳴の音を響かせていったかのようでした。と言いますのも、テオドシウス帝崩御から二年後、三九七年に彼は『告白』を書き始めているからなのです。

『告白』は、神にむかって行われた公開《おおやけ》の懺悔《ざんげ》です。と同時に、彼の魂が彼自身の力や努力によってではなく神からの恩恵《グラティア》によって救われたことへの感謝なのです。それはおのが心のなかの誇りあるいは傲慢《スペルビア》という敵が、神の恩恵によって打ち砕かれ、奇跡の勝利を与えられたことへの感謝なのです。感謝の奉献なのです。

テオドシウス帝の時から、そしてアウグスの『告白』の時から、謙虚《フミリタース》という言葉を旗印とする精神革命がローマ帝国のなかで始まりました。永いローマの歴史のなかで、謙虚《フミリタース》という言葉は、低さ、卑しさ、卑屈、卑劣などを意味する侮蔑の言葉でしたが、今ではそれとは正反対の、気《け》高く品位ある敬虔を意味する賞賛の言葉になりました。むろんそれは言葉だけのことではなく、ローマ人のあるべき姿の変革にほかなりません。

なぜ私はこのようなことをお話しするのでしょうか。

アウグスが司教になってかかえた最大の問題は、ドナティスト（分離派）との戦いでした。ドナティストたちは、カトリック教会の正しさを認めず、信徒たちを彼らの教会へ引きずりこもうとしますので、争いは絶えませんが、それは決して単なる信徒の奪い合いというふうなものではありません。

同じ教義、同じ信仰であれば、信徒たちがいずれの教会に属そうとも争う必要はありません。

これまで、ドナティストたちはみずからを真実のキリスト教徒、みずからが本当のカトリックであると標榜してきましたから、多くの人びとは彼らを異端としてではなく、分離派として特徴づけてきました。しかし彼らは分離派であると同時に異端でもあるのです。アウグスが、私たちカトリック教会以外の、他の諸宗派を異端として退ける場合、必ず、これまでお話ししてきた謙虚《フミリタース》という核心に目を注ぎ、その上に立っての判断なのです。たとえみずからをキリスト教と標榜しようと、たとえみずからをカトリックと標榜しようと、この核心が欠ける場合には、それは神の恩恵による救いを遠ざけ、信徒たちの魂を暗い滅びにいざなうことになるので、黙認することができないのです。この意味でドナティストたちは分離派であるだけではなく異端でもあります。

では、とあなた方は訊《き》くでしょう、ドナティストたちはどのように謙虚《フミリタース》を欠いていると言うのか、と。

ドナティスト派の成立はずっと以前にさかのぼり、ディオクレティアヌス帝のキリスト教大迫害以後の時からのことです。彼らは当時の殉教者たちの跡を継ぐ者と自称し、今でもいわば殉教主義をとって合法的な皇帝秩序に対立しています。そして私たちのカトリック教会を、迫害時代に聖書などを官憲に「引き渡した者《トラディトール》」の末とみなし、自分たちのみを聖なる者とみなすに至っているのですが、それが事実かどうかはともかく、自分たちのみを聖なる者、清き者とみなすこと自体のうちに、謙虚《フミリタース》なき傲慢《スペルビア》がひそんでおります。

いいえ、言うまでもなく私たちは殉教それじたいを否定しているわけではなく、殉教者たちを聖人として誰にも敗《ま》けず崇敬しております。殉教した聖人たちは、謙虚の極限を示されたキリストの十字架を模範として、彼らもまた謙虚の道を歩んだのです。ところがその末裔《まつえい》と自称し、自分たちのみを聖とするドナティストたちは殉教者聖人とはかけ離れていて、みずからを誇るために殉教、殉教と声高に叫ぶにすぎません。その彼らの傲慢《スペルビア》さは、彼らの教会の姿に映し出され現れてまいります。

ドナティスト派の司教や司祭は、自分たちのみを聖《きよ》き者とみなしていますから、カトリック教会による洗礼や聖餐《せいさん》などの秘蹟《サクラメント》（聖礼典）の有効さを認めず、カトリック教会の信徒たちを力や詭弁で惑わして彼らの教会に引き入れた後、再洗礼を施し、秘蹟のやりなおしを行います。

そこに彼らの傲慢さがあるのです。

私たちカトリック教会からすれば、洗礼やその他の秘蹟は、聖職者が執り行うにしても、それはキリストの名において、その脇役としてであって、本当に行う者はキリスト御自身でありますから、洗礼など秘蹟の有効性は聖職者の資質に左右されるものではありません。ですから、ドナティスト派の司教や司祭によって洗礼を受けた者が、ドナティスト教会から私たちカトリック教会に移って来た場合、私たちはその洗礼を有効なものとみなし、再洗礼を行うようなことはありません。そればかりではありません。

ドナティスト派の司教や司祭たちがドナティスト教会からカトリック教会へ移って来た場合、私たちは彼らの司教職や司祭職をそのまま認め、受けいれております。なぜならば、司教や司祭の叙階（補任）も、三位一体の神によってなされた秘蹟《サクラメント》でありますから、司式を務めた脇役がドナティスト派の者であっても、効力を失わないからです。

ドナティスト派の、自分たちのみを聖き者とみなす聖職者たちは、これとはまったく反対の立場を取っているのですが、その立場をつきつめてゆくと、彼らの恐るべき傲慢さが明らかとなるのです。彼らは洗礼などの秘蹟の本当の主であるキリストから、その至高なる権限を知らず知らずに奪い取ってしまい、その結果、魂の救済という事柄に関して、信徒たちに対し独裁者としてふるまうことになります。洗礼や聖餐による罪の赦しなどが、彼らの一存で決まるのであれば、もはやキリスト者の自由はありません。キリストこそが救済者なのです。聖職者はただの召使です。ドナティスト派にあっては、その召使が主人顔をしているのです。そこにあるのは謙虚と正反対の傲慢です。

アウグスの四一一年の説教の一部を紹介しましょう。

罪は傲慢から始まり、傲慢は地獄の門です。ですから、すべての異端を生み出すものは何かを考えてみて下さい。それは傲慢という母でしかないことが分かるでしょう。人びとが自分たちだけを信頼し、自分たちだけを聖なりとみなし、群衆を自分たちに引き寄せて彼らをキリストから引き離してしまう時、それは傲慢によるのであり、かくして異端と分離が生まれるのです。

ドナティスト派の傲慢さは、その暗い教会の姿においてばかりではなく、白昼の世界においても形を結びます。

「謙虚さにおいて驚くべき人」テオドシウス帝が崩御したのは三九五年ですが、するとその翌年、謙虚なる皇帝に抑えられてきた傲慢の霊が地の底からはいのぼってきて、新帝ホノリウスに反逆するギルドの乱という姿を取ったのでした。その時、ドナティスト派の指導者オプタトゥスと、その配下の司教たち、さらにその下の司祭たちは、ドナティスト派信徒たち大衆に、この反乱に加わるように指示を出したのです。彼らは魂の救済という至上の事柄の独裁者たちですから、信徒たちを強制し誘導するのはたやすいことです。反乱のなかで倒れれば殉教ということになり、彼らの間で尊敬を受けることにもなります。それは、しかし、キリストの十字架とはほど遠い死です。

ギルドの乱は、さいわいにも、神の恩恵《グラティア》によって打ち砕かれ、北アフリカは再び謙虚《フミリタース》への道にもどることができました。が、しかし、その後も地下に身を隠したドナティストたちは獄中で死んだオプタトゥスを殉教者扱いして、なお目覚めたというにほど遠く、巡り来る機会をうかがっていました。ですからその後もドナティスト派との戦いはつづいてゆくことになります。

ながい間、アウグスは説得によってドナティストたちを母なるカトリック教会に復帰させようと努力していました。しばしばドナティストたちはカトリックの聖職者や信徒に対して暴力を行使することがありましたから、私たちの司教の多くは官憲の力で彼らを強制することを主張していましたが、そうした主張を抑《おさ》えて、アウグスはドナティスト派指導者たちに対して、公開討論会を申し入れたり、公開書簡の形で教理問答を行おうとしたり、あるいは教会説教に招きさえして、和解と一致を求めていました。しかしドナティスト派は自由な討論には応じようとはしませんでした。かと言って、アウグスは救いの道からはずれた人びとが滅びへ至るのを黙視できるような人間ではありません。ながく、悶悶《もんもん》とした時を経て、とうとう心を決めるに至ったらしく、ある日私にこんなふうに言いました。——もし一軒の家に多くの人びとが来て住んでいて、まもなくその家が火に燃えて焼け落ちてしまうことに気づかずにいた場合、しかもわたしたちが大声で叫んで知らせても聞こうとしなかったならば、アリピウス、君はどうするだろうか、あきらめてしまってなるがままにまかせてしまうのだろうか、いやいや決してそうするわけにはいかないだろう、説得が尽きたならば、無理にでも、たとえ相手の意志に反してでも、その家から連れ出さずにはおかないだろう、もし彼らに対して愛があるならば、と、そう言って、悲壮な光を帯びる目で私を見つめたのでした。そうです、アウグスは公権力を使用して、ドナティスト派たちをカトリック教会に強制復帰させることを考えるようになったのでした。カトリック教会は愛の共同体です。この共同体に加わることによってのみ、滅びではなく天の祖国、天上のエルサレムに至ることができるのです。教師は時には生徒のために鞭を使わないだろうか、医者は生命を助けるために時には荒療治を施さないであろうか、父は子のために時にはその子の意志に反する強制を試みないだろうか、と彼は言うようになりました。そのアウグスを支えたものは、世俗の権力とはいえ、その中心に立つ皇帝が昔とは違って、キリスト教徒であって、それゆえ皇帝の権力はキリスト教の救いの手段として役立てることができるという事実でした。しかしさらにそのこと以上に、アウグスを新たな立場へと促したものは、一つの聖句との出会いでした。

――わたしと共にいない者はわたしに敵対する者である。わたしと共に集めない者は散らす者である。(マタイ福音書十二章三〇節)

＊

ドナティスト派司教オプタトゥスの檄《げき》

四〇六年、ティムガッドから信徒たちへ

夜番《よばん》よ、夜番よ、今何時《なんどき》か、と、あなた方は訊《たず》ねるにはおよばない。すでに地平線は白く明け初《そ》めているではないか。

北アフリカの大地は呻吟《しんぎん》し、苦悶の叫び声をあげた。万軍の主、あなた方の神は、その声を聞きたまわれた。時が満ちたのである。

神はギルド将軍を立て、七つの頭をもつ獣《けもの》を砕かれる。その神の戦いにあなた方一人ひとりは招かれている。神の栄光に与《あず》かるために。

どこからかデボラの歌が聞こえる。その歌声があなた方の耳には聞こえぬのだろうか。

起きよ起きよ　デボラ

起きよ起きよ　歌をうたえ
イスラエルには自由農民が絶え
かれらは絶え果てたが
デボラよ　ついにあなたは立ちあがり
立ってイスラエルの母となった

貧しきキルクムケリオーネスたちよ、もはや他人の農地から農地へ労苦の巡歴をする必要はない。逃亡農民や逃亡奴隷たちよ、もはや逃げるのをやめ踏みとどまれ。小作人、負債農民、農奴たちよ、もう泣かなくてもよい。

なぜならば今、わたしたちは剣を握り武器を取るからだ。奪うためではなく分かちあうために。北アフリカの大地から皇室領が消え、元老院議員の所領が消え、ローマの重税が消えた暁《あかつき》には、すべてがドナティスト派教会領となって、その管理のもとですべてが分配され、あなた方はこの北アフリカの大地に自由な農耕市民の愛の共同体を築くであろう。

わたしたちはキリスト教ナザレびと（クリスティアーニー・ナザレー）である。なぜならばわたしたちの信仰は大地に根づいているからだ。わたしたちはこの大地の上に主イエスの教えにもとづく愛の共同体を築いてゆく。まさにそのことが天の国への道を歩むことにほかならない。

偽りのキリスト教団に注意せよ、彼らはあなた方を大地から切り離そうとしている。彼らはあなた方からすべてを奪い、そのわずかな一部を慈善と称してあなた方に与え、感謝を求めている。謙虚を褒《ほ》めそやして服従を要求し、みずからは支配する側に身を置く。彼らは権力と結びついてあなた方を見えぬ鎖で縛《しば》ろうとしている。けれどもあなた方は自由である。神の民は自由である。その自由は北アフリカの大地に築く愛の共同体のなかにある。主イエスは言われる。

神の国を何にたとえようか。どのようなたとえで示そうか。それはからし種のようなものである。土に蒔《ま》くときには、地上のどんな種よりも小さいが、蒔くと、成長してどんな野菜よりも大きくなり、葉の陰《かげ》に空の鳥が巣を作れるほど大きな枝を張る。（マルコ福音書四章三〇―三二節）

＊

ドナティスト派司教ガウデンティウスの最後の説教

四二二年、ティムガッドの聖堂にて

主イエス・キリストの平和があなた方の上にありますように。

御堂《みどう》の高窓からふりそそぐ朝の光は、ここに集《つど》うあなた方の心の闇を払う神の声を伝えております。あなた方は心の奥に幽《かそけ》く響くその声を聞いておりますが、ただそれを人の言葉に置きかえることがで

きないのです。けれども主イエスがその光の声を人の言葉で語ってくれましたので、ぼんやりとあいまいにではなく、はっきりと明確に聞くことができるのです。きょうの聖日、主イエスの語られた言葉はルカ福音書一四章の宴会のたとえであります。

宴会の準備ができたので、主人《ドミヌス》は召使に、「招いておいた人びと《インヴィターティー》」を呼んで来るように命じました。召使は行きましたが、「招いておいた人びと」の一人は、農地を買ったのでそれを見に行かねばならぬからと言って断り、べつの人は牛二頭五組を買ったのでそれを調べねばならないからと言って断り、また他の人は妻を迎えたのでと言って断ってしまいました。召使の報告を聞いて主人は怒り、それでは都市の大通り《プラテア》や路地《ヴィクス》に行って、貧しい人、体の不自由な人、目の見えぬ人、足の不自由な人を連れてくるように、と召使に命じました。召使は命じられたとおりにしましたが、なお席は空《あ》いていました。すると主人は、小道《ヴィア》や垣根越し《サエペス》へ行き、わたしの家が満ちるように、無理にでも連れて来なさい、と召使に命じたのでした。

以上が宴会のたとえです。

主イエスのたとえは、深遠なる神の御《み》心を分かりやすく教えてくださるものですから、このたとえのなかの主人《ドミヌス》が神御自身をさし、神の招きを断った「招いておいた人びと《インヴィターティー》」が都市《まち》に住む富裕な大地主たちで、彼らの代わりに神の宴会に列席するのが貧しき人びと、体の不自由な人びと、あなた方と同じ境遇にいる人びとであることは明白です。

ところが、この明明白白《めいめいはくはく》とした神の言葉を、人間のあつかましさ（フマーナ・プラエスムプティオ）によって、まったく逆の意味にねじ曲げてしまう者がいます。

御承知のように、皇帝特任秘書官ドゥルキティウスが私たちに対し、もし私たちがカトリック教会に復帰しないのであれば、このティムガッドの聖堂を没収すると威嚇してきましたので、即座に私は拒絶の手紙を書きました。ところがその手紙に対して、特任秘書官ではなくて、ヒッポ・レギウスの司教アウグスティヌスが「ガウデンティウスを駁す」という題名の公開書簡を書き、流布《るふ》させました。そのなかで彼は、今あなた方の聞いた主イエスのたとえについて、こんなふうに言うのです、たとえのなかの主人の招きを拒絶した「招いておいた人びと《インヴィターティー》」とはユダヤ人のことであり、代わりに召使がむりやり連れて来た者たちのうち、小道や路地などにいた者は異端者たち、垣根越しの者たちは分離主義者をさし、だから、とヒッポの司教は言うのですが、だから、異端者や分離主義者を強制してカトリック教会に帰一させるのは主イエスの意向である、と、そう言うのであります。

主イエスはこのたとえを当時のユダヤ人たちに語っているのですから、神の招待を拒絶した「招いておいた人びと《インヴィターティー》」が今のユダヤ人を指すはずはなく、異端者とか分離主義者などというのもカトリック教会が勝手に作り出した言葉ですから、そのようなことを主イエスが語るはずはないのです。

皇帝特任秘書官やヒッポの司教は、強制力によって、私たちを改宗させようとしていますが、神は御自身に似せて人間を創造されましたから、人間には自由な意志（リヴェルム・アルビトリウム）があり、それを暴力によってくつがえすことは決してできません。

ヒッポの司教は、暴力を正当化するために、この世の秩序は神の定められたものであって、王が王国に対し、将軍が兵卒に対し、裁判官が下僚に対し、主人が奴隷に対し、夫が妻に対し、父が子に対し、情欲を抑える手綱を持つのは当然だと言っています。しかしあなた方は、この世のなかに、悪しき王、悪しき将軍、悪しき裁判官、悪しき主人、悪しき夫、悪しき父の姿を日々見ています。

わが師オプタトゥスは、あのギルドの乱のとき、主イエスの跡《あと》に従って、獄中で殉教をとげられましたが、師がめざしたものは、ローマ帝国とカトリック教会の、戦争による平和と血塗られた統一（ヴェリフェラエ・パキス、クルエタンクエ・ウニタティス）に対し、イエスの教えに従う愛の共同体をこの北アフリカの大地に築くことでありました。

いったい皇帝やその軍隊とは何者なのか。なぜ皇帝特任秘書官は私たちの信仰の世界に介入してくるのか。私たちは自由な意志をもち、自由な意志によって神に従い、自由な意志によって神に仕えようとしているだけではないか。神の意志を伝える者は、皇帝ではなく、むろん皇帝特任秘書官などではなく、真正なる預言者のみなのです。それにもかかわらずヒッポ・レギウスの司教アウグスティヌスは、ローマ皇帝を「預言者たる王」（プロフェト・レークス）あるいは「預言する王」（プロフェタンテス・レークス）などと呼び、神の意志と皇帝の意志とを同一のものとみなそうとしているのです。これこそ謙虚に反する人間のあつかましさ（フマーナ・プラエスムプティオ）でなくて何でしょうか。真正なる預言者は世俗の王に対して、神の怒りの声を投げつけた人びとでした。

私たちは最後まで皇帝特任秘書官の暴力に屈することはないでしょう。私はこの聖堂を特任秘書官に引き渡すよりも、むしろ聖堂に火を放ち、殉教の道を歩むでしょう。私は決して引き渡す者《トラディトール》にはなりません。私は主イエス・キリストの後に従うでしょう。

第六章　銀河の夜——その後

厳寒の夜空から大小あまたの星が迫ってきらめく。

氷結したライン河は星の輝きを跳ね返し銀色の帯となる。彼方の岸の上に、城壁都市マインツの黒黒とした幽鬼の姿が見える。ライン河の上を舞う雪片はすでに絶え果てた。ガラスのように硬質な、張り詰めた空気ばかりがある。

四〇六年十二月三十一日。

この日付が合図だった。ヴァンダル族、アラン族、スエブ族などゲルマン系諸族の難民は、この日に、この場所に集合した。深夜、日付が変わった頃、彼らは氷塊でごつごつした川幅四百メートルのライン河を渡り始めた。再び戻ることはない。渡河によって、彼ら難民の群れは運命を一つにする。前方にあるのは敵対するローマ世界である。

ドナウ河を渡った西ゴート族とは別の、ヴァンダル族を中心とするゲルマン諸族が、ライン河を渡り、民族移動を開始したのである。

ヴァンダル族は、二、三世紀頃までは、大ハンガリー平原の北の地域、ティサ川の上流地方に居住していた。現在のスロバキアの南部にあたる。この地方は水利がよく土地も肥沃なので、ヴァンダル族は無数の小村落を網の目のようにつなぐ農業社会をつくっていた。

しかしその後、三世紀から四世紀末にかけて、ヴァンダル族は現在のポーランド中部から南部にわたる地域へと居住地域を移動させ、墓制・副葬品・衣服の遺品などからプレゼヴォルスク文化と呼ばれる独自の文化圏を形成していた。

けれども四世紀末、再び、ヴァンダル族は、シュヴァルツヴァルトの高地とライン河右岸との間の、幅の狭く三百キロにのびる帯状の上部ライン河谷地域に移動することを余儀なくされた。が、この地でも、フン族を震源とする民族移動の波のなかで、ヴァンダル族はゴート族の圧迫を受け、ライン河に沿って北へ向かった。途中、フランク族の盤踞《ばんきょ》する地域で、激しい攻撃を受けた。かろうじてアラン族の援軍をえて切りぬけたものの、被害は大きく、ヴァンダル族の王ゴデギゼルは戦死した。

その後、王位を継いだ息子のグンデリックは、同盟部族のアラン族やスエブ族などとともにライン河を渡る決心をした。河のこちら側も、あちら側も、危険に満ちている。渡河は諸族の自由な選択に委ねられた。同じヴァンダル族に属する氏族でも、渡河を選ぶ者もあるし、選ばない者もある。

だから、四〇六年十二月三十一日は、決断の日だった。たとえ難民であっても、自由な意志がある。みずからの決断によって、同じ時、同じ場所からライン河を渡った氏族、部族、民族が、ヴァンダル族を中心にひとつの誓約連合のごときものをつくる。ローマ帝国は彼ら難民を不法な侵入者とみなし攻撃するだろう。だから一つになって来たるべき苦難に耐えてゆかねばならない。

渡河した者たちの数は、七万、あるいは八万といわれているが、実際の数は分からない。家畜、生活資材、女性と子供たちをともなう難民化した民族の移動は困難をきわめ、先行《さきゆ》きはほの暗く、見通しもなく、覚束《おぼつか》ない。けれども彼らの間には、ともし火を消さぬ一つの灯心があり、いつしかそれが明るく燃え上がって、世界史に強烈な痕跡をとどめてゆく。その時、人は、彼らの動きを難民の流浪としてではなく、ゲルマン民族の移動と呼ぶことになる。その、彼らの灯心がいかなるものであったのか、そのことを知るために、彼らと、それよりずっと以前の、初期の、ゲルマン系民族の移動とを、比べてみる。

紀元前一二〇年頃、ユトランド半島中部（現デンマーク）のキンベル族とトイトーネン族が、津波と洪水に遭《あ》って、女性、子供、奴隷、家畜を連れて土地を求めるさすらいの旅に出た。その数はそれぞれ十五万ほどといわれる。移動する先々で先住民族と共存し、共存条件が失われると再び移動する。その都度《つど》、先住民族の一部が彼らと行動を共にした。やがて彼らは、エルベ川に沿って南に向かう途中、ケルト系民族に撃退され、進路を変えてローマの属州パンノニアに入った。そして、出発から七年経過した前一一三年、ローマ執政官カルボの軍隊を打ち破って西方に向かい、スイスのケルト系ヘルベティア族の地に四年間滞在した。共存のための環境条件が失われると、キンベル族とトイトーネン族は、ヘルベティア族に属する二氏族を伴って、ローマのプロヴァンス方面に向かった。が、そこでローマ軍と対戦して敗れ、このゲルマン系の移動する大集団はばらばらに崩壊して、消え去ってし

まった。（以上、大貫良夫ほか『民族移動と文化編集』第二章による）

この初期の、ゲルマン系民族の移動は、すでに見た、ラダガイスス率いる三十万、あるいは四十万ともいわれる東ゴート族中心の民族移動のケースとよく似ている。いずれも、移動するごとにむしろ集団規模を拡大させ、外から見れば恐るべき巨大な暴風雨のように進みながら、一回の敗戦で簡単に瓦解して跡形《あとかた》もなく消え去ってしまう。

両者に共通する弱点は、祖先の地から切り離された雑多な人びとを、内側から結ぶ紐帯《ちゅうたい》の欠落だった。共通の伝統もなく、共通の信条もなく、その時々の利害で結びついているだけなので、諸氏族は一つの衝撃で分解する。

それに対して、四〇六年十二月三十一日に結集し、氷結するライン河を渡ったヴァンダル族を中心とする人びとの間には、その時点での強さの程度は分からぬが、アリウス派キリスト教の信仰があった。祖先の地を失い、地縁や伝統が崩れてしまった苦難の放浪のなかで、人びとは次第にこの共通の信仰を強めてゆく。この信仰は、日々の試練のなかで心のささえとなり、また共通の行動規範をも与える。さらにキリスト教は狭い民族宗教ではないから、諸民族の混合集団である彼らにたいして、それぞれの排他的な意識や民族感情を越えてゆく可能性をも与える。四〇六年十二月三十一日の、誓約連合のごとき結集それじたいに、このアリウス派キリスト教が大きな役割を果たしたかもしれない。

アリウス派のキリスト教がいつ頃からゲルマン系諸民族に伝わっていったのか、もちろんはっきりとしたことは言えないし、伝播の程度も地域や民族によって違っている。

ゴート人のウルフィラは、三五〇年頃から遅くとも三七〇年頃までの間に、新約聖書および旧約聖書のゴート語訳を完成している。それ以前から、アリウス派キリスト教宣教師がゲルマン系諸族のなかで活動していたし、ローマ側支援軍として勤務したり、ローマ世界と接触するゲルマン系の人びとの間に、キリスト教を受け容《い》れる人も少なくはなかった。

今のヴァンダル族たちの場合、アリウス派キリスト教によって、祖先の地を失ってさ迷う自分たちを旧約聖書のなかのイスラエルの民と一体化させ、旧約聖書の神と、その神を父とするイエス・キリストに救いと導きを託すことができた。彼らはいつしか救いの地が与えられることを信じ、共通の教えやルールを父なる神およびキリストから受け取ることができた。過酷な状況を切りぬけてゆかねばならぬ雑多で移動する人びとにとって、希望と共通のルールとが不可欠だった。

銀河の夜の直前、ヴァンダル族はフランク族に襲われ、王ゴデギゼルは戦死した。彼にとって、ないしヴァンダル族にとって、イエス・キリストは、ユダヤ人の王として、民族のために、あるいは多くの人びとのために、犠牲となって死んだのである。王ゴデギゼルはその模範に従った。あるいはそう見なされた。彼らにとってアリウス派キリスト教は、観念や神学ではなく、苦難の現実を生きる灯心となる。

銀河の夜が過ぎてから、ヴァンダル族たち難民はどのように行動したのだろうか。

彼らの動向を伝える一つの資料が残されている。それは、ヒエロニムスがアゲルキアという名の婦人に宛《あ》てた手紙である。それによると、ライン河沿岸の都市マインツやヴォルムスが彼らによって長期間包囲され、破壊された。とくにマインツでは教会に避難した数千人が虐殺されたという。

当時ベツレヘムに住むヒエロニムスが、どのようにこの情報を入手したかは分からない。ゴート族に圧迫され、フランク族にも撃退され、難民化したヴァンダル族たちの集団が、この時点で、ローマ側の要塞都市に対してそれほどの力を持っていたかどうか、疑問が残る。

ライン渡河後のヴァンダル族たちについて資料は極度に少ない。当然のことで、彼らは大規模とはいえ、帝国への不法侵入者の一団にしかすぎず、未《いま》だ歴史の記録に跡を残すような存在ではない。だから問題はむしろ、数少ないとはいえ記録ないし資料が残っていることの方にある。フランスの歴史学者ピエール・クルセルがそのような資料を集めている。(尚樹啓太郎訳『文学にあらわれたゲルマン大侵入』東海大学出版会、一九七四年)

右のヒエロニムスの手紙もこの中の一つである。

ここに集められた記録資料には、共通の性格がある。それは、カトリック教会がヴァンダル族たちから受けた暴力と危害の記録という性格である。カトリック教会が危害を受けたことは確かであろうが、その記録は誇張に満ち、偏っていて、これらの記録をそのまま真《ま》に受けると、ヴァンダル族たちが野蛮で残虐な教会の破壊者だ、という映像のみを結ぶことになる。今でもヴァンダリズムという語は、英・独・仏語共通して、意図的で不必要な文化破壊を意味する。

ヴァンダル族たちは決して野蛮な、神を知らない、文明破壊者ではなかった。彼らはアリウス派キリスト教を共通の紐帯《ちゅうたい》とし、彼らを抑圧するローマ軍と親近関係にあるカトリック教会に意図的に対抗した。その対抗によって、彼ら自身の結束を強めた。アリウス派への信仰を内側に拡大し強化していったのである。

ローマ側からすると、彼らはライン河国境線を侵犯した不法難民であり、掠奪者たちなのだから、殺しても奴隷にしてもかまわない。しかし彼らからすれば、ライン河は地表の裂け目にすぎず、それを越えたからといって、神の目に疾《やま》しいわけではない。抑圧する者たちから逃げ、できれば反撃し、抑圧者の側に立つカトリック教会と戦うことは、当然のことである。

銀河の夜以後、ヴァンダル族たちは二年間、ガリアを彷徨する。その跡を簡略にたどってみる。簡略に——資料が極度に限られているからである。

彼ら一団は西に向かった。進行速度は遅い。敵を避け、家畜の群れをつれ、ジグザグと進む。属州第一ゲルマニアを出て、属州ベルギカに入る。さらに西に進み、属州第二ベルギカに入る。この属州の西端にドーバー海峡がある。

一団は都市アッラやアミアのある地域に至って、突如、進行方向を西から南に切り替え、属州ルグドネンシス・セノニア（現在のピカルディーからロワール地方）に向かった。この進行方向の突然の切り替えは、ブリテン島のローマ軍団がドーバー海峡を越えてやって来たからだった。

ブリテン島ローマ軍団は、イタリアにいる皇帝を見限って、独自にコンスタンティヌス三世を皇帝に推戴し、ガリアの救済に来た。ガリアからの要請もあったに違いない。故グラティアヌス帝がトリアからミラノへ遷都した直後の、マグヌス・マクシムスによる帝権奪取と同じ事態である。ガリアは力の弱まった帝国中央への依存から離脱しつつある。その過程で、自力の欠落をブリテン島軍団で補完しようとしたのだろう。

コンスタンティヌス三世は、ガリアでの軍事政権を固め、ガリアの防衛体制を整えようとした。ライン河方面の一部のゲルマン族とも協定を結び、国境線の再構築もはかった。

ヴァンダル族たちは、コンスタンティヌス三世の軍団から可能なかぎり遠く離れねばならなかった。やがて彼らは大西洋岸近く、都市ボルドーのあるアキテーヌ地方に逃げのびた。が、さらに逃亡の道をさすらって、ついにピレネー山脈のふもとに至った。危険に満ちたガリアを離れ、この山脈を越えた彼方に約束の地があるはずだった。しかし彼らを阻む者がいた。

ピレネー山脈の峠や要路には、スペイン・セゴヴィア地域の巨大地主である三名の兄弟が、配下の武装する農民や従属者数千の私兵で防御を固めていた。彼ら三兄弟は、故テオドシウス帝の遠縁にあたる者たちだった。ただし彼らは現在のホノリウス帝とは直接の関係を持たぬ在地勢力だった。スペインもまた、なお脆弱とはいえ、帝国の権力センターから遊離し始めている。帝国中央の官僚制支配に対する地方封建化の進行と言ってよいのかもしれない。

ヴァンダル族たちは、ピレネー山脈を突破できず、山脈沿いに歩むことを余儀なくされた。属州ノヴェムポリスから、その東の属州ナルボネンシスに入る。そこはガリアの南の果てである。

銀河の夜から二年間の歳月が過ぎていた。この二年間の足跡と、都市トゥールーズの出来事について、ヒエロニムスは先ほどのアゲルキア婦人宛の手紙で次のように書いている。

属州アキテーヌ、ノヴェムポリス、ルグドネンシスそしてナルボネンシスは、わずかな都市を除けば、どこも荒廃している。都市の外で剣を免れた者たちは都市の内側で飢餓に襲われている。

私は都市トゥールーズについて、涙なくして語ることができない。これまでのところ、都市トゥールーズは尊敬すべき司教エキュペリウスの功績によって陥落しないで持ちこたえている。

この手紙は四〇九年に書かれている。だから手紙のなかの都市トゥールーズの出来事は、ヴァンダル族たちがガリア南端ナルボネンシスに逃げのびてきた四〇八年のことである。

都市トゥールーズの司教エキュペリウスの行動はヒエロニムスに強い印象を与えたもようで、さらに二年後に書かれたルスティクス宛手紙でも言及している。（クルセルの同書から）

この時代の悲惨のなかで、そしていたるところから迫る剣のはざ間で、富者だけがパンに欠乏せず、有力者だけが隷属から脱《の》がれる。トゥールーズの聖なる司教エキュペリウスはサレプタのやもめの模範（列王記上一七章）に従って、隣人を養うために飢餓を耐え忍んだ。

サレプタの町の一人の寡婦《やもめ》には、瓶《かめ》に一握りの粉と、びんに少しの油があるだけで、もはや生きるよすががなく、この最後のものを子供とともに食べて死を待つ気でいたところ、神の人エリヤが町の門に逃げてきて、一杯の水と一切れのパンを求め、かくすれば瓶《かめ》の粉とびんの油は尽きない、という神の言葉を告げた。サレプタのやもめはそのとおりにした。すると、神の言葉どおりになった。

都市トゥールーズは、ヴァンダル族によって包囲された。やがて飢餓が発生する。司教エキュペリウスは、銀の聖杯や皿などを売り払って穀物を買い、飢えた都市貧民に与えたのである。

ヒエロニムスの手紙には、「剣のはざ間で、富者だけがパンに欠乏せず」とある。ガリアの諸都市の内側には穀物倉庫があり、穀物が貯蔵されていた。しかし、富裕な所有者たちは、都市包囲という非常の時にも、その穀物を無償で放出しない。そのようなことをすれば、包囲が解かれた後、都市は助かっても、自分は無一物になる、と思っている。それゆえ、しばしば、ヴァンダル族たちによって包囲された都市は、その内部に貧民大衆の飢餓暴動をひき起こし、みずから瓦解する。攻城具も攻城戦も必要がなかった。都市トゥールーズは司教エキュペリウスの行為でこの瓦解を免れることができた、とヒエロニムスは言っているのである。

ガリアのローマ人諸都市はこのように内側に矛盾をかかえている。だからこそ、ヴァンダル族たちはこれまで生き延びることができたのかもしれない。しかし、四〇八年の都市トゥールーズの包囲以後、ヴァンダル族たちはガリア南端地域に押し込められ、コンスタンティヌス三世のローマ軍や飢餓の脅威にさらされていた。もはや出口がなかった。

ところが、その四〇八年から翌年にかけて、急にこの閉ざされた空間から脱出するチャンスが訪れた。

ブリテン島から来たガリアの新帝コンスタンティヌス三世は、ガリア統治の見通しがつくと、スペインをも支配下に置くべく配下のゲロンティウス将軍を派遣した。

ゲロンティウス将軍はあのセゴヴィアの三兄弟の私兵軍を打ち破って、ピレネー山脈の西、属州タラコネンシスに軍事拠点を築いた。

当初彼は、この拠点から次第にスペイン全体を制圧する予定だった。ところが、何があったのか、実際のいきさつは分からないが、ゲロンティウス将軍は戦うはずの在地勢力とむしろ提携し、ガリアのコンスタンティヌス三世に反逆したのだった。ゲロンティウス将軍とその軍団の野心や利害計算とは別に、その背後には、ガリアや帝国中央から自立しようとするスペイン地域圏の胎動があったのかもしれない。スペインも、ローマ帝国の内部植民地としての性格をもっていたから、自立への動向は潜在している。

一見すると、ローマ帝国はローマ法とラテン語（東方ではギリシャ語）の均質な文明世界のように見える。しかしその実、各地域は中央に対して従属性を帯びている。その従属性から離脱しようとする時、帝国中央に対抗できる軍事勢力が必要となる。ゲロンティウス将軍の野心はこうした地域の利害関心と合致した。彼自身もコンスタンティヌス三世から自立することができるからである。実際彼は自分の息子を皇帝に擁立した。

こうしてゲロンティウス将軍は、スペインの在地勢力と提携した。さらに彼はガリアでローマ軍に圧迫されているヴァンダル族たちとも同盟関係を結びスペインへの門戸を開いた。ヴァンダル族たちは窮地を脱することができた。

四〇九年九月二十八日から十月十三日にかけて、ヴァンダル族たちはピレネー山脈を越えた。山脈越えについて残された伝承はこの日付のみである。この日付の記憶のなかに、彼らの一切の思いが刻み込まれている。

それから一年数ヵ月後、ヴァンダル族たちは逃亡の旅を終えて、スペインの地の人びとと共存の定住生活に入る。ヴァンダル族、アラン族、スエブ族は、これまでのように一団となっていたのでは、在地の人びととの共存条件を整えることができない。だから彼らはスペインの地で分散することに決めた。ローマの軍事権力が及ばないのであれば、身を寄せあって自己防衛する必要もない。

わたしたちは親類どうしだ。わたしとあなたの間ではもちろん、おたがいの羊飼いの間でも争うのはやめよう。あなたの前には幾らでも土地があるのだから、ここで別れようではないか。あなたが左に行くなら、わたしは右に行こう。あなたが右に行くなら、わたしは左に行こう。

（創世記第一三章）

ヴァンダル族の一支族であるシリング族はパエティカ（南スペイン、アンダルシア）へ向かった。ヴァンダル族のもう一つの支族であるアスディング族はガラエキア（スペイン北西部）へ向かった。スエブ族はアスディング族とともに移動したが、ガラエキアで分かれた。アラン族は馬と騎兵を養うのに適したルシタニア（ポルトガル）に向かった。こうして、四〇八年のピレネー山脈越え以後、ヴァンダル族たちの行く先が定まった。彼らはそれぞれの地で、在地の人びととの共存生活をめざす。

同じ四〇八年、ローマ帝国の中心部では、誰も予想しなかった政変が起きていた。テオドシウス帝死後、西ローマ帝国の実権を握ってきたスティリコが殺害されたのである。スティリコ派の官僚や軍人も粛清された。反ゲルマン運動が勃発し、ゲルマン人兵士の家族が諸都市で虐殺された。残りの者たちの多くはアラリックの西ゴート族のもとへ逃げた。

当時アラリックは、スティリコと協約して帝国西方のイリリクム方面軍司令官《コメス》の地位についていた。四〇八年の政変が起きると、アラリックは迅速に行動した。ゴート族軍を率いて、イリリクムから西方に向かい、反ゲルマン運動の中心部をめざした。すなわち彼は、スティリコを殺害し反ゲルマン運動を扇動するラヴェンナ宮廷に向かった。政変の首謀者たちは、反ゲルマン派の官僚たちで、スティリコとアラリックとの協約に対しても強い敵意を持っていた。その彼らに対して、アラリックの意図はいずれにあったのだろうか。

アラリックはまずローマを包囲した。ローマをいわば人質として、ホノリウス帝のラヴェンナ宮廷に要求を認めさせようとした。その要求というのは、これまでのスティリコの地位、すなわち西方ローマ帝国の全軍司令官の地位だった。まるでそれは、政変を起こした反ゲルマン派の官僚たちや彼らに同意したホノリウス帝に対し、鼻であざ笑うような要求だった。

今やアラリックは、イリリクム方面の諸属州ではなく、西ローマ帝国全体の軍事支配権を手に入れようとしていた。ゴート族が西ローマ帝国のクシャトリヤ階級（軍事支配団体）になることを目ざしたのである。

ラヴェンナ宮廷は、当時、東方コンスタンティノポリスの宮廷と危険な緊張関係にあった。スティリコは死ぬ前、東方に対する軍事行動をも考えてアラリックを味方に引き入れていた。彼が死んでもすぐにその緊張関係は解消したわけではない。他方、ガリアでは、簒奪帝コンスタンティヌス三世が権力を掌握して、イタリア進出の機会を狙っている。しかも、この状況のなかでの政変は、官僚と軍、軍のなかのスティリコ派と反スティリコ派などの対立をひき起こしていた。

アラリックは、こうした状況をにらみながら、ローマ包囲という強硬手段によって、全軍司令官の地位を認めさせようとしたのだった。ラヴェンナ宮廷は、目下の状況では、ローマを包囲するゴート族軍に正面から対抗することはできない。かといってローマを見捨てるならば、ホノリウス帝やラヴェンナ宮廷の権威は地に堕《お》ちる。

アラリックには政治家・軍人としてどこか天才的なところがある。流動する権力状況を敏速に判断し、反ゲルマン主義運動のただ中に入り、むしろゴート族軍の必要性を帝国に認めさせ、軍事支配団体としての地位さえも得ようとする。彼はフリギドゥス川の戦い以来、決してローマ帝国にへつらうような態度を取らなかった。もちろん敵対するのではなく、対等の、あるいはそれ以上の共存関係を築こうとしてきた。彼はゴート族を誇りある戦士民族として鍛えあげ、ローマ帝国の内部に生きる位置を与えようとした。

おそらくアラリックにとって、本当の敵は、地の果てから迫ってくるフン族だったのかもしれない。いつしか、しかしそれほど遠くない将来、フン族が津波のように西方へ押し寄せて来る時、ローマ帝国とゴート族とが一体となって戦う以外に、これを跳ね返すことはできない、と予見していたのではないか。

ともあれ四〇八年という年は、いわゆるゲルマン民族の移動といわれるもののなかに、ゴート族型とヴァンダル族型との二つの異なる型があったことを示した。

ゴート族型は、ローマ帝国の権力センターのなかにみずからを位置づけ、しかも誇り高く民族の生きる道を求める。

ヴァンダル族型は、ローマ帝国をファラオのエジプトのごときものとみなし、帝国の周辺地域《ペリフェリー》を逃げながら、出《しゅつ》エジプトを企て、約束の地をめざす。

*

アリピウス、アウグスティヌスを語る
その七、出エジプト

四〇五年の、ラダガイススの大軍に対する奇跡の勝利が起きた時、その報に接して、私たちは、ローマ帝国が真実《まこと》のキリスト教帝国へと生まれかわる最後の、そして最大の試練をくぐりぬけたと思い、深い感銘を受けたのでした。が、それからわずか一年ないし二年の後《のち》、ゲルマン諸民族の大集団がライン河を渡り、ガリアの農村地帯を荒廃させながら、悪霊のごとくにさ迷っているという情報が伝わってきて、平和なキリスト教帝国への道には、なお多少の試練が残されていることを知りました。けれども、ゲルマン人たちが難民として入ってきたり、掠奪を行ったりすることは、今回の場合、なる

ほど規模が大きいとはいえ、しかし珍しいことではなく、まして遠方のことでもありますから、私たちはそれほど気にとめることもなくすぐに忘れてしまいました。ところがある日、このゲルマン人たちについて、ローマのカトリック教会から私たちのカルタゴ司教会議に伝達と依頼の文書が届きました。それによりますと、彼らゲルマン人たちは定住地を失った難民の群れであることはまちがいないが、しかし単に居住地を求める流民にすぎぬのではなく、自分たちを旧約聖書のなかの民、とくにモーセの出エジプトの一団になぞらえるアリウス派の徒であって、カトリック教会を襲って迫害したり、下層の農民たちをアリウス派に改宗させたりもしている。彼らは天幕《テント》生活をしてさまよいながら自分たちを神に導かれて約束の地に向かう「寄留者たち《ペルグリニー》」と呼び、神の民と僭称《せんしょう》している。こうしたガリアの出来事に触発されて、これまで息をひそめていたアリウス派の異端が各地で再び勢いを示す兆候もある。異端や反逆が旧約聖書の文言によって正当化されるならば、これほど憂慮すべきことはないから、さしあたり出エジプト記の正しい解釈を提言してもらいたい、と言うのでした。

当時からすでにカルタゴ司教会議は、北アフリカだけではなく、帝国全体のカトリック教会に対して、とくに教義の面で寄与してきましたから、こうした依頼もあったのです。カルタゴ司教会議は出エジプト記の解釈に関して、まず聖パウロの言葉の確認を行いました。聖パウロはコリントの人びとへ宛てた手紙のなかでこう述べています。

兄弟たちよ、ぜひ知っておいてほしいのだが、私たちの先祖は皆《みな》、雲の下にあったし、皆海を通り抜けて、雲の中、海の中で、モーセにおいて洗礼を受けたのです。

聖パウロは、出エジプト記の出来事を他の場合と同様に、二つの相対立する観点、つまり霊の観点と肉の観点とに分けて見つめています。肉の観点からすれば、出エジプトの出来事は過去の、文字通り過去のもはや私たちとはかかわりのない出来事にすぎないのですが、霊の観点に立てば、出エジプトの出来事は過去においても現在においても同一のキリストにおける洗礼を意味しているのです。

この聖パウロの霊の観点をしっかりと受け継いだ人がミラノの司教アンブロシウスでした。以前お話ししましたが、私自身がこの司教を通じてキリストの洗礼を受けましたから、その時の司教の言葉を、カルタゴ司教会議に紹介することができました。彼は聖パウロの言葉が私たち洗礼を受ける者にそのままあてはまると言って、出エジプト記の、イスラエルを圧迫したエジプト王ファラオとは実はこの世に執着する情念の支配のことであって、私たちが洗礼を受けた今この瞬間、その支配をきっぱり拒絶する者になったと語り、こうつけ加えたのでした。

すべての悪を鉛《なまり》のように水底深く沈めてしまった者は、地上的なこの身の情念によっても、墜落した精神の誤謬によっても、もはやファラオに仕えることはない。

(「エクサメロン」荻野弘之訳『中世思想原典集成4』)

出エジプトの紅海の奇跡とは、実は、キリストにおける洗礼の秘蹟《サクラメント》のことなのです。アウグスは聖パウロから司教アンブロシウスに至る解釈の道筋を確認した上で明確な結論を記しました。

紅海は洗礼を象徴する。紅海を通って導く者であるモーセはキリストを象徴する。そこを通り抜ける民は信徒を象徴する。エジプト人たちの死は罪の除去を象徴する。

（『ヨハネ福音書講解説教』金子・木谷・大島訳、第二八説教）

これが出エジプト記の霊的な解釈です。ひとまずこれで問題に決着がつきました。けれどもアウグスは、ひとりこの続きを考えていました。どういうことかと申しますと、――出エジプト記がこの時代の問題になったのは、キリスト教アリウス派のゲルマン民族が、新しい約束の地をめざして旅する「寄留者たち《ペルグリニー》」と自称し、自分たちのみを神に導かれる神の民として主張してガリアのカトリック教会を迫害したからなのでしたが、その根拠となる出エジプト記の解釈が、彼らの誤った肉的解釈にすぎぬことが明確になった後、なお、それでは真実の神の民はいったいどこから来てどこへ向かうのか、という問題が現れてきて、アウグスをとらえることになったのです。御承知のように、「寄留者《ペルグリヌス》」ないし「寄留者たち《ペルグリニー》」という言葉は、アウグスの『神の国』のなかで、神の民が天上の祖国に向かってこの地上を旅する時のまことの相《すがた》を示す言葉です。ですからアウグスの『神の国』という作品の壮大な構想は、天上ではなくこの地上に約束の地を求めてさ迷うキリスト教アリウス派に対し、真実《まこと》の神の民の旅路を描き出そうとする彼のやむにやまれぬ気持ちから生まれてきたということができるのです。もちろん『神の国』はながい年月をかけて書かれ、アリウス派以外の異端をも克服する書ですし、内容も深く豊かですから、その構想をすべてアリウス派との対決に帰するわけにはまいりませんが、一つの大きな契機であったとは言えましょう。

いずれにせよ、『神の国』については、後《のち》ほど、適切な折に触れさせていただくことにして、今はもう一度、出エジプト記の問題が、アウグスのこれまでの考え方の根幹を明確にさせ、その結果当時のカトリック教会の考え方にも強い反省を迫ることになった点について、話しておきたいと思います。

出エジプト記は、時代の問題となりましたから、アウグスは教会の説教のなかでもこれを取りあげたのですが、その際、特に彼が注目したのはミリアムの歌と呼ばれる出エジプト記のなかの聖歌でした。そのことを示す例として、たとえば「出エジプト記の聖歌一五章一節から二一節について」という彼の説教が、速記者によって記録され残されています。

この聖歌は、紅海の奇跡を歌うものですし、紅海の奇跡は出エジプトという出来事の中心ですから、彼がここに焦点を当てることはまずは当然のことに思えます。アウグスの解釈を聞く前に、聖歌の要点のみを読んでみましょう。

主に向かって私たちは歌う、
主は輝かしき威光に満ち、
馬と乗り手を海に投げ込まれた。（一節）
……
主はファラオの戦車とその軍勢を
海に打ち捨てられた。（四節）

……

主に向かって私たちは歌う、

主は輝かしき威光に満ち、

馬と乗り手を海に投げ込まれた。（二一節）

ミリアムの歌は最初と最後の詩句が同じで、この歌の強調するところなのですが、その強調するところをアウグスもそのまま受けとめ、そこに解釈の重点を置いています。その解釈というのは、ファラオの戦車とその軍勢を人間の誇り高ぶる傲慢《スペルビア》の象徴とみなし、そこから歌全体、さらには出エジプト記の全体を理解するというものです。

その解釈は、当時、勝利の神学によって人口に膾炙《かいしゃ》する恩恵と謙虚についての考え方を根本からくつがえすことになりました。

いわゆる勝利の神学は、汝、謙虚《フミリタース》であれ、されば神、汝に恩恵《グラツィア》を与えられん、というものでした。このような考え方をすると、神からの恩恵は謙虚に対する報酬のごときものになってしまうでしょう。

謙虚であろうと努力した結果として、あるいは謙虚という徳を身につけた結果として、つまりは謙虚という功績によって、神の恩恵が得られるというのであれば、それは本当に神の恩恵といえるのかどうか。むしろそのような考え方をすれば、人は恩恵を勝ち取った自分に栄光を帰し、自分の謙虚さを誇る傲慢へ転落しているのではないのだろうか。悪魔は狡猾である。謙虚であることを勧め、謙虚であれば恩恵が得られると、あたかも神の側に立ってささやくようにしながら、いざ神の恩恵が得られた時、それを自分の手柄のように思わせ、神への感謝も畏怖をも失わさせてしまう。反対に、もし謙虚であろうと努力していても恩恵が得られなければ、不満を抱き神の正しさに疑いを持つようにしむける。

こうしたいわゆる勝利の神学にひそむ陥穽《かんせい》に対して、アウグスは出エジプト記の解釈によって、断固として戦い出したのでした。ファラオの戦車とその軍勢を海に投げ捨てたのは人間の力ではなく神のわざなのです。傲慢の根源を打ち砕くのも神のわざなのです。その後《あと》にまことの謙虚が可能となります。

努力によって神の恩恵が得られるのではなく、神の恩恵があったればこそ、努力そのものが可能になるのだ、と、アウグスは言うのです。

第七章　ローマの掠奪

四〇八年の政変は、スティリコがラダガイススの大軍を破って栄光と権勢を極めたわずか三年後のことだった。スティリコ刑死、スティリコ派軍・官幹部の粛清。

ラダガイススとの戦いは四〇五年だった。

翌四〇六年末、十二月三十一日が銀河の夜だった。

四〇七年、政変前夜、ヴァンダル族たちはガリアを彷徨する。

これに対処するため、コンスタンティヌス三世の軍団がブリテン島からガリアに来た。

そして、四〇八年の政変。

政変の直接のきっかけは同年五月一日の東方アルカディウス帝の死だった。

アルカディウス帝は西方ホノリウス帝の実兄である。当時二十四歳のホノリウス帝は、コンスタンティノポリスに行き、彼の甥でわずか七歳の皇帝後継者テオドシウス二世の後見役を果たそうとした。

しかしスティリコの反対にあって頓挫した。スティリコはみずからコンスタンティノポリスに行こうとしたのである。すでにそれ以前からスティリコは、アラリックをイリリクム地方軍司令官に任命し、軍事力を背景にして、東方コンスタンティノポリス宮廷から反スティリコ派を一掃する意志を示していた。

彼は、ホノリウス帝への忠誠を捨てたわけではなかった。しかしラヴェンナ宮廷にはスティリコの政敵がいた。どこからともなく、スティリコがその嫡子をアルカディウス帝の後継者に即《つ》けようとしている、という風評が立った。ホノリウス帝はその風評を信じた。信じて操られるままに行動し、スティリコをテオドシウス朝への反逆者とみなして死罪に処した。

西方ホノリウス帝は、父テオドシウス帝の死の三年後、三九八年、十四歳の時、スティリコの長女マリアと結婚している。その成婚記念の大型の円形浮彫《メダリヨン》が、ロスチャイルド家収集所蔵品のなかに遺《のこ》されている。

円形浮彫のなかのホノリウス帝は、チュニカの上に袖飾りのある上衣を着ていて、飾り石を連《つら》ねた髪バンドで頭髪を整えている。頭髪の下の狭い額《ひたい》から、長めの鼻がのび、顔の輪郭は細面だが、顎《あご》が未発達で弱弱しい。あえて威厳を示そうとするかのような強く結んだ唇は、頬のあたりに残る若さを無理に否定して滑稽味を帯びる。左上を見つめる両眼も、威厳を示すつもりなのか、やや目尻をつり上げ、睨《にら》むふうな目つきである。しかし表情全体は、威厳とはむしろ反対に、押しつけられた結婚で傷ついたプライドを、なんとか隠そうとする演技性を示している。

隣には花嫁マリアがいる。その顔は無表情で、ホノリウス帝とは異なる方向を見つめ、おたがいの交わることのない心をを告げているかのようである。

その結婚から九年経《た》った年、マリアは一人も子を残さず病死した。服喪期間が過ぎて間もなく、ホノリウス帝はスティリコの次女ティルマンティアと結婚した。二十四歳のホノリウス帝は、十四歳の時と同じようにスティリコの意向に従わざるをえなかったのである。その年、彼の実兄の東方アルカディウス帝が寵姫《ちょうき》エウドキシアとの間に一男四女を残して死去した。ホノリウス帝はアルカディウス帝の後継者、七歳の甥テオドシウス二世の後見役として振舞おうとした。が、スティリコに阻まれた。スティリコに対し、劣等感、恐れ、憎しみ、依存、などをない交《ま》ぜにした感情をもつホノリウス帝は、疑心に駆られて宮廷陰謀に巻き込まれ、まるで宮廷のなかで威厳を示そうとでもするかのように、スティリコの一切の弁明も聞かず処刑命令を出した。

命令を執行したのは宮廷衛兵軍指揮官へラクリヌスだった。彼はスティリコだけでなくスティリコに忠誠を尽す官僚たちの多くをも殺害した。

しかし、宮廷衛兵軍指揮官は官房長官の管轄下にある。スティリコ派の粛清命令を出した主謀者は、官房長官オリンピウスだった。

オリンピウスはもともとはスティリコの推薦で官房長官の地位についた。しかし彼は、スティリコのゲルマン兵優遇政策に反発した。彼は熱心なカトリック派でアリウス派に対する拒否感情が強く、反ゲルマン主義・反アリウス派の立場からスティリコ体制の打倒を企てるようになった。したがってこの政変は、スティリコと盟約を結んだイリリクム地方軍司令官アラリックの排除も目標の一つとしていた。

そのアラリックが、政変を知ってどのような行動を取ったか、すでに簡単に触れたが、もう一度振返ってみる。

政変二ヵ月後の四〇八年十月、アラリックと西ゴート族軍はイリリクムを進発、西方に向かった。都市アクィレイアの領域を通過し、パドゥヴァ、クレモナを過ぎ、その後アエミリア街道からフラミニア街道へ乗り換えて進軍をつづける。帝都ラヴェンナはひとまず迂回し、ローマをめざす。同年十一月には、穀物倉庫の立ちならぶ港町オスティアを占拠し、つづいてローマを包囲した。

ローマを包囲しつつ、アラリックはゴート族を西ローマ帝国の軍事民族階級《クシャトリヤ》とするための交渉を、ラヴェンナ宮廷と行った。同時に彼は、ローマからできる限りの富を奪取するため、包囲下のローマとも交渉を行った。ローマは食糧搬入先のオスティアを押さえられているので、交渉に応じざるをえなかった。

アラリックはローマの使者に、

「金五千ポンド、銀三千ポンド、
絹織の長衣四千着、緋色に染めた毛皮三千枚、
香料三千ポンド、およびゲルマン人奴隷の解放」

を要求した。

この要求は当時のアラリックの胸中を知る上で興味深い。

ローマ帝国の金貨は、七十二分の一ローマ・ポンドの重さであるから、五千ポンドの金は、金貨三十六万枚にあたる。金貨三十六万枚は、ゴート族を仮に十万人とみなすと、その一年間分の食糧を買

うことができる。したがって、さしあたり今のところ、アラリックは将来、掠奪ではなく買入れによる食糧の入手を考えている。武力によってローマを恐喝しつつも、ローマ帝国との間の共存関係を考えているのである。

しかし問題は、この時点で都市ローマが金五千ポンドを用意できるかどうかである。ローマには、帝国各地に大所領をもつ元老院議員が多数いるから、アラリックの要求額に応じられぬわけではない。しかし彼らの年間収入はすべて金・銀に換えられてローマに運び込まれるのではなく、現物のまま各地の大邸宅や別荘《ヴィラ》に分散して貯蔵される割合も高い。したがって包囲されたローマ都市内部で金・銀の要求額に応じるには、神殿の金や銀を用いた神像に手をつけざるをえない。ラヴェンナ宮廷は、カトリック・反異教の旗をかかげている。だからアラリックの要求でローマが神像を鋳潰したからといって、ラヴェンナ宮廷との交渉に齟齬《そご》をきたすことはない、と彼は判断していた。

金銀とならんで、絹織の長衣四千着、緋色に染めた毛皮三千枚、香料三千ポンドの要求。これらの奢侈《しゃし》品には莫大な価値があったが、ゴート族の兵士やその家族の使用目的ではない。アラリックにとって、これらの奢侈品は内外の諸勢力に対する外交上の贈り物として、また、みずからの威信を高める手段として、有効だったのであろう。ラヴェンナ宮廷との交渉に際してもただちに活用するつもりだったのかもしれない。

これら奢侈品の要求に際し、アラリックは都市ローマ内部の絶大な貧富の格差を考えていたにちがいない。富裕層を除くローマ住民七十万人のうち、パン・油・豚肉の支給を受ける資格ある市民は二、三十万、残りの二、三十万はそれ以下の下層である。これら膨大な中・下層の人びとが、富裕層の奢侈品を守るためアラリックに抵抗するなどとは、おおよそ考えられない。ローマの都市貴族層たちがアラリックの要求を拒絶しても、都市の中下層民はむしろその都市貴族たちに都市封鎖の不満をぶつけ、飢餓暴動を起こすことになるだろう。だから、元老院議員たち都市貴族は、アラリックの要求を拒絶できない。

最後に、ゲルマン人奴隷の解放の要求。

アラリックは、西ゴート族の将来を、ローマ人の官僚や大土地所有者などの支配階級とならぶ軍事上の支配団体として構想している。その彼にとって、ゴート族はもちろん、それに近いゲルマン人が奴隷身分として広く存在することは好ましくない。彼は四〇八年の政変の反ゲルマン運動に対し正面から戦う姿勢を示し、ゴート族兵の士気を高めようともした。これまでも彼はゴート族を誇り高き民族につくり上げようとしてきた。

アラリックがこれらの要求を提示すると、都市ローマの使者は驚愕《きょうがく》し、

「それでは、いったい、我々に何が残るのですか」

と訊《き》いた。

「生命《いのち》が残る」

とアラリックは答えた。

都市ローマの包囲は二ヵ月間つづいた。その間アラリックはラヴェンナ宮廷に対して、ゴート族

居住地として属州ノリクムとパンノニアの割譲、および歩兵・騎兵両軍長官（西ローマ帝国総司令官）の地位を要求した。

ノリクムとパンノニアは、ローマ帝国東西間の、戦略上、重要な地域である。この地域を領有すれば、帝国東方および西方に対して、外交や軍事の面で大きな影響力をもつことができる。状況によっては、帝国全体の運命を左右できるかもしれない。

四〇九年一月、ローマの包囲二ヵ月が経過した。ラヴェンナ宮廷はアラリックの要求を拒否、ダルマティアの騎兵軍団に都市ローマの救済を命じた。

しかし、ダルマティア騎兵軍団は、ローマに接近する前にアラリックの騎兵軍に撃破された。ラヴェンナ宮廷の官房長官オリンピウスの指導力は急激に低下した。

同年二月、都市ローマはアラリックの要求を受け入れた。アラリックは包囲を解いた。外から都市に食糧が入ってきた。反対に、都市から多くの人びとが流出し、再び帰らぬ者も多かった。ローマはもはや安全ではない。いつ再包囲があるか、誰も知らない。

アラリックはローマの包囲を解いた後、ローマ都市長官と二名の元老院議員を使者に立て、ラヴェンナ宮廷に送った。その返答次第では再度のローマ包囲もありえるという含みだった。交渉は難航し、そして中断した。

同年四月、アラリックは、ローマ教皇イノケンティウス一世を中心とする使節団をふたたびラヴェンナ宮廷に送った。ローマはカトリック教会の聖都でもある。そのローマを、カトリックを国教とするラヴェンナ宮廷が見捨てることができるのか、とアラリックは言うのである。

交渉は一時中断した。ラヴェンナ宮廷の内部で、権力の変動が起きたからである。官房長官オリンピウスが失脚し、イタリア道長官ヨヴィウスが代った。宮廷とアラリックとの交渉は時と場を変えて再開された。ラヴェンナから南へ五十キロほどの港町リミニで、イタリア道長官ヨヴィウスとアラリックの特使とが折衝を行った。しかし進展しない。ホノリウス帝は全軍総司令官の地位をアラリックに認めようとしなかった。アラリック側も譲歩しない。

同年秋、リミニの交渉は決裂した。

アラリックは二度目のローマ包囲を決行した。その上で、ローマ都市長官アッタルスと教皇イノケンティウス一世を使者に立て、ラヴェンナに送った。

ラヴェンナ宮廷は、アラリックの要求を拒絶した。拒絶してアラリックと戦うため、パンノニアの国境方面からフン族一万を傭兵として雇い、属州ダルマティアの小麦と家畜をその費用に充当することに決めた、といわれている。ただしその真偽は不明である。フン族が北イタリアに姿を見せた形跡がない。

ラヴェンナ宮廷の拒絶に対して、アラリックは大胆な行動に出た。ローマ都市長官アッタルスを皇帝に立て、みずから西ローマ帝国の全軍総司令官の地位についた。義弟アタウルフを皇帝親衛軍指揮官に任命した。

このにわか造りのローマ新政権は、一見すると、ラヴェンナ宮廷に対する虚仮《こけ》おどしにすぎぬように見える。ところが、間もなく事態は驚くべき方向に進展する。ラヴェンナ宮廷は、都市ローマを基盤とするこの新政権に対し、極度の不安を抱くようになったのである。ホノリウス帝はアラリックの傀儡《かいらい》帝アッタルスに共同統治を提案したほどである。アッタルスの方は一時、ホノリウス帝の退位を要求さえした。

一体ラヴェンナ宮廷の突然の動揺の原因は、どこにあったのか。なぜそれほどの不安に駆られたのか。

ガリアのコンスタンティヌス三世の存在が一つの影を落としていたかもしれない。しかしその状況は今に始まったわけでもない。それだけでは十分な説明にならない。

この今の時点からほぼ十五年前、アラリックの新政権樹立と同じような出来事が起きたことがある。フランク族出身の将軍アルボガストが、元老院と同盟し、新帝エウゲニウスを立てて故テオドシウス帝に対立した、という出来事である。

この対立はフリギドゥス川の戦いで決着がついた。しかし今、同様の出来事が再出している。その背景には、かつて新帝エウゲニウスを支えた見えざる社会支持層が、今は傀儡《かいらい》帝アッタルスの側へ動いた、という事情があったのかもしれない。つまり、アッタルスの新政権は、アラリックのゴート族軍とローマ元老院以外にも、何か見えざる力を味方につけつつあったから、ラヴェンナ宮廷は突然、動揺に襲われたのかもしれない。そうだとすると、その、資料に直接姿を見せぬ見えざる力とはどのようなものだったのか。

一つの推測材料がある。

傀儡帝アッタルスが、ホノリウス帝の退位を要求するため、軍を率いてラヴェンナへ向かった時、ちょうどその時、アラリックはアッタルスの新政権を認めない都市ボローニャに軍事攻撃を加えていた、という事実。

このことから推測すれば、北イタリア諸都市のなかには都市ボローニャとは反対に、アッタルスのローマ政権を承認するものもあったはずである。

帝都ラヴェンナは、諸都市を支配する官僚の中枢部だから、高率の課税や厳しい徴税に不満を鬱積《うっせき》させる諸都市が、アッタルス側の呼びかけに応《こた》えて、ラヴェンナの官僚勢力に対し反抗する可能性はあった。ラヴェンナ宮廷は、突然その気配を察知し、不安に駆られたのかもしれない。気づいたら、ひとりラヴェンナだけが、北イタリアで孤立しているという事態……。

しかし実際はそうはならなかった。

幾つかの事情が重なって、ラヴェンナ宮廷は窮地を脱した。

一つは、コンスタンティノポリスのテオドシウス二世から四千の援軍が派遣され、ラヴェンナ港に上陸したことである。

スティリコとアラリックとの盟約は、東方宮廷に対する強硬路線を意味していた。しかしスティリコが死に、ラヴェンナ宮廷は今アラリックと対決している。だから東方宮廷は、ホノリウス帝の救援要請に応えた。つまり、ホノリウス帝がスティリコを処刑し、アラリックと戦い、対東方強硬路線をくつがえしたと評価したのである。

もう一つは、四一〇年四月、北アフリカの軍司令官ヘラクリヌスが、傀儡《かいらい》帝アッタルスの派遣軍を打破し、穀物およびその他の税収をラヴェンナに送ったことである。その結果、ラヴェンナ側は兵士の給与支払いや糧食補充が可能になった。反対にアラリック側は次第に糧食補充が困難となった。

北アフリカの軍司令官へラクリヌスは、以前、官房長官オリンピウスの命令でスティリコとその党派を粛清したあの宮廷衛兵軍司揮官である。その功績によって北アフリカの軍司令官の地位についていた。

四一〇年七月、アラリックは強硬姿勢を捨てた。リミニに来て、傀儡帝アッタルスを廃位し、要求水準を下げて交渉を再開した。要求内容の詳細は不明だが、多分、一定地域内でのゴート族の居住許可や食糧援助などをともなう同盟の締結である。ホノリウス帝のラヴェンナ宮廷は要求を認め、交渉は妥結した。

ところが、それから間もない頃、当時ようやく軍部をまとめあげた将軍コンスタンティウスが、配下のサルス指揮下の騎兵軍に、アラリックの親衛隊を襲撃させた。その結果、ラヴェンナ宮廷とアラリックとの同盟関係は破棄された。

スティリコ殺害の四〇八年の政変以後、軍内部に亀裂が走っていた。また、皇帝を戴《いただ》く宮廷官僚が、全体として軍部を押さえつけてもいた。しかし内外の危機状況のなかで、コンスタンティウス将軍は軍部をまとめ、ラヴェンナ宮廷とアラリックのゴート族軍との同盟に一撃を加えたのだった。

コンスタンティウス将軍にとって、アラリックは危険なライバルだった。彼を排除すると同時に、ラヴェンナの官僚勢力全体に対して、軍の巻き返しを図ったのである。当時復権していた官房長官オリンピウスはコンスタンティウス将軍の軍兵によって撲殺された。この時から、コンスタンティウス将軍が歴史の表舞台に登場する。

コンスタンティウス将軍は、イリリクム地方の都市ナイッスス（現セルビア、モラバ川の河畔都市ニーシェ）の出身だと言われている。

これが事実だとすると、この地方を活動拠点としたアラリックに対し、若い時から因縁めいた意識をもっていたかもしれない。アラリックが東方宮廷側のイリリクム軍司令官になった時、コンスタンティウス将軍はほぼ三十歳で、西側の軍歴を歩んでいた。

コンスタンティウス将軍は、イリリクム出身の軍人らしく、剛直で規律を重んじたが、軍務以外の時には、将校仲間や一般兵士と親しく交わり、時には賭け事や酒宴に興じたりもした。が、ラヴェンナ宮廷に来たような場合には、厳《いか》めしく、どことなく人を寄せつけない狷介《けんかい》な人物に見えた、といわれている。こうした彼のプロフィールが、軍部をまとめ官僚勢力に対抗した経歴にもとづいて創作されたものなのか、実際の人柄を伝えるものなのか、よくは分からない。

ローマのカピトリノ博物館には、コンスタンティウス将軍の大理石頭部像が保存されている。――短く刈りこんだ頭髪、皺のない煉瓦のような額《ひたい》、額から太く高くのびる鼻、二重まぶたのぎょろぎょろとした眼、厚い両唇と、その下の窪みをつくるがっしりとした顎《あご》、ひげを剃ってよく張った頰《ほお》。頑健で剛直な顔つきである。

コンスタンティウス将軍は、サルスの騎兵軍にアラリックの親衛隊を襲撃させた後《あと》、かつてのスティリコの地位でアラリックが要求していた全軍総司令官の地位についた。もちろん宮廷の官僚勢力も押さえつけた。軍官双方の統括者となったコンスタンティウス将軍は、アラリックに対して敵対的な、譲歩しない態度を取った。

今や西ローマの主力軍団がローマ近辺のアラリック軍営に攻撃を加えるかもしれなかった。アラリックのゴート族はいったいどこに行けばよいのか。


テヴェレ川のほとりの道は白く月光に打たれていた。

前方から頭布《フード》をつけた男が近づいて来る。男は立ち止まり、篦《へら》でくり抜いた穴のような眼でこちらを見て、低い声で、

「どこへ行くつもりなのか」

と訊《き》いた。

「どこへ、そう、おそらくイリリクム方面へ」

と答えた。すると男はけらけらと笑った。

アラリックには、その乾いた笑い声が、苛立《いらだ》たしかった。

「おかしくはない、イリリクムは東と西を分かつ地だから、ここを押さえておけば必ず時が来る」

自分に言い聞かせるようにアラリックは言った。

「愚かな旅の指導者だな、アラリック、状況は変わっている。おまえがイリリクムに行けば、東と西とをむしろ近づけるだろう」

「われわれを共同の敵とみなすというのか」

「そうだ、すでに東は西に支援軍四千を送ったではないか」

「それは分かっている」

「もとの道を引き返しても、ゴート族を危険にさらすだけだ」

「しかし他に道があるか」

「海の道がある」

と頭布《フード》の男が言った。

テヴェレ川のさざ波の音が消えた。甲高《かん》い音波がアラリックの耳に響きつづける。頭布《フード》の男は、アラリックのそばを通り過ぎようとした。

「どこへ」

「海の道へ」

アラリックは顳《こめ》かみをかすかに震わせ、頭布《フード》の男に訊《き》いた。

「海の道とは、穀物のある北アフリカへの道のことか」

「そうだ、しかしオスティアからではなく、先ずシチリア島へ行く」

「なぜ」

「ローマ軍の攻撃を回避する」

「それで?」

「艦隊を組んでアフリカに渡る」

再び頭布《フード》の男は歩き出そうとする。アラリックは引き止めた。暗い穴のような眼の男に向かって、アラリックはぶつぶつと独《ひと》り言《ごと》をいうように、

「おまえひとりが見果てぬ夢を追うのは勝手だが、おれにはゴート族の将来がかかっている。アフ

リカの未知の世界に乗り込んだとて、あちらはこぞって我々に逆らって来るだろう。そんなところへ我々を誘《いざな》うとは、おまえは不吉な悪霊の使いなのか、あふれる小麦で我々を釣ろうなどと、子供じみた真似《まね》はやめにしてもらおう」

「愚かな旅の指導者だな、アラリック、ゴート族が誇り高く生きる道はただ北アフリカだけにある」

神託のような声だった。

間もなくオスティアの穀物は尽《つ》き、ローマ軍が来る。都市ローマの包囲を解いて撤退しなければならない。しかしゴート民族は、誇りを失わず軍事民族として生きねばならぬ、その道が北アフリカにあるというのか。

頭布《フード》の男は低い声で言った。

「北アフリカには、二つの瘤《こぶ》がある。おまえたちが医者のように切り捨てれば、北アフリカの生命《いのち》の恩人といわれることになるだろう」

「二つの瘤《こぶ》というのは?」

「北アフリカが背負っている二つの重荷のことだ」

「そうか、そういうことか、広大な皇室領と多くの元老院議員の所領のことか」

「そうだ、そういうことだ、広大な皇室領と多くの元老院議員の所領のことだ」

この時、アラリックの記憶の中にギルドの乱のことがよみがえっていた。

かつてギリシアの地で転戦し、オリンピア近くのフォロエーの高地でスティリコ軍に包囲されていた時、北アフリカでギルドの乱が起き、窮地から脱した。今度は我々の方が乗りこんで行き、北アフリカの司令官へラクリヌスの軍団を撃退すれば、我々はたしかに北アフリカの解放軍となるだろう。イリリクムの東と西のはざ間にいるよりも、ゴート族の将来は明るい。

「これまで集めた財宝で、十分な食糧を調達し、艦隊の建設を始めよう、シチリア島で」

アラリックの呟くような声を、頭布《フード》の男が聞いて、言った。

「その前にやるべきことがある」

「……」

「都市ローマに雪崩《なだれ》こみ、元老院議員の多数の邸宅を襲って、永遠の都という神話を打ち砕かねばならぬ」

「兵士の士気のためか、ラヴェンナに対する復讐のためか、それとも掠奪のためか」

「それらすべてのためだが、同時に、北アフリカの地の民に掲げる旗としてだ」

「ふむ、旗幟《きし》を鮮明に、か」

「そう、旗幟《きし》を鮮明に、だ」

アラリックは、兵士たちの気持を考えて、ゴート族との同盟契約を反故《ほご》にしたラヴェンナ宮廷に対して、ローマを蹂躙し、掠奪する決意を固めた。しかし彼自身の心はすでに北アフリカにあった。

頭布《フード》の男はじっと地面を見つめていたが、とうとう口を開いた。

「内側に注意せねばならぬ」

「城壁の内側のことか」

「冗談はやめろ、おまえの軍兵たちのことだ」

「何のことだ」

「おまえの兵のなかには、ローマ側に恨みを抱く者が多い」

「当然だ、だから掠奪を許可する」

「掠奪を許可するのはいいが、しかし規律も叩《たた》き込まねばならぬ」

「確かに。我々は北アフリカの掠奪者ではなく解放軍になるのだから」

「確かに。おまえたちは北アフリカの掠奪者ではなく解放軍になるのだから」


翌日、アラリックは全軍を召集した。これからのゴート族の進路を告げ、その理由を説明した。シチリア島に向かう前のローマ掠奪に関しては、具体的な規律を明示した。やがて北アフリカに渡り、寛容政策によってカトリック農民やドナティスト派農民たちの守護者階級となるのだから、彼らの信頼にふさわしい行動を取らねばならない。

一　無抵抗の人間を殺してはならぬ
一　キリスト教大聖堂のアジール権を認め、宗派を問わずキリスト教の擁護者として振舞え
一　掠奪は元老院議員の邸宅と異教寺院に的《まと》を絞れ
一　放火は厳禁する
一　以上を守らぬ者は厳罰に処す

四一〇年八月二十四日、夜、ローマ北面のサラリア門が何者かによって内側から開かれ、ゴート族軍がなだれこんだ。

*

アリピウス、アウグスティヌスを語る
その八、ペラギウス主義

四一〇年、永いローマの歴史のなかで、いったいこの四一〇年という年の意味はどこにあるのでしょうか。この年を境にして、ローマ帝国も、北アフリカのカトリック教会も、そしてアウグスも、これまでとは違う世界へ、手探りで、心にさまざまな思いをかかえながら入って行ったように思われます。私には、四一〇年という年は、災いに満ちた年、暗い将来の前ぶれの年のように見えたり、あるいは、光ある地に歩を踏み出すため必要な、厳しくはあるけれども恩恵に満ちた、神からのあわれみの年のようにも見えます。私の話を聞いていただき、あなた方自身でこの年の意味を考えてください。

この年の十月、私たちは北アフリカのキリスト教会が一つに和合するための皇帝命令を得ました。勅令によって、北アフリカのカトリック派の全司教とドナティスト派の全司教とが、カルタゴで討

論集会を開き、この討論で敗れた側は合法性を失い、勝った側と一つになることが命じられたのです。討論に参加しなかったり、討論に敗《ま》けてもなお一体化を拒む者は、聖堂もその財産も没収されることになります。敗けた側の秘密の集会も厳禁されます。

翌年六月、両派の司教合わせて六百名ほどがカルタゴに勢ぞろいし、討論が行われました。皇帝代理マルケリヌスが議長を務め、勝敗の裁決を行いました。その結果、ドナティスト派は非合法として宣告され、約定通り、カトリック教会に帰属しない場合には、建物も財産も没収され、秘密集会を行ったり、そのための場を提供した者には厳罰が下されることになり、こうして国法の面からドナティスト派の問題は決着がついたのでした。討論の詳細については速記録が残っていますから、あなた方自身の眼で確めることができます。

けれどもドナティスト派に対する勅令の出た四一〇年、ドナティスト派と入れ替わるように、異教と異端とが、黙示録の獣《けもの》のように表舞台に立ち現れてきました。

それは、この年、永遠の都ローマが蛮族によって踏みにじられ、掠奪を受けたからでした。誰も想像できぬことでした。あたかもローマ一千年の歴史が断末魔の叫び声を上げて暗い淵《ふち》に沈みこんでしまったかのごとくでした。すると、するとローマはどうしたのか。預言者ヨナの都市《まち》ニネヴェの人びとのように、灰をかぶり、荒布を着て、神の前に深く頭《こうべ》を下げ、悔い改めの涙を流したのでしょうか。いいえ、それとは逆のことが起きたのです。異教徒たちはこの苦難を自分に都合よく利用して、ローマ掠奪の原因は、古くからの異教祭儀が禁圧され、代わりにキリスト教がローマや帝国各地に押しつけられたからだと、宣伝を始めたのでした。

苦難や災厄さえも、私たちを真実の神に向かわせる機会となります。異教徒たちは反対に人びとを真実の神から遠ざけるために苦難や災厄を利用するのです。アウグスの『神の国』はまずは異教徒たちの喧騒《けんそう》を打ち払うために書き始められました。

異教徒たちはローマの災厄をキリスト教の所為《せい》にしますから、アウグスはその反対の事実を直視するように要求します。蛮族によるローマの侵害は、戦争にほかならず、多くの者の虐殺や見境《みさかい》のない殺傷が戦争の常《つね》だけれども、しかしそれに反し、キリスト教の大聖堂《バシリカ》に避難した多くの人びとは剣を免れることができた、それというのもキリスト教の神が蛮族たちの残虐な心を恐れをもって抑制し静められたからである、とアウグスは書いています。異教徒たちに対するこのような直接の反論に加えて、異教徒たちの神々がいかに無力で、虚妄であるか、その偽りの神々を喜ばすための祭礼や演劇がいかに不道徳で卑猥《ひわい》に満ちているか、『神の国』は余すところなく暴露しておりますが、私がそのことを繰り返す必要はありますまい。

それよりもむしろ私が話さねばならぬのは、四一〇年を境として、北アフリカのカトリック教会とアウグスが、ペラギウス主義という厄介な異端との深刻な戦いに入ったことの方でしょう。

私たちは四一〇年以前、ペラギウス主義という異端については何も知りませんでした。しかしこの年、ドナティスト派との討論集会のためカルタゴに来た、あの皇帝代理マルケリヌスによって、この未知の異端について知らされたのでした。彼の話によれば、ローマを中心にペラギウス主義という異端が広がっており、その信奉者たちの間に多くのキリスト教徒の元老院議員たちがいて、彼らは四〇九年のローマ包囲以後、続続とこの地北アフリカに避難してきているので、彼らの所領を中心にこの異端が急速に広まる虞《おそれ》があると言うのでした。それがいかなる異端なのか尋ねると、皇帝代理マルケリヌスは眉《まゆ》をひそめて、自分は神学上のことに詳しくはないが、以前から文通しているヒエロニムス、あの聖書を翻訳したヒエロニムスだが、彼は異端に対しては実に鋭敏な判断力を持っている人で、その彼がペラギウス説を危険な異端であると断言しているので間違いないと思う、と言って、ヒエロニムスのペラギウス評を紹介してくれたのでした。

悪魔は言葉を使わない。しかしあいつは、ペラギウスは、犬のほえ声でわめきちらすアルビニオン出の犬で、太った大きな獣、牙《きば》や前足で危害を加える犬だ。この犬はブリタニアから遠くない悪名高いアイルランドの出身で、そのことは誰もが知っている。この犬を霊の剣の一撃でやっつけなければならぬ。ちょうど冥界《めいかい》の支配者プルートを守る寓話のゼルベルスを黙らせねばならないのと同じように。

（O.Wermelinger, Rom und Pelagius, 1975, S.47-8）

毒舌家のヒエロニムスらしい表現ではありますが、これだけではペラギウスの説がどうして異端なのかは分かりません。ですから皇帝代理マルケリヌスは私たち北アフリカのカトリック協議会にペラギウス説の検討を依頼したのでした。私たちは、ただちに検討に入りました。その結果、ヒエロニムスの言う通り、この説がカトリック教会の存立にかかわる危険な、きわめて危険な異端であることが判明しました。

以前、私は、出エジプト記の解釈によってアウグスが、人間の努力や力に対し徹頭徹尾神の恩恵を優先させたことをお話ししました。そのアウグスの主張はカトリック教会全体が認め、カトリック教会の根幹をなす信仰になりました。いや、なった、と言うよりも以前からあった信仰が明確に確認された、と言うべきなのかもしれません。いずれにしても、このカトリック教会の根幹を、ペラギウスは否定するのです。

ペラギウスの考え方はおおよそ次のようなものです。――

神の恩恵というものは、人間が人間として創られたこと自体に見るべきであって、人間は自由な意志の担い手として、他の動物とは違い、善と悪いずれかを自由に選ぶことができる。この可能性、精神の力能こそ神の恩恵の所産である。そして悪を選ぶこともできる人間が、むしろ悪を避け善を選ぶとき、栄誉と誇りを得ることができる。

ところで、悪を避け善を選ぶためには、何が悪で何が善であるかを知らなければならないが、その善悪についての知識は、神の法や命令として、さらにイエスの教えとして聖書のなかに啓示されており、この啓示こそが神の恩恵の第二のものである。しかも神の法、命令、教えが啓示されていること自体、人間がそれらを選ぶことのできる存在として創られていることを証《あか》ししてもいる。もし人間に善を選択し悪を避ける自由や意志の力がなければ、善悪に関して、あれをせよ、これをしてはならぬ、と命じること自体、無意味だからである。

しかし、人間は意志の行使に際して過《あやま》ちを犯す場合がある。だがそうした場合においても、他人に強制されてではなく、自分の意志で悔い改めることができるし、その上でカトリック教会の秘蹟《サクラメント》（聖礼典）を通じて、過ちの赦しを得ることができる。この赦しも神の恩恵である。

ペラギウスの主張の骨子はほぼこのようなもので、カトリック教会の秘蹟による罪の赦しを認めているのだから自分は異端ではない、と言っています。

これに対し、アウグスの論駁《ろんばく》は次のようなものです。――

最初の、自由な意志の担い手として人間が創造されたということについてですが、アウグスはそのことを否定はしません。しかし、その、自由な意志の担い手として創造された最初の人間アダムは、まさにその自由な意志によって悪を犯し、その結果、自由な意志は毀損《きそん》され、彼の子孫である全人類は、生まれながらに悪を避け善を選ぶ力を失っている、とアウグスは言います。自由意志はある。しかし、すでに損傷を受けて、絶えず悪へ傾斜してゆく。むろん善を選ぶこともある。が、それさえも悪を憎み善を愛するからではなく、罰を怖れるからにすぎない。もし人間が心から善を求めることができるとすれば、それは人間の自然本性や力能によるのではなくて、神の恩恵がふり注いできて、人間の自由意志の損傷をいやし、助け起こすからであって、その功績はすべて神の恩恵に帰すべきである。これがアウグスの第一の点についての主張です。

次に、神の法や命令、教えの啓示という点ですが、ペラギウスはこれらの啓示を人間の側に選択能力がある証左だとみなします。そもそも人間が善悪を選ぶ力がなければ、命令したり教えたりすることと自体、意味がないと思うからです。しかしアウグスはそのように考えず、聖パウロに従って、神の法や命令が与えられることの意味を、人間の側における罪の自覚のためだと言っています。神の法やキリストの教えは崇高です。その崇高なる教えに直面して私たちは自分がいかに無力で罪深き存在であるか、ようやくにして知ることができます。ペラギウスの主張とはむしろ正反対に、神の法や命令は、人間に善と悪についての認識を与えることによって、むしろ人間の側に善を選び悪を避ける力がないことを自覚させるものなのです。そしてその時、自分の罪責性を見て、これまでの無自覚な、みずからを善き者とみなすような思い上がりが崩れ落ちてゆき、上からの、キリストからのあわれみを涙ながらに待つことができます。やがて私たちの祈りのなかで、キリストはそっと立ち現れ、落下してゆく私たちの心を受けとめてくださり、私たちはキリストとともに善の光のほうへ視線を切りかえてゆくことができるのです。罪というもののミステリウムは、それを自覚できないところから湧き出てきます。ペラギウスは、その、罪の、不気味な深淵をのぞきこんだことはなく、罪なるものを何か単純な、一時の過ちのごときものとしか思っていません。しかし人間の心の内側に巣くう罪の深さは、測り難く、そこに視線を向けることすら人は回避しようとしますが、その回避もまた、罪の働きなのです。

次の点に移りましょう。ペラギウスは、カトリック教会の罪の赦しの秘蹟《サクラメント》（聖礼典）を認めているので、自分はカトリック教会を否定する者ではなく異端ではないと主張します。けれども、カトリック教会の、洗礼、聖餐、告解、悔悛などの秘蹟は、根幹を一つにしていて、それらはキリストの深きあわれみによる聖業《みわざ》であるということです。しかしペラギウスはこのキリストの聖業《みわざ》に対して条件をつけます。ペラギウスの考え方によれば、人間が自由な意志によって過去に犯した罪を後悔し、その後悔ゆえに秘蹟を受けることによって罪は赦されるというのです。自由な意志の力によって改心すれば、恩恵の秘蹟は有効だ、というのです。アウグスはそのようには考えません。改心という心の動きそれ自体が、私たちの外からの、あわれみ深き神の働きによってはじめて立ち現れて来るのだ、とアウグスは言います。私たちの罪というものは、結局のところは神からはずれ、自我の重みで落下することから生じるものなのですが、アウグスによれば、そのみずからの悪に対して、自分の意志の力だけで深く悔い改めることはできず、みずからとともにおられる神にうながされ、励まされることによって、辛うじて改心することができるというのです。自由意志ではなく、最初にあるのは神の呼び声、神のうながし、神の励ましです。改心も神の聖業《みわざ》なくしてはありえません。

ペラギウスにとって特徴的な点は、恩恵が過去の所為《しょい》に対してのみ考えられ、将来に向かっては、あたかも恩恵は必要なく、自由意志さえあれば十分だと言わんばかりに、恩恵を求める祈りが出てこない、ということです。しかし私たちは、今日のみならず明日、悪を避け善に向かうことができるように神に祈り、神にすがりつき、神を待ち望みます。

ペラギウスに対するアウグスの立場、それはカトリック教会の立場ですが、その立場は神の恩恵《グラティア》を礎石にしております。ですから私たちはペラギウスやその信奉者たちに譲歩するわけにはいかないのです。神の恩恵、神のあわれみ、私たちの救いはすべてそこにかかっているのです。

四一〇年、この年、蛮族によるローマの掠奪が起きました。異教徒たちはキリスト教への攻撃を開始し、ペラギウス主義の異端も北アフリカに上陸しました。一見すると、この異教と異端とはまるで性格が違ったもののように見えます。一方はキリスト教を攻撃し、他方はキリスト教を標榜していま す。しかし両者にはどこか共通の根のようなものがあるふうに思えてなりません。いずれもローマを故郷とし、いずれも元老院の勢力を背景に置いています。ええ、もちろん分かっています、元老院の勢力といっても、異教支持とペラギウス支持とではまったく別の、むしろ対立しあうグループに属しているということ、それはむろん分かった上で、両者に共通の何ものかを感じるのです。

ローマはこれまでの永い歴史のなかで、アウグスの言葉を使えば、絶えず賞賛への愛によって突き動かされてきました。異教徒たちはみずからの栄光や威信を求め、誇り高ぶって生きてきました。それに対してペラギウス主義は、なるほど政治や軍事の領域で栄光を求めるわけではありませんが、しかしいわば宗教の領域において、みずからの意志の力によって功績を積み、その成果によってあたかも凱旋門をくぐり抜けるように天国へ入ろうとし、天国の主である神の栄光ではなく、みずからの栄光をかかげようとするのです。そこには神の恩恵に対する畏敬や感謝、打ち砕かれへりくだった心がありません。ですからアウグスはペラギウス主義を高慢な霊と呼んでいます。

ローマ帝国がこれまでの、みずからを栄光化する道を断ち切って、真実なる神に仕えるキリスト教帝国へと転生してゆくためには、どうしても異教やペラギウス主義と戦わねばなりません。ただ、ただ、神の栄光のみが全地に輝きますように。

＊

ペラギウスの手記

——エジプトの修道院にて、日付不明

断食、瞑想、聖書朗読、祈祷、その合間を縫って、私はこの手記を認《したた》める。それは弁解のためではない。他者のためにならともかく、自分の弁解のためであれば、言葉は誇りを欠く。それではなぜ逝《ゆ》く者が手記を残すのか。

私はこの半砂漠の地に来るずっと以前、必要にせまられて聖書注解など幾つかの小冊子を書いたことがあった。それらは少数の、私的なサークルの間で回覧するためのものだった。当時私はローマのキリスト教貴族の子女の教育にたずさわっていたので、そのための手引書を再三求められたのである。やがて、知る人は知るように、これらの小冊子類はローマ・カトリック教会の教皇によって異端とされた。すると帝国各地でこれら小冊子の写本が出回るようになり、多くの支持者たちを生み出すことになった。異端判決が異端者たちをつくり出してゆく。その皮肉な結果に、もう一つ二つ別の皮肉な結果が付随した。新たなる異端者たちは、私の真意を十分理解せず、カトリック教会に対して激しく反抗することになり、将来に危惧《きぐ》を残した。それゆえ私は今、彼ら世界の果ての私の知らざる人びとに手記を残し、私の真意を伝え、誤解を解くことが私の責務だと信じるに至った。私に異端判決を下したカトリック教会に対して、私はそのようにして寄与することになるだろう。

私は三七四年、二十歳になった年、ブリテン島から法律学を学ぶためローマに来た。私を異端とする者が、私を反逆者の故郷アイルランドの出身として揶揄《やゆ》するが、事実ではない。私の父はブリテン島南部の都市の参事会政務官だったので、私が法律学を身につけ、それなりの地位につくことを望んだのであるが、私自身にもローマに対する憧憬《どうけい》があった。

ローマは予想をはるかに越える輝きと威厳に満ちた大都市だった。過去の栄光を刻む巨大な建造物の数々、豪壮な邸宅群、広場《フォルム》や回廊に立ち並ぶ記念碑文など見て回りながら、ローマ帝国の到達した高さに想いをめぐらす日日《ひび》が続いた。これまで幾多の帝国が勃興したがローマ帝国に及ぶものはなかった。軍事力だけであれば、あるいはバビロンやニネヴェなどがローマに拮抗《きっこう》したかもしれない。しかしそこにはローマ法がなかった。素朴で野蛮な刑法や慣習法の類《たぐい》はあったろうが、ローマ法のような、広大な世界を画一に律する市民間の理に適った責任と義務の体系、その編纂法典はなかった。そう思いながら、私は法律学の研鑽《けんさん》を積んだ。その結果、幸運にもある身分の高い官職者の法律顧問官となって、実際の法律の運用にたずさわることになった。地位ある官僚たちの世界にも出入りすることができるようになった。

一、二年が過ぎた。私の眼は一体何を見たのだろうか。私の耳は一体何を聞いたのだろうか。官職者は職権を濫用して他人の土地を奪いみずからの財産をつくることしか考えてはいない。裁判や法律はそのための手段でしかない。もちろん、上級の監督官庁があり、上級の裁判官もいる。しかしそれらは一切正しく作動しない。人びとは絶えず上の者にへつらって、上の者の機嫌《きげん》を取っている。日日《ひび》の生活のなかで、中央においても地方においても、人びとは絶えず上の者にへつらって利を得ようとし、そのへつらいを謙虚という美名で飾っている。そのようなへつらいの習性が法律の世界のなかにも影を落とし、ローマ法典がいかに立派なものであろうとも、法の実践世界では醜く歪んだものとなっていた。かつての立法者たちの気高い精神はこのへつらいの文化のなかで窒息し、絶え果ててしまったのである。今から振返って見れば、このへつらいの文化はテオドシウス帝時代以来、ひたひたと湧き起こってきた社会の病理だった。その時代にキリスト教が国教となり、官職者は上から下までキリスト教徒であることが要件とされた。そして、宮廷の官僚から地方の官吏に至るまで、さらには官吏から都市《まち》の市民に至るまで、すべての者がキリスト教の徳である謙虚《フミリタース》の徳を身につけるように求められてきた。むろん謙虚であることは大切なことだ。それが真実のものであるならばだが……。

私はローマに来てから、法律顧問官となった当初のころまで、都市《まち》の人びとや官庁の人びとが、いかに富裕であっても控えめの衣装でよそおい、へりくだった丁重な挨拶を交《か》わし、相手を敬う物腰で、謙虚な言葉を使い、視線を落として常に自分を卑下するような態度を取るのを見て、感心したものだった。しかしやがてすぐに眩惑は醒めた。彼らはこのような態度で上の者にへつらいながら、下の者に対しては、自分に謙虚であることを求め、少しでも気にいらなければ、突然、大声で怒声を浴びせたり、あるいは陰険で陰湿な行為に及んだりする。だから下の者は上の者にへつらわざるをえない。

上にはへつらい下には傲慢という連鎖が広がっている。この世界では、人びとの心のなかと外に表す態度とはまったく別のものである。私はまもなく、まるで自分が薄気味の悪い仮面の世界のなかにいるように感じ、人びとにどのように応対すればよいか分からなくなり、次第に自分自身に閉じこもるようになった。すると人びとは私のことを人間嫌いと呼び、あざけるような眼つきを向けるようになった。それでも職務を果たすために出て行かざるをえず、言いようのない疲れに襲われた。法律顧問官の職を捨て、ブリテン島に帰ることを考えた。もはやローマにとどまる理由もなかった。

しかし福音書のなかの主イエスが私を引き留めた。

イエスは、悪魔による試練を受けた時、あるいは悪意に満ちた裁判に立たされた時、あるいはその他いずれの場合でも、一切のへつらいを拒絶し、静かで、深い知の眼差しで見つめ、誇り高く尊厳に満ちていた。その行動と姿が、私の胸に、言葉ではいい尽せぬ感動を呼び起こした。私はイエスに出会ったのである。私の眼から涙が流れた。

主イエスは、その誇り高い高貴な振舞の模範によって、へつらいの文化のなかで溺死しかねない私を救われた。私はイエスとの出会いを通じて一つのことに想い至った。それは自分の内なる良心の存在である。自分の内にあってしかも自分を裁く良心、おおよそ神に創られた存在としての人間は、この良心をもっているはずだ。私たちがへつらいの文化に翻弄されて自分を見失ってしまうのは、自分自身に対する評価を人びとの眼に置くからである。しかし、私たちには良心があるのだから、その良心の判定にのみ自分の行為を従わせるならば、もはや翻弄されることはない。私の内には良心がある。私の眼の前にはイエスの模範がある。私は一切のへつらいを拒絶し、ただ一筋にイエスの跡に従って歩むことを決意した。イエスは私たちに命じ、教え、たとえを語られ、模範を示される。私たちはその道を歩む。その自分の歩みが真実のものなのかどうか、それを判定するのは内なる良心である。私がイエスの模範に従い、よき業《わざ》を志すと言うと、自称正統派は、そのような考え方は傲慢で、神の恩恵をないがしろにするものだと言う。彼らによれば人間の自由意志は悪に染まり、恩恵の注ぎによるのでなければ自力で模範者イエスに従うことはできない。

このような主張は、神が私たちに求めていることを、私たちが神に求めるということにほかならない。神は私たちが、私たちに与えられた力で、自発的に、模範者イエスに従うことを求めておられる。主イエスがその教えをしばしばたとえで語られるのも、私たちがその教えをみずから理解し、自分から進んでその教えに従ってゆくことを期待しておられるからである。

いったい神の恩恵というものをどのようにわが人びとに語ればよいのだろうか。おそれ多くはあるが、イエスのたとえに倣《なら》って、たとえてみれば、こんなふうにも言えようか。母と幼子《おさなご》が道を歩んでいる。覚束《おぼつか》ぬ足取りの幼子が転んだ。母は助け起こそうとする気持を抑えて、じっと愛情をこめた眼差《まなざ》しで見守る。幼子はその眼差しに励まされ、それに向かって、ひとりで起き上がり、ふたたび危なっかしい歩調ではあるが母の後を歩んでゆく。この眼差しこそ神の恩恵ではあるまいか。もし母が両手で幼子を助け起こしたならばどうなるのか。幼子にある力を認めず、その成長を阻むだけのことであろう。むろん幼子に内在する起き上がる力は、足や手と同じように神の創造という意味での恩恵の所産ではある。その上で、しかし、幼子は自分自身で歩いたのである。そのことを神は喜ばれる。私たちは人間として創造された。そのことじたいが神の恩恵である。しかし創造以後、放置されたのではなく神の命令や法が私たちのために与えられ、そして模範者イエスがおられる。それもまた神の恩恵ゆえである。神はそのようにして、絶えず私たちに眼差しを向けてこられた。
私たちは良心と自由な意志とを与えられている。悪を避け、善を選び、善き行いによってイエスの後に従うことができるのだ。それを貫いてゆくことに私たちの誇りがある。その誇りは決して傲慢なのではない。傲慢なる者とは実に上の者にへつらう者のことである。なぜならば上の者にへつらう者は下に対しても自分にへつらうことを要求するからである。そこには良心にささえられた誇りがない。人がどのように見ようと、人がどのように言おうと、私たちが良心のみを自分の判定者とするならば、私たちはたとえ孤独であっても気高《けだか》く誇り高く生きてゆくことができる。だから私たちはイエスに従って、善きわざに励まねばならぬ。しかし、このように私が言うと、自称正統派の人びとは使徒パウロの言葉を持ち出してくるのが常だった。

人が義とされるのは律法の行いによるのではなく、信仰による（ロマ書三章）

それに対して、私は主の兄弟ヤコブの言葉を掲げたい。

人は行いによって義とされるのであって、信仰だけによるのではありません（ヤコブの手紙二章）

同じ主イエスの使徒であるパウロとヤコブが相反することを言うはずはない。だからパウロのいう律法の行いとは、割礼《かつれい》や食物のタブーなど、ユダヤ人の祭儀上の行為をさしているのであって、隣人愛にもとづく善きわざを否定しているわけではない。だからあなた方は善きわざに励まねばならぬ。しかし、心して私の言うことを聞いてもらいたい。

自称正統派の人びとは、私が神の恩恵を否定し、したがって神の恩恵の施設としての教会の土台を掘りくずす者として私を弾劾した。しかし私は、祭暦ごとの秘蹟《サクラメント》を心をこめて受けてきたし、むろん洗礼やあるいは幼子洗礼すらも否定したことはなかった。生まれたばかりの子供さえも洗礼なくしては原罪ゆえに地獄に落ちるなどという、神の愛に反する考えを共有したからではない。成程《なるほど》幼児といえども時には泣け叫ぶことによって専制君主のごとく大人《おとな》を思い通りに動かそうとするかもしれない。幼児といえども純粋とはいえぬかもしれない。しかしそれは生まれながらに原罪を背負っているからなのではなくて、外気が雑草の種を花園に運ぶように、幼児の白紙の心に外からの好ましからぬ影響がおよび汚染されたからにすぎぬ。生まれながらの原罪などという考えは全《まった》く問題外である。そうではなくて、洗礼などの秘蹟は、神が私たちに注がれる先ほどの愛の眼差しの現れにほかならず、それらを通じて私たちは神の愛、神の励まし、神の祝福を感じ取ることができるからである。それらの秘蹟はあなた方を救済する自動装置ではないけれども、あなた方の自由な意志、自由な心を発揚する機会となり、あなた方の決意を新たにする機会となる。だからくれぐれも言っておくが、あなた方は決して私の名において教会の破壊者となってはならない。彼らは私とともにあなた方を異端と判決した。しかし、それでよいではないか。真実に判決する者は天にある。そしてあなた方の内にある。あなた方は主イエスの模範に従い、誇り高く天に向かうべきである。

半砂漠の地の修道院の、この小さな居室の窓から、燃える日輪《にちりん》が空を紅《くれない》に染めて落ちてゆくのが見える。まもなく黒黒とした闇がやって来るから、ここで筆をとめなければならない。

第八章　皇女ガッラ・プラキディア

アラリックの西ゴート族は、ローマ掠奪後、イタリア半島南端をめざして移動を始めた。シチリア島に渡り、そこに冬期陣営を築くためである。その後《あと》、アラリックは北アフリカに渡海する計画を立てていた。

シチリア島は小麦の産地で牧畜も盛んだったが、長期的に見るとゴート族にとって安全圏域とはいえなかった。ローマ海軍に封鎖され、じわじわと攻撃網をせばめられる危険があった。

四一〇年夏の、シチリア島をめざして移動するゴート族のなかには、ローマ名門貴族の捕虜もいた。そして、その捕虜のなかには皇女ガッラ・プラキディアがいた。彼女はその突然の運命の翻弄のなかで、その後のゴート族とローマ帝国との関係に一つの大きな役割を果たすことになる。それというのも、彼女は当時の人びとが決して無視できぬ高貴な血統を体現していたからである。

彼女の系図を参照し、要点のみ列記しておきたい。

一、ガッラ・プラキディアは、東方皇帝テオドシウスの一人娘であるが、母は西方皇帝ウァレンテ

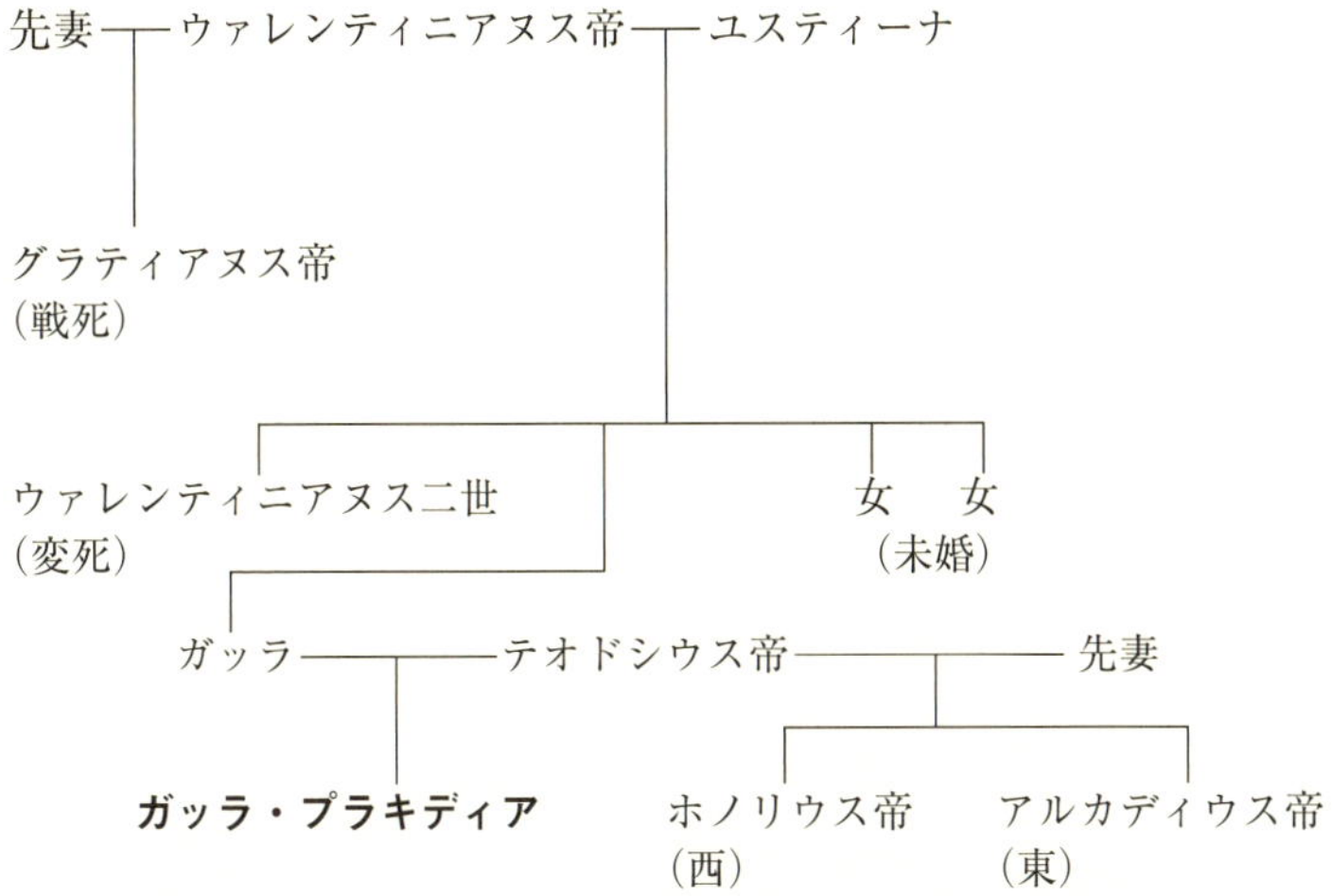

イニアヌスの娘ガッラであるから、彼女ひとりが東西両皇帝の血筋を受けついでいる。

一、ウァレンティニアヌス帝の子供たちのうち、先妻の子グラティアヌス帝は子供を残さず戦死、ユスティーナとの一男三女のなかでは、ウァレンティニアヌス二世は未婚のまま変死、二名の女子はいずれも修道誓願によって未婚、ガッラのみが同名の一人娘を残した。だからガッラ・プラキディアはウァレンティニアヌス帝の血筋を受けつぐただ一人の人間である。

一、テオドシウス帝の次男ホノリウスが八歳の時、西方皇帝の後継者となる式典が執り行われたが、その際ガッラ・プラキディアは「最も高貴な《ノビリッシマ・》少女《プエラ》」という正式な称号が与えられた。

すでに以前から、皇帝の地位は、特殊な事情がないかぎり、戦争指導者としての実績などによるのではなく、血統を根拠としていた。主に簒奪帝を阻止し、後継者争いを回避するためだった。したがって「最も高貴な少女」の称号をもつガッラは、彼女自身が皇帝になれないにしても、その配偶者や子供は帝位にきわめて近い位置につく可能性をもった。

一、ガッラ・プラキディアがローマで捕虜となった時、彼女はすでに二十一歳で未婚だった。テオドシウス帝没後、将軍スティリコとその妻セレーナがガッラの後見役を果たしていた。二人にはガッラより年少のエウケリウスという一人息子がいた。その息子と結婚させるために、ガッラの婚姻を抑制していた可能性が強い。彼女との結婚は帝位に通じるからである。エウケリウスにとっても、あるいは他の者にとっても。

一、ガッラ二十一歳の時、その兄ホノリウス帝は二十五歳。スティリコの長女、その死後は次女と結婚していたが子供はいなかった。将来は分からないが、このままホノリウス帝に子供がなければ、帝位継承をめぐるガッラの存在はさらに重みを増すことになる。

一、ホノリウス帝は東方皇帝テオドシウスが西方に送りこんできた皇帝である。しかし本来、西方はウァレンティニアヌス帝の系譜が正統である。だからテオドシウス帝自身、かつてウァレンティニアヌス二世の帝位も承認したし、その死後にはガッラ・プラキディアの母と結婚して、西方での帝位の正統性をも得ようとした。だから西方においては、女性とはいえガッラ・プラキディアの血筋は独特な意味を持つのである。

一、最後に、ガッラ・プラキディアの血筋にまばゆくからむ美貌伝説についてもふれておこう。ウァレンティニアヌス帝はユスティーナのあまりの美しさに胸を打たれて結婚したと言われ、そのため先妻と離婚したのか、それとも死別後の再婚だったのか、当時から取り沙汰されていた。あるいは、ウァレンティニアヌス二世は、ユスティーナの娘の三姉妹が特別に美しく、愛情が強かったので、他の女性に関心を持たなかったと、巷《ちまた》で噂された。あるいは、テオドシウス帝がウァレンティニアヌス二世の側に立って、マグヌス・マクシムスとの戦争に踏み切ったのは、美しいガッラと結婚するためだった、というまことしやかな風評も立った。祖母にユスティーナ、母に同名のガッラをもつガッラ・プラキディアは、その姿を見たことがない人びとにとってさえ、美貌の皇女だった。その美貌伝説もこれからのガッラの数奇な運命に絡んでゆく。（ガッラ・プラキディアについては、S.I.Oost, Galla Placidia Augusta, 1968, H.Sivan, Galla Placidia, 2011 など）

ローマ掠奪以前の四〇八年末および四〇九年末、アラリックは、すでに二回ローマを包囲し、二回その包囲を解いている。その時期にローマから脱出した者も多かった。特に帝国各地に所領や邸宅をもつ貴族たちにとってローマに居住する必要はなかった。

しかし、ガッラ・プラキディアは動かなかった。彼女がローマを見捨てるならば、そのことはローマ数十万の住民にとって、彼女の兄ホノリウス帝に見捨てられることを意味しただろう。ガッラ自身、ローマが包囲されても、ホノリウス帝のラヴェンナ宮廷がローマを見捨てるはずはないと思っていた。しかし四一〇年三度目の包囲があり、ラヴェンナからの救援はなかった。

ローマの掠奪があり、ガッラは人質となった。

ガッラの胸のうちから兄ホノリウス帝への信頼が消え、その後《あと》に兄に対する侮蔑の感情が残った。

永遠の都ローマは、全世界の眼の前で、白昼、掠奪され恥を晒《さら》した。しかしそれはローマの恥ではなく、ローマを見捨てたラヴェンナ宮廷とその主ホノリウス帝の恥だった。そのような思いを抱いて、人質となったガッラ・プラキディアはゴート族と彷徨《ほうこう》を共にしていたのだった。

夏の終わり頃ローマを出立したゴート族は、ようやく晩秋になってイタリア半島の南端部に至った。松や柏の林のなかの道をジグザグと通り抜けて行くと、やがて道は急に下降し遠方に港町レギナの全景が視界に入った。その彼方《かなた》、海峡の向こうにはエトナ山を頂《いただ》くシチリア島がくっきりと見える。冬が来る前にこの海峡を渡らねばならない。

ゴート族は港町レギナを占領した。

近隣の漁港からも大小の船を集める。

ゴート民族全体を渡海させるためには、もちろんそれだけでは足りない。しかし、もし首尾よく海峡対岸のメッシナ港を占領できれば、こちらのレギナ港とメッシナ港とを往復できるから民族の渡海も可能だ。シチリア島の港町メッシナの占領が先決問題である。

兵士だけの先発船団がレギナ港に集結する。

レギナ港からメッシナ港までは直線距離で十数キロ、視界の内にある。

晩秋の海はおだやかにたゆたっていた。やがて帆を張る朝風が吹いてきた。

一艘また一艘、ともづなを解き、錨《いかり》を上げ、岸から離れてゆく。間もなくゆるやかな隊形をつくり港を出てゆく。波止場《はとば》にぎっしりと詰める見送りの人びとの間から歓声や拍手が起きる。

風が少し強くなった。さざ波が立ち、海面に流れるような紋様をつくる。

人びとの群れは遠ざかってゆく船団を眼で追ったまま動かない。

船団が海峡の半ばにさしかかった頃、風は勢いを増した。帆走の速度があがる。すると程《ほど》なくして、これまでのおだやかな天候がうそだったように、にわかに空がかき曇った。と、思う間もなく、突風が咆哮《ほうこう》を立てて吹き抜けてゆき、静まったかと思うと再び悲鳴のような声を立てて吹きすさぶ。突然、海は鉛色に変わり、白い牙《きば》のような波頭を立てて船団を襲い始めた。船団の隊形は崩れた。大波に翻弄されて浮沈し、横転する船や、他の船に突き当たる船などが続出し、まるで大円形競技場の海戦劇を演じているかのように乱れた。しかしそれは海戦劇ではなく夢でもなかった。シチリア島三千メートルのエトナ山が吹きおろす強風と、イオニア海からメッシナ海峡に流れ込む速い海流とがつくり出す現実だった。絶叫する風に勢いを得て、龍のごとく躍動する海流は、舵のきかぬ船を軽軽と持ち上げたかと思うと、一瞬に奈落の底に突き落とし、海上に転覆船やその残骸の群れをつくり、ついには海峡から暗くはてしない遠海へと運び去って行く。

レギナの港で先発船団を見送っていたゴート族の群衆は一言《ひとこと》も声を出すことができなかった。メッシナ海峡は紅海ではなかった。

皇女ガッラ・プラキディアも群衆のなかにいて、出来事を見つめていた。この時彼女がどう感じどう思ったか、それを知る一つの手掛かりがある。——シチリア島の住民は、この出来事によってシチリア島を守ってくれた守護神に、感謝の記念像を建立した。その記念像を、ずっと後《のち》のことだが、ガッラは破壊するように命じている。これだけでは確かなことはいえないが、しかしガッラが海波に翻弄される船団を沈鬱《ちんうつ》な目で追っていた可能性は強い。ガッラはローマで捕虜となってからこの出来事までのほぼ三ヵ月間、ゴート族と歩みを共にしてきた。その間、彼女はゴート族に親近感を抱くようになっていたか。

ゴート族の指導者アラリックは渡海挫折後間《ま》もなく失意のうちに死んだ、と言われている。しかしこれまで、敗戦や苦難を跳ね返し、民族全体を導いてきた強靭《きょうじん》な精神のアラリックが、失意ゆえに死んだりするだろうか。

カリスマ指導者は、自分に従う人びとを未知の世界に導いてゆく。その道は伝統や慣習で踏みならされた道ではない。冒険に満ち危険に満ちている。人びとはただひたすらカリスマ指導者を信頼し、献身と服従とによってその後《あと》についてゆく。いつしか彼は、自分の天与《カリスマ》の力を実証し、人びとに幸福を与えねばならない。しかしもしその実証に失敗した場合には、カリスマ指導者はこれまで服従してきた人びとに殺されることがある。アラリックは西ゴート族の人びとに殺されたのではあるまいか。

アラリックの後継者となったのはアタウルフである。彼はアラリックの妻の弟、義弟だったといわれている。だから指導者の交代はスムースに行われたように見える。しかしアラリックが西ゴート族の王であれば、彼の子供、あるいは実弟などが後継者となるのが自然だろう。

そもそもアラリックとその妻との婚姻は、ゴート民族内の対立部族間の融和策としての政治的性格を帯びていなかったかどうか。そうであったならば、アタウルフが後継者となったのは、決してスムースな流れではなく、部族間のヘゲモニーの転換を内に秘めていたのかもしれない。

確かなことは分からない。

分かっていることは、アタウルフが後継者となったこと、そしてそのアタウルフはアラリックの構想を放棄して、逆の道をたどったということだけである。

四一三年、ホノリウス帝は勅令で、イタリア南部および中部すべての属州に対して、農地復旧のため今後五年間、租税の五分の四の免除措置を講じている。すなわち四一一年アラリックの後継者となったアタウルフは、四一二年まで、イタリア半島南部から中部へゆっくりと移動していたのである。

そして四一二年春、アタウルフはゴート族を率いてガリアに入った。それまでの四一一年から四一二年冬、イタリアにとどまっていたのには一つの理由があった。それはガリアの軍事状況である。

四一〇年の時点で、ガリアの覇権を握っていたのはブリテン島から来たコンスタンティヌス三世だった。それに対し、以前彼の部下だったゲロンティウス将軍がスペインを拠点として反逆し対立していた。

四一一年になって、ガリアで両軍の総力戦があり、ゲロンティウス将軍は敗北した。その直後、今度はホノリウス帝麾下《きか》のコンスタンティウス将軍がアルルに進軍した。アルルは以前、ローマ帝国によるガリア支配のための行政上の拠点都市だった。コンスタンティウス将軍はガリアを奪還しようとした。

コンスタンティヌス三世とコンスタンティウス将軍との会戦がアルル近郊で起きた。コンスタンティウス将軍が勝ち、アルルは解放され、コンスタンティヌス三世は処刑された。

コンスタンティウス将軍が勝ったとはいえ、会戦の内容は、彼の配下の東ゴート族ウルフィラの騎兵軍団が、敵のフランク族将軍エドヴィック率いるフランク族主体の軍団を打ち破ったというもので、ローマ軍はいずれの側においてもゲルマン族の兵力がなくては成り立たぬ様相だった。

会戦後、コンスタンティウス将軍はガリア統治を果たす間もなく、ただちに帰還せねばならなかった。というのも、イタリア本土で西ゴート族が掠奪をつづけながら放浪していたからである。コンスタンティウス将軍の軍団が帰還すると、それを避け入れ替わるようにアタウルフのゴート族はガリアに入った。四一二年春のことである。

ガリアでは、コンスタンティヌス三世の支配が解体し、ゲロンティウス将軍の軍隊も敗退、そしてコンスタンティウス将軍の軍団はイタリアに帰還していた。

この権力の真空状況のなかで、ガリアの土地貴族など在地勢力は、コンスタンティヌス三世のもとで官僚だったヨヴィヌスを皇帝に立て、ブルグンド族、アラン族、フランク族の軍事支援を得た。ガリアはなお脆弱であるけれどもローマ帝国からの自立を志向しているのである。

ヨヴィヌスを皇帝に掲げたガリアの勢力は、アタウルフの西ゴート族にも同盟に加わるように要請した。

アタウルフは岐路に立った。同盟に加わればローマとはっきり対立することになる。加わらなければ、ガリアの在地勢力と対立する。

詳しい経緯は分からないが、アタウルフはガリアの簒奪帝ヨヴィヌスではなく、反対にラヴェンナのホノリウス帝に対し同盟締結を申し出た。その背後にはガッラ・プラキディアの存在があった。いつ頃からか、ガッラはローマ帝国と西ゴート族との仲介を「最も高貴な少女《ノビリッシマ・プエラ》」として生まれた自分の責務として考えるようになっていた。

ホノリウス帝下で実権を握るコンスタンティウス将軍は、アタウルフの申し出に対して、条件をつけた。それはガッラ・プラキディアの返還、および、西ゴート族による簒奪帝ヨヴィヌスへの軍事攻撃だった。代わりに、ガリア南西部属州第二アキテーヌに西ゴート族の居住権を認め、六十万ブッシェルの穀物の贈与も約束した。

ローマ帝国と西ゴート民族との同盟締結は、海港都市ナルヴォンヌで行われた。当時、スペインの港町に避難していたガリア道長官ダルダヌスが皇帝代理としてやって来た。調印式はナルヴォンヌの都市貴族インゲニウスの邸宅で行われた。ガリアもスペインもローマ帝国から遊離し始めている。しかし、ローマ帝国は地中海の制海権を握っている。ローマ帝国が地中海帝国としてある限り、都市ローマが掠奪されても、ガリアが反乱を起こしても、帝国の生命力はなお尽きない。

四一三年春、ガリアに来てから一年後、アタウルフのゴート族は総力を結集して簒奪帝ヨヴィヌスとの戦いに突き進んで行った。ローマ側との約定を果たすためだが、それだけではなく、ガリアにおける西ゴート族の威信を示すためでもある。

ゴート族軍はナルヴォンヌから進発し、ドミティア街道によって海港都市アルルに至る。アルルからはローヌ川に沿う道を北上する。ローヌ川の河畔にはガリア支配の拠点となる都市が点点とつづく。南から北へ、アルル、オランジュ、ヴァランス、ヴィエンヌ、リヨン。

戦いはヴァランス近郊で起きた。ヨヴィヌス側の連合勢力は壊滅した。戦いのもようは一切分からない。敗者もゴート族も記録を残さない。むろんローマ側も。

簒奪帝ヨヴィヌスとガリアの指導者たちは城壁都市ヴァランスに籠城した。が、包囲の末、投降した。アタウルフは彼らをナルヴォンヌまで連行し、ガリア道長官ダルダヌスに引き渡した。ローマ側の裁判権を尊重するためである。ダルダヌスは全員を都市の広場で処刑し、ヨヴィヌスの首をラヴェンナに送った。

四一三年春、アタウルフのゴート族は、ローマ側が約束した居住地域属州第二アキテーヌに移動した。この地方はガロンヌ川の流れる肥沃な地で、広広として穀作にも家畜飼育にも適していた。中心都市にはボルドーがある。

しかし、この地方は、バガウダエと呼ばれる、農業労働者・牧羊者・盗賊などからなる雑多で、幅広い違法集団によって荒らされ、治安状況は極度に悪化していた。

バガウダエはふだんは十分に組織化されてはいないが、何かの機会に総結集し、大規模な反乱を起こすこともある。その場合には、北アフリカのフィルムスの乱やギルドの乱とよく似た様相を帯びる。北アフリカの場合、アトラス山系のローマ化されていないムーア人山地系民族と、ローマ化された穀作地帯の、高率の租税や小作料や高利貸付などで没落した農民たちとが、合同して反乱を起こすという性格を示していた。

バガウダエの場合にも、ピレネー山脈のガリア側の山地系住民と、ガロンヌ川流域穀作地帯の没落農民たちとが、合流して反乱を企てるのだろう。バガウダエという呼び名も、ケルト人の戦争用語に由来するらしい。ローマの進出によって排撃された現地住民が、山地のローマ化されていない地域に、ひっそりと、しかし怨恨の民として生き残っている。

ローマ側がガロンヌ川流域の肥沃な地域にゴート族の居住権を認めたのは、バガウダエの猛威に対して、ゴート族による治安維持を期待したからである。この地域のローマ人大土地所有者たちも、西ゴート族の進出に対して、協調する姿勢を示した。彼らの中心都市ボルドーはアタウルフを受けいれた。

アタウルフやゴート族の将校たちは都市貴族の大邸宅に分散して居住した。それはいわゆる「客人制《ホスピタリス》」と呼ばれる軍と民間人との関係にかかわる制度による。軍人が軍務のため宿営地から離れて都市に滞在する場合、都市の市民は家屋の三分の一を宿泊用に提供する義務を負う。それが「客人制」である。

西ゴート族の一般兵士とその家族は、ボルドー近郊に居住したが、その詳細はわからない。

西ゴート族は、ボルドーの都市貴族や近郊地域住民と次第に共存関係を築いていったが、やがて一つの問題が起きた。ローマ側から西ゴート族に贈与されるはずの穀物六十万ブッシェルが期限が切れても搬入されなかったのである。その理由は、この年、四一三年、北アフリカの軍司令官ヘラクリヌスが反乱を起こし、穀物輸送船の出港を停止したからだった。しかし理由がいかなるものであれ、それはローマ側の問題で、アタウルフの西ゴート族にとっては明確な信義違反だった。

アタウルフはその機会を利用した。

彼は西ゴート族軍を率いて、属州ナルヴォネンシス（地中海側のガリア南端地域）に進出し、この属州の二大都市トゥールーズおよび海港都市ナルヴォンヌを掌握した。さらにアタウルフはマルセイユまで進軍し、都市を包囲したが、間もなく撤収してナルヴォンヌに帰還した。

アタウルフのこの一連の軍事行動には一つの明確な意図があった。

アタウルフはローマ側に対して全面戦争を企図していたわけではない。海港都市ナルヴォンヌの領有も決して掠奪目当てのためではなく、地中海諸都市の貿易商人から大量の穀物を買い入れるためである。この時期、アタウルフの西ゴート族は、居住地域の属州第二アキテーヌおよび新たに進出した属州ナルヴォネンシスにおいて一切の掠奪を行ってはいない。

アタウルフは、穀物六十万ブッシェルの信義違反を名目に、一大軍事デモンストレーションを行ってゴート族の軍事力をローマ帝国に印象づけ、現在のコンスタンティウス将軍中心の軍の構成をアタウルフ中心のものへ切り替える意志を示したのである。彼の構想は、かつてのアラリックのように、西ローマ帝国と西ゴート族が一体となり、西ゴート族が軍事的指導権を握るというものだった。

今、アタウルフの構想を実現するためのかけがえのない協力者として、皇女ガッラ・プラキディアがいた。二人はこの構想を実現するために大きな舞台を設定し、彼ら自身が主役を演じた。すなわち彼ら二人は、四一三年の一連の軍事デモンストレーション直後の、四一四年一月一日、ナルヴォンヌで結婚式を挙《あ》げたのである。

結婚式は、ナルヴォンヌの都市貴族インゲニウスの大邸宅で行われた。ガリア南部の有力な都市貴族・貿易商人たちも多数招かれ、ゴート族の指導層と共に挙式に参列した。

盛装したガッラ・プラキディアは美貌伝説のなかの女《ひと》である。誰の眼にもひときわ華やかに見える。アルジェリアのステファヌ・グセル美術館所蔵の銀盤レリーフのガッラは、繊細な顔つきで、大きな瞳をもっている。その、時には愁いに満ちる黒い大きな瞳を、この時には明るく煌《きらめ》かしていただろう。

アタウルフは背が高く、ゴート族特有の緑がかった眼と、彫りの深い端正な顔立ちをしていたが、この時の礼装はローマ軍将校の軍服姿だった。

花嫁ガッラは西ローマ帝国を象徴し、花婿アタウルフはその花嫁に仕える武官を象徴する。それは西ローマ帝国と西ゴート族との親密な関係、いやそれ以上に排他的な関係を表現するものだった。運命を共にするというガッラとアタウルフとの結婚の誓いは、同時にローマ帝国と西ゴート族との提携の誓いでもあった。

挙式の後に、アタウルフからガッラに宝石類を収めた美しい象牙細工の宝物箱が贈られた。この贈与は、ゴート族からローマ帝国への掠奪品の返還にほかならなかったし、四一〇年の出来事を解消するための和解の象徴劇だった。

おごそかな祝賀の儀式の後、アタウルフは短い演説をした。その言葉は列席したナルヴォンヌの都市貴族によって、ベツレヘムにいるヒエロニムスにも伝えられた。ピエール・クルセルの前掲書がそれを紹介している。

彼（アタウルフ）は親しい人びとに語った。彼のもっとも熱烈な願いは、ローマの名を消しさり、全ローマ領を一つのゴート帝国となし、すなわちローマーニアをひとつのゴディアとなし、カエサル＝アウグストゥスとなることであった、と。しかし――彼は経験によってそれを知ったのであるが――ゴート族は、野放図な蛮行にしたがって、法に服することがなかった。そして国家から法を禁じてはならなかったのだ。それなくして国家はもはや国家ではない。ともかく彼はゴート族の力によって、もとのままの姿で、ローマの名を再興し、かつ拡大して、彼の名声をあげることを選んだ。もはやローマを変えることは不可能であったから、それを再興することで後世の人びとの目に伝えられようとして。また同じように、戦争することをやめて、平和を望んだから。

アタウルフの言葉が、どこまで正確に伝わっているかは分からないが、おおよそのところはこの時の結婚式の舞台によく合致しているように見える。彼は一大ゴート帝国を構築する野望を持っていたが、それを捨て、ローマ帝国の再興によって名を残すことを選んだという。彼が一大ゴート帝国構築を実際に考えたとは思われないが、この時の舞台での表現技巧としてはありえただろう。またローマとの戦争ではなくローマとの平和を望んだとも言うが、アタウルフとガッラとの結婚は、その象徴劇であり、その決意の表明だった。

アタウルフの言葉のなかに、ゴート族には法がなく、ゴート族のみでは法治国家になれないという言及もある。おそらくアタウルフは、そのようにガッラ・プラキディアに説得されたのだろう。西ローマ帝国と西ゴート族双方にとって一体化する以外に幸福への道はない。それはちょうどガッラにとって、アタウルフと結婚する以外に幸福への道がないのと同じことだった。

コンスタンティウス将軍はガッラの返還を要求していた。アタウルフとガッラはこの要求を拒絶し、むしろコンスタンティウス将軍を排除して、西ローマ帝国とゴート族、そして二人の運命を結びつけようとした。

ガッラとアタウルフとの結婚は、ラヴェンナ宮廷はむろんのこと、遠方のコンスタンティノポリス宮廷にまで衝撃を与えることになる。宮廷ばかりではない。その知らせは帝国の隅隅に伝わり、人びとの集まる所いたる所で語られた。やがて聖書のなかの一つの予言が、今この時代に実現したかのような風評までも飛び交《か》った。

何年か後、南の王の娘が友好をはたすために北の王に嫁《とつ》ぎ、両国は同盟するであろう
Post finem annorum foederabuntur filiaque regis austri veniet ad regem aquilonis facere amicitiam（ダニエル書十一章六節）

＊

アリピウス、アウグスティヌスを語る

その九、神の国

四一〇年、ローマの掠奪があり、その後、ゴート族はイタリア半島を行き巡りながらガリアに入って行きました。すでにヴァンダル族たちはガリアから、私たちの同僚のオロシウスの故郷スペインに

入り込んでいました。このような蛮族の動きとも関連して、多くの簒奪帝が現れては消えてゆきます。ちなみに四一〇年頃に限って見てみますと、帝国東方の正帝テオドシウス二世および帝国西方の正帝ホノリウス以外に、ローマには西ゴート族が一時擁立した簒奪帝アッタルス、ガリアにはブリテンから来た簒奪帝コンスタンティヌス三世、スペインにはそのコンスタンティヌス三世に反逆して皇帝を自称するゲロンティウス将軍の子マクシムスがおりました。簒奪帝や蛮族の横行に加えて、正帝のもとでの権力をめぐる争いも生じて、四〇八年のスティリコ体制の瓦解以後、政情は見通しが定かでなく不安の立ちこめる気配がいたるところで感じられるようになります。ともあれ、こうした時代のなかで、アウグスは『神の国』という著作を構想し、長い年月をかけて、そう、四一〇年ころから四二五年ほどに至る間、執筆をつづけ完成させることになります。

アウグスは、イタリアやガリア、スペインなどで進行する時代の動きを見つめながら『神の国』を書きつづけてゆきました。この執筆の十五年の間、深刻な出来事が次々と立ち現れ、次の出来事に連なってゆきます。アウグスは確かにこの時代の内側にいて、時代の動きを人びとと共に生生《なまなま》しく感じ取っておりますが、同時に彼はそれをこの北アフリカの地から見ています。ローマ帝国を震撼させるような出来事に対して、その影響が急速に及ぶ地域のなかでは、冷静に距離を置いて見ることは難しいでしょうが、この北アフリカの地に立てば、帝国の中央《センター》での動向や時代の問題を広い視野のなかで見ることができます。アウグスの『神の国』が時事論のようなものに終わらないで、長大なパースペクティブのなかで時代の問題を考察できた理由の一つがここにあるかと思いますが、もちろんそれだけではありません。人間がどこから来てどこへ向かうのか、という根源からの問いかけをもって神と人間との関係をたずね、そのなかで時代の問題や人間のかかえる根本の問題が考察されるようになったのは、私には、あのオスティアでの、アウグスと母モニカとの神にかかわる神秘に満ちた体験があったればこそとしか思えません。みずからの存在の創造者である神の存在を一瞬精神によって覚知し、そしてこの現世へ突き離されるようにしてもどり、その後いつしか神のいます所にもどることをめざす旅路、それはアウグスの人生の旅路なのでしたが、『神の国』はまさにその旅路を人類史のなかに見ようとするものだからです。

前置きが長くなりました。もう夜もだいぶ更けてきましたから急がねばなりません。『神の国』という著作について、肝要と思われる事柄にかぎってお話したいと思います。

まず最初に、この著作が異教および異端に対する論駁《ろんばく》書であることを確認しておきましょう。特に最初の数巻は、ローマの異教の神々がいかに無力で、またいかにローマ人の道徳を荒廃させてきたか、さらにその神々の不合理で奇怪でばかげた様相などをあますことなく語っていますから、その点は明白でしょう。

この最初の数巻は、直接には、蛮族によるローマの掠奪をキリスト教の所為《せい》にする異教徒たちへの反駁のために書かれました。キリスト教が広まり、ローマ伝来の神々への祭儀が途絶えたので、ローマは神々の守護を失って掠奪にあったのだと彼らは言い出したのです。

すでに異教寺院は閉鎖され、異教の祭儀は国法によって禁じられています。けれども季節がめぐり来たり、古くからの祭暦や慣習のなかに古き神々はかろうじて生きのびていて、ローマの掠奪などのような機会にその禍禍《まがまが》しい力をふるおうとしたのですから、アウグスは彼ら古き神々の虚しく酷い偽りの姿をあらわにさし示し、ひたひた流れる異教の根底を穿《うが》つことになったのでした。

この最初の異教論駁の数巻は皇帝書記官マルケリヌスに献呈されました。彼はラヴェンナ宮廷に反発するローマ元老院守旧派の人びとが異教徒たちの動きを支えていることに憂慮していました。覚えているでしょうか。そのマルケリヌスは、かつて、ペラギウス主義の異端がローマから北アフリカに上陸し、急速に広まる危険があることを私たちに語り、教義の面で厳密に検討を加えることを要請したのでした。その時から、ペラギウス主義との戦いはアウグスの大きな課題となりましたから、『神の国』という著作は、ローマ古来の異教とは別に、このペラギウス主義を論駁する書でもあります。

ペラギウス主義の幾つかの主張と、それに対するアウグスの論駁《ろんばく》それじたいは、すでにお話ししましたから、繰り返すのはやめましょう。ではそれとは別に、どういう意味で『神の国』がペラギウス主義の論駁の書であると言えるのか、と、あなた方はお訊《き》きになるかもしれません。

ペラギウス主義とアウグスとの相違は、つきつめてゆくと、私たちに自由な意志があるかどうかという点にゆきつきます。ペラギウス主義は、人間は善き神の被造物として、神の眼から見ての善と悪、いずれかを自由に選ぶ力があると言います。この神から与えられた力が自由意志です。それに対してアウグスは、最初の人間は確かに自由な意志の担い手として創られたが、しかし人類の祖先であるその最初の人間の罪によって、その祖先の罪の末《すえ》である人間は自由意志が損傷されてしまい、生まれながらにして罪深き存在として立ち現れて来ると考えます。自由意志はあるけれども、すでに損傷してみずからの力だけでは善を選ぶことができないと言うのです。ですから争点はつきつめてゆくと原罪という問題に帰着します。アウグスの『神の国』という著作は、この原罪ということを基点において、その後の全人類の歴史をたどってゆき、神の国と地の国という救済史の相克を描き出すのです。ですから『神の国』は、ペラギウス主義の一つ一つの論点を論駁するわけではありませんけれども、原罪を基点にして全人類の救済史の道筋を描くことにおいて、ペラギウス主義の発想を根底から覆《くつがえ》しているのです。自由意志による自己救済というふうな、ペラギウスの夢想は、この神の救済史のなかで、触れられずして、しかし根本から、否定されているのです。分かっていただけるでしょうか。残念ながらアウグスの叙述それ自体については、今は立ち入ることができませんが、しかし原罪ということについては、一言《ひとこと》どうしても付け加えておかねばなりません。と言いますのは、今の話を聞いて、あなた方はきっと、なぜ原初の人間が罪を犯したからといって、その子孫までもが自由意志を損傷されて生まれて来なければならなかったのかと、心のなかで疑問に思っているに違いないからです。

アウグスは原罪について、旧約聖書に依拠し、その教えに従って原罪の存在を論証しておりますが、実は彼にとってそうした論証や教義は後からのもので、それ以前に、原罪なるものをつきつめ、見つめてきた経緯がありました。アウグスは『告白』を書いた人です。神の眼の前に立って、どこまでも厳しく自分自身を見つめ、ふつうには気づかぬような心の襞《ひだ》、感性の奥にも、神に逆行しかねない薄気味の悪い心の動きを認め、またみずからの意志のなかにも妥協や自己欺瞞《じこぎまん》、あるいは、たとえば謙虚さを誇る傲慢のような倒錯、などなどを抉《えぐ》り出す内省の人でした。私にはアウグスただひとりが自分自身に正面から立ち向かい、厳しく自分自身を吟味できた人のように思えるのです。ともすれば原罪という事柄をめぐって、言葉や理屈だけの争いが生じます。もし私たち自身が、誠実に自分自身を見つめたならば、見つめることができたならば、一体誰が原罪というミステリウムの存在を否定できるでしょうか。アウグスは論争の人です。カトリック教会の教義を守る人です。しかしその教義はアウグスその人の生きた体験の表現なのです。この世は、みずからの悪や罪の記憶をかき消したり、みずからの悪や罪への感覚を鈍麻させるための、工夫や装置で満ちておりますが、それら虚偽の文化そのものが人間の原罪の所産にほかなりません。

さて、『神の国』は、旧約聖書の解釈にもとづいて構築されています。マニ教はこの旧約聖書を聖書としては認めず、意味なきものとして投げ捨ててしまいました。反対にユダヤ教は新約聖書を認めず旧約聖書のみを聖典としております。アウグスは、旧約聖書の世界のなかに、キリストとその教会の予示や予兆を見るだけではなく、実際にその時代のなかに、神の恩恵によって神の国をつくっていた人びとを見い出し、その流れがキリスト以後の時代につながってゆくことを掴み取りました。旧約聖書の世界を、キリストとその教会の予示、予兆と見る見方は、司教アンブロシウスの功績です。少なくともアウグスは、アンブロシウスの影響を受けてマニ教の誤った旧約聖書の見方を抜け出すことができました。しかし『神の国』はさらにそれを越えて、旧約聖書の世界の内側に入りこみ、そこに神の国をつくる人びとの姿を見い出したのでした。人間の原罪にもかかわらず、歴史のなかで働きたまわれる神の恩恵を、アウグスはしっかりと掴んだとも言えましょう。

こうして、『神の国』は、ローマ伝来の異教やペラギウス主義あるいはマニ教やユダヤ教を論駁《ろんばく》し克服する書ではありますが、しかしその構想はなんといってもゲルマン民族の移動によってひき起こされたキリスト教アリウス派の動向に対決するものだった、と私は思います。

銀河の夜と人のいう四〇六年の出来事から、ヴァンダル族たちはガリアを放浪し、スペインに入って行きましたが、その行程でカトリック教会を迫害し、アリウス主義を吹聴し、私たちを脅《おびや》かしてこの今に至っています。また四一〇年のローマ掠奪以後、同じアリウス派の西ゴート族がイタリアからガリアへ移動してゆき、アリウス主義の影響を広めてもいきました。西ゴート族はヴァンダル族のように直接、カトリック教会を迫害するわけではなかったとしても、皇女ガッラ・プラキディアとゴート族王アタウルフとの結婚という、俄《にわ》かには信じ難い出来事も起き、アリウス派とニケア派との協調や和解を主張する人びとが多く現れてきましたし、あるいは漠然としたキリスト教一体主義とも言うべきものが広がってきて、三位一体の真理がくもらされてゆきました。

キリスト教アリウス派のゲルマン民族は、出エジプト記のモーセに導かれた神の民になぞらえて、自分たちの民族移動を装っていましたから、以前お話ししたように、アウグスは出エジプト記の出来事、その核心をなす紅海の奇跡を、キリストによる洗礼の象徴ないし予示として解釈し、ゲルマン民族の移動が出エジプト記の出来事の再現であることをすでに否定していました。しかし『神の国』になると、さらに進んで、ゲルマン民族の移動とはまったく性格の異なる神の民の歩みを旧約聖書のなかから明るみに出してきて、この真実の神の民の歩みに比べゴート族やヴァンダル族の歩みが神の国を築こうとするものではなく、その反対の地の国を地上に建てようとするものであることを、読む目のある人にさし示したのです。『神の国』は、地の国についてこう言っています。

カインはエノクを生み、その名において国を建てた。これは地の国（キヴィタス・テッレーナ）

であって、この世に寄留するのではなく、この世の時間的平和と幸福に憩《いこ》う国である。

今は具体的に立ち入る時ではありませんので、この地の国のイメージが、キリスト教アリウス派のゲルマン民族のめざすものを念頭において形象されていることだけを確認していただければ十分です。ゲルマン民族の移動は、「この世に寄留するのではなく、この世の時間的平和と幸福に憩う国」をめざすもの、兄弟アベルを殺したカインの末裔《まつえい》の建てる地の国をめざすものであって、神の国を建てようとするものではありません。そのようにアウグスは言うのです。そう言おうとしているのです。最後に、『神の国』がドナティスト派に対する論駁《ろんばく》の書でもあったことを指摘しておきたいと思います。

ドナティスト派は四一二年の勅令によって、聖堂と財産の没収、奴隷や小作の信徒であれば体刑と強制労働、聖職者の場合には流罪と定められ、厳禁されました。その結果、以前の多くのドナティスト派の人びとがカトリック教会の信徒に加わりました。しかし、なお少なからぬ者たちが地下にもぐり、見えぬ所で活動をつづけ、しかも総督たちのなかにはこのドナティスト鎮圧令を十分に実施する努力に欠く者もありました。

ドナティストたちは、ペラギウス派やアリウス派と違って、教義上、明確な異端としての特徴があるわけではありません。むしろ教義の面では雑多で、そのことについての自覚も十分ではなく、彼らを特徴づけるものといえば、彼ら自身の教会のみが、殉教をも避けることのない、選ばれた、清浄な信徒の集まりであるとする、その排他的で、自分勝手なエリート主義とも呼ぶべき独善的な性格にあります。ですから彼らは寛容に欠け、愛に欠け、カトリック教会がキリストの教会であることを何とか否定しようとして、時には暴力の行使さえ辞さないのですが、その彼らにとっては、彼らの教会がただちに神の国にほかなりません。しかし、現実の教会には、カトリックであれドナティストであれ、さまざまな人びとがおります。一体、現実の眼に見える教会と神の国とがそのまま合致するなどということがありえるでしょうか。アウグスの『神の国』は、後に見ることになりますが、このような問題に深く切り込んでゆき、高慢に高ぶるドナティスト派の、みずからの教会を神の国とする妄想を打ち砕いてしまい、合わせてカトリック教会自身にも、自己の内側を深く見つめるように警告を発しております。

いずれにしても、これらの具体的なことについては後《のち》ほどお話することにして、今の時点では、『神の国』が、まずは、異教、異端、分離派に対する論駁の書であったということを確認し、前置きはこれで済んだことにしたいと思います。が、ただこれだけですと、あれこれに対し論駁を果たしたというだけで、それらにアウグス独自の一貫性がないかのような誤解を生むおそれがありますので、ここでも最後に一言《ひとこと》だけ付言することを赦していただきたいと思います。

『神の国』は、長い年月をかけて執筆され、多くの論争相手を持ち、取り扱うテーマも広く多岐にわたりますが、全体として統一性をもち体系性をもっていて、さまざまな内容の単なる寄せ集めではありません。それはむろん神と人間との歴史において、神の国がどこから来てどこに向かってゆくのか、という中心テーマを基軸にして構成されているからなのですが、それと同時に、その構成にあたっても、あるいはそれぞれのテーマの取り扱いにおいても、絶えず一貫した視点があるからで、その視点を仮に高慢と謙虚の対称軸と呼ぶことができるかと思います。すると、これまで見てきた異教、異端、分離派に対しても、この対称軸にもとづいた論駁が行われていることがわかります。

異教徒たちは、神に栄光を帰すのではなく、みずからを栄光化するローマ人の伝統の上に立つがゆえに、論駁されました。ペラギウス主義の徒は、原罪を否定し、みずからの力で救いの門に入ることができるという思い上がりゆえに論駁されます。マニ教は、悪を肉体や物質に帰し、精神がおのれの罪を見ないというその高ぶりゆえに拒絶されます。アリウス派のゲルマン民族は、軍事力によって立つ傲慢なる地の国を神の国とみなすゆえ拒否されます。ドナティストは、みずからの教会のみを清しとする傲慢さゆえに断罪されます。

実にアウグスは神の恩恵を伝える使徒なのです。人間の高慢さ、傲慢さを打ち砕き、神の栄光を掲げるためにこの地上にやってきたのです。ローマ帝国が真実《まこと》のキリスト教帝国へと再生するためには、どうしてもアウグスを必要としたのです。

第九章　トゥールーズ王国の成立

四一四年一月一日、皇女ガッラ・プラキディアと西ゴート族指導者アタウルフとが結婚した。その衝撃は大きかった。

コンスタンティウス将軍は、ただちに海港都市ナルヴォンヌの海上を封鎖した。穀物の移入を阻止するためである。その上で、穀物六十万ブッシェルの供与と引き換えに、ガッラの引き渡しを要求した。

アタウルフとガッラは、コンスタンティウス将軍の要求を拒絶した。二人は別れるつもりはない。かといって、ローマ軍と戦う気もない。二人の結婚は、ローマ帝国と西ゴート族との一体化を意図するものだったからである。

ではどうしたのか。

ローマ軍との戦いや、ガロンヌ川流域および属州ナルヴォネンシスのローマ人土地貴族たちとの不和を回避するために、アタウルフとガッラはピレネー山脈を越えスペインの地に入ることを決めた。

スペインはガッラの父テオドシウス帝の故郷である。彼女はテオドシウス帝の宮廷詩人パカートゥスのスペイン讃歌をよく知っていただろう。それはマグヌス・マクシムスに対する戦勝記念の際、パカートゥスがテオドシウス帝に献呈したものである。ローマ元老院でのその記念式典にガッラ自身臨席していたかもしれない。

　ああイスパニア、あなた（テオドシウス帝）にとって何よりも母なる地、いずれの地よりも祝福された地、豊かさと洗練さで他の地に優《まさ》り、彼《か》の至高なる芸術家《ファブリカートル》（神）がさまざまに装われた地、
――南の酷暑にさらされず、北の酷寒におそれわれず、いずれの極からも適度にはなれて温暖で、
こちら《ヒンク》は、ピレネーの山脈によって、あちら《イリリク》は大西洋《オケアヌス》の波によって、さらに《インデ》は、地中海《ティレヌス》の海岸線によって、自然の技《わざ》の巧みさがまるで一つの別世界《アルテル・オルビス》のように囲んでいる。
加えて、数えきれぬ麗《うるわ》しき諸都市《まちまち》。
加えて、あふれる穀物の耕作地、群れなす家畜の未耕地、
加えて、黄金を生む豊かな川、
加えて、輝く宝石の鉱山《やまやま》。
私は知っている、耳に快い詩人たちの物語のなかで、少なからぬ他の民族に、敬うべきことが帰せられていることを、それらが真実がどうか今は否定しないが、
たとえばガルガルの地は小麦の大収穫があり、

メヴァニアの地は家畜が群れをなし、
カンパニアの地はガウラヌス山で有名で、
リディアの地はパクトロス川で名をなす、
けれども、一つのイスパニアだけでこれらに相当するものを数え詩《うた》うことができる。
彼女《ハエク》（イスパニア）こそ最も強靭《きょうじん》な兵士たちを、
彼女《ハエク》こそ最も経験豊かな将軍たちを、
彼女《ハエク》こそ最も洗練された雄弁家たちを、
彼女《ハエク》こそ最も著名な詩人たちを生み、
彼女《ハエク》こそ裁判官たちの母、
彼女《ハエク》こそ皇帝たちの母である。
彼女《ハエク》こそ彼《か》のトラヤヌス帝を、
彼女《ハエク》こそ彼のハドリアヌス帝を帝国に送り出した。
彼女《フィーク》に帝国はあなた（テオドシウス帝）を負っている。

（Pacatus Drepanius, R.A.B. Mynors. ed., Panegyrici Latini, Ⅻ 4, 2-5, 1964）

アタウルフの西ゴート族がピレネー山脈を越えてスペインに入ることを決めた時、ガッラ・プラキディアはアタウルフの子を身ごもっていた。それゆえこのピレネー越えは単なる逃避ではなかった。「一つの別世界《アルテル・オルビス》」に永久に閉じこもるのでなく、一時的に避難しつつ全帝国に君臨するもう一人のテオドシウス帝を産むためでもあった。その子が男の子であれば。

四一五年、冬が終わる頃、ゴート族はピレネーの山並みを越え、程《ほど》なく都市バルセロナに入った。

バルセロナ、正式名は「幸なる父ユリウス・アウグストゥスの植民都市バルキノ」で、四百年の歴史をもち、長い城壁を七十八の塔が防禦する堅固な要塞都市である。わずか四年前までは、コンスタンティヌス三世に反逆したゲロンティウス将軍の居城だった。しかし今バルセロナはアタウルフとガッラをスペインの救済者であるかのごとく迎え入れた。この当時、スペインにはヴァンダル族、アラン族、スウェブ族がいた。バルセロナはスペインの守護をローマ中央政権ではなくて、アタウルフ＝ガッラのゴート族に期待したか。

バルセロナに来て間もない三月の末、西洋藤の空色の花がいっせいに咲き、街路に芳醇な甘い香りが流れ、蜜を集める蜂がぶんぶんと音を立て飛び交《か》う頃、ガッラ・プラキディアは男の子を出産した。その子はテオドシウスと名づけられた。その名は、東方のテオドシウス二世と一対《いっつい》をなすもので西ローマ帝国におけるテオドシウス朝の正式な継承者であることを主張していた。コンスタンティウス将軍がいかに実力者であっても、子供のいないホノリウス帝の後継者となることはできないであろう、バルセロナに正統な血統と西ゴート族の軍事力とがあるのだから、と……。

けれども、春が陽炎《かげろう》とともに過ぎてゆき、バルセロナの街路に、合掌する両手をそっと開いたようにマロニエの花が咲いた頃、アタウルフとガッラの子テオドシウスは短い生命《いのち》を終えた。幼子は白い正絹《しょうけん》の布を敷いた銀の柩《ひつぎ》に横たえられ、バルセロナ郊外の糸杉《し》のある墓地に葬られた。

この時からずっと後《のち》、三十六年後の四五〇年、ガッラはこの墓地から銀の柩を掘り起こさせ、ローマに運び、教皇レオ司式のもとで皇室の廟堂に改葬した。銀の柩には、「テオドシウス最も高貴な《ノビリッシムス》少年《プエル》」という刻文があった。この改葬の年、ガッラも死に、同じ廟堂に葬られた。

幼子テオドシウスの死が、西ゴート族の間に何か迷信じみた雰囲気をつくったのかどうか、それは分からないが、その死の二、三ヵ月後、アタウルフは暗殺された。

暗殺者はシンゲリックという名で、暗殺の動機は私怨だったと言われている。しかしシンゲリックがアタウルフの地位を継承するため民族集会を開いた時、バルセロナから集会地までの十二マイル（約十九・三キロ）、ガッラおよびローマ人捕虜を馬上の前、徒歩で歩かせたと言われている。そうであればシンゲリックとその支持勢力は反ローマ派の一線でまとまっていたといえる。なお、民族集会というのは武装能力をもつ一般男子の民会で、指導者の選出などに関し、歓呼で意思表示する最高決定機関である。古いゲルマン部族の伝統がなお生きている。

伝承によれば、シンゲリックは、アタウルフ暗殺後、アタウルフの先妻の子供を、血の復讐義務（親の敵討《かたき》ち）を怖れて殺害した。その時西ゴート族のキリスト教アリウス派祭司シゲサリウスが必死に制止した。にもかかわらず、それを押しきって強行したという。この伝承は、シゲサリウスという固有名詞をともなっていることや、あるいは全体の内容からして、実際の出来事の一端を伝えているように思われる。そうだとすると、暗殺者シンゲリックとその一派は旧い部族主義的な伝統を引きずった、キリスト教に距離を置く、反ローマ派の集団だったと言えるだろう。

ガッラの子テオドシウスの死、つづくアタウルフの暗殺という出来事はローマ帝国各地に急速に伝わった。東方のコンスタンティノポリスでは、アタウルフの死を歓迎する祭典が行われたとも言われている。ふたたびダニエル書の預言が人びとの口の端《は》に上《のぼ》るようになった。それは、ガッラの結婚の際のダニエル書の預言に、ダニエル書の続く一行を加えたものだった。

――何年か後、南の王の娘が友好をはたすために北の王に嫁ぎ、両国は同盟するであろう。
――だが、彼女は（それを）武勇ある腕の力によっては維持できず、またその子をも固く立てることはできないであろう。 et non obtinebit fortitudine brachii, nec stabit semen eius

（ダニエル書十一章六節）

人びとがバルセロナの出来事をあれこれと噂《うわさ》していた頃、当のバルセロナでは新しい事態が急速に進行していた。

アタウルフを失った後、西ゴート族は一時、深刻な亀裂状態に陥った。が、間もなく、これまでのアタウルフ側の勢力とその他の勢力が連合し、古く狭い民族主義の伝統に立つシンゲリック一派を一掃したのである。

西ゴート族の新しい指導者はウァリアという名の男で、指導者になった経緯や経歴などは一切分からない。アタウルフ死後、このウァリア指導の西ゴート族がめざしたのは、ローマとの同盟契約でもなく、戦争でもなく、かつてのアラリックのごとく北アフリカへ渡海することだった。ウァリアのゴート族はスペイン南端のカディスの港から北アフリカへ渡ろうとしたのである。

カディスは、ジブラルタル海峡に面するタリファ岬から百キロほど西の大西洋岸の港である。バルセロナからカディスへ、明らかにヴァリアはローマ軍が制海権を握る地中海沿岸の道を避けた。スペイン内陸部の道によってカディスを目指した。この一千キロを越える未知の、山ばかり多い地の道程はどんなにか苦しく、苦難に満ちたものだったか。強い目的、強い信仰、強い希望、そのような心の支えなくしては一つの民族がこの試練を越えることはできなかっただろう。西ゴート族は、ヴァンダル族たちと同じように、おそらくアブラハムの伝承や出エジプト記にもとづく信仰を抱いて、約束の地をめざしたのだろう。

しかし、その一千キロを越える苦難の旅路の果て、カディスの海は晩秋の暴風で荒れ狂い、この時も渡海は失敗した。その間の事情は闇におおわれている。

しばらくの間、西ゴート族の行方《ゆくえ》は分からなくなる。

再び西ゴート族が資料に現れるのは、ピレネー山脈の麓《ふもと》の地においてである。その地、属州タラコネンシスは、当時なおローマの勢力圏域だった。

ヴァリアを指導者とする西ゴート族は、渡海失敗後ホノリウス帝の将軍コンスタンティウスと契約を結びこの属州に来た。契約の内容は、その後の経緯から判断すると、ガッラの返還、および、ローマ帝国のために西ゴート族がスペインのヴァンダル族たちを駆逐すること、代わりにローマ側は六十万ブッシェルの穀物を供与し、ガリア南西部ガロンヌ川流域の肥沃な地方をゴート族に割譲する、というものだった。

ガロンヌ川流域の広大な地域は、以前アタウルフの時に居住権が認められたことがあったが、今度は居住権の承認ではなく、割譲であり、それが実行されればここにゴート族の国家が建設されることになる。

契約に従って、西ゴート族の大規模な兵団は属州タラコネンシスから出陣し、ローマのための激しい代理戦争に突入した。

その結果、ヴァンダル族の二大支族のうち一支族は壊滅した。アラン族も同じく壊滅し、もはや独立の民族として自立できず、残りのヴァンダル族と合体した。

こうして、西ゴート族は契約通り、ガリア南西部ガロンヌ川流域の地を領有した。

西ゴート族はそれでよかったが、この契約のローマ側の当事者であるコンスタンティウス将軍は何を得たのだろうか。

彼はこの契約によって、西ゴート族をヴァンダル族たちと戦わせ、ローマ軍無傷のまま大きな軍事成果を得た。ヴァンダル族とアラン族の征服者という称号《タイトル》を手に入れ、翌年の執政官《コンスル》に任命された。しかしむろん称号自体が目的ではなかった。コンスタンティウス将軍が本当に意図していたことは、スペインの領有に加えて、ガッラ・プラキディアと結婚し、帝国西方ホノリウス帝の同僚皇帝となることだった。しかもそのことについて、ホノリウス帝の内諾を得ていたのである。

もちろん、ガッラその人の意志が問題だった。ガッラが将軍との結婚を拒絶すれば、西ゴート族と西ローマ帝国との契約は成り立たない。

その場合、西ゴート族はどのように生きていくのか。カディスからの渡海は失敗した。ガッラとアタウルフとが結婚して以来、地中海海上は封鎖されている。

ローマ帝国と戦うべきか。

しかしガッラがアタウルフと結婚したのは、西ゴート族とローマ帝国とを結ぶためでもあった。アタウルフも同じだった。彼が死んでも、その意志は残る。

アタウルフがパートナーだった時、愛と政治は一致していた。今はそうではない。それにもかかわらずガッラは決断しなければならなかった。その決断に、今後の西ゴート族と西ローマ帝国との運命がかかっていた。

四一七年、ガッラ・プラキディアはコンスタンティウス将軍と結婚した。

四一八年、西ゴート族はトゥールーズを王都として独立の国家を建てた。

四二一年、コンスタンティウス将軍はホノリウス帝の同僚皇帝となった。

西ゴート族は、ヴァンダル族たちとの戦争、およびガッラの犠牲の上で、南西ガリア（属州第二アキタニカおよび隣接の属州ノヴェムポプリと第一ナルヴォネンシスの一部を加えた地域）に王国を建設した。ドナウ河の渡河、つづくハドリアノポリスの戦いの時からほぼ四十年の歳月が経過していた。

南西ガリアは、言うまでもなくローマ市民権をもつ住民の居住地域である。西ゴート族の建国したトゥールーズ王国は、征服による国家ではなく、ローマ帝国との協約による同盟国家なのだから、彼らガリア＝ローマ人たちと西ゴート族との関係が問題となる。彼らを追放するのではなく共存するのだから、共存のあり方が問題となる。

その仕組みについて、以前の学説は「客人制《ホスピタリス》」を考えていた。前に触れたが、兵士が軍務のため都市に宿泊する場合、民間人は宿泊場として家屋の三分の一を提供する制度のことである。トゥールーズ王国の場合には、この制度が家屋だけではなく土地所有にも応用され、ガリア＝ローマ人の土地の三分の一が西ゴート族に譲渡されたのだろうと考えられてきた。

しかし、実際問題として見たとき、三分の一の土地譲渡をどのように行うのか、譲渡後の土地所有関係において相互の軋轢や不和が生まれないのか、など、幾つかの問題が予想され、これとは違う新しい説が現れてきた。

新しい説によると、ガリア＝ローマ人の土地所有権は以前のまま尊重される。同様に、この土地所有に対して、以前と同じようにローマ人の官僚制（地方役人組織）によって租税徴収が行われる。しかし以前とは違って、この徴収された租税はローマ側に帰属するのではなく西ゴート族王のもとへ流れ、そこから今度は西ゴート族兵の俸給として支出される。個個の西ゴート族兵は土地所有者ではないから、ガリア＝ローマ人の土地所有者と直接の接触関係をもたず相互の軋轢を回避することができる。

この新しい説は古い説よりも実情に適《かな》っているように見える。

この説に従えば、西ゴート族は、徴税以外にもローマ人の役人組織を活用して、ローマ法による私法関係の行政を実施できる。また西ゴート族は農業や牧畜に従事することなく、世襲の軍事支配階級として、あのアラリックの構想を実現することができる。

ガリア＝ローマ人からしても、表面上の主権の交代にもかかわらず、これまで通りの土地所有権を維持することができる。このことに関して、興味深い一つの史実がある。

以前はボルドーの都市貴族で、今は零落してマルセイユに住むパウリヌスという人物がいた。彼によれば、ある時、トゥールーズ王国のひとりの西ゴート人がボルドー近郊の彼の土地を買うために、遥遥《はるばる》マルセイユまでやって来たという。次の引用はクルセルの前掲書からのものである。

私がマルセイユで所有しえていた全財産は略奪にあったので、それについて所有権さえ見失ってしまっていた。あなた（神）が私のために、ゴート族の中から見知らぬ買手を出現させたとき、財産を抵当に入れることさえ余儀なくされていた。かつて私のものであった小さな土地を買いたいと願って、彼はその土地について私に進んで値段を伝えた。もちろん、それはこの土地の価値にくらべれば捨値であった。〔しかし〕白状するが、私はそれを天の贈りものとして受けとった。

西ゴート族のトゥールーズ王国において、ローマ人土地所有者の所有権は、王国の外にいてもなお有効性をもっていたのである。

他方、西ゴート族国家内部のローマ人農民が、この外国人支配をどのように受けとめたのか、これについては、ある研究者の言葉を紹介したい。

彼ら（ガリアのローマ人農民）は、ローマの人道愛《ユマニテ》を蛮族の間に捜すために、敵（蛮族、西ゴート族）の側に逃げてゆく。なぜならば彼らは、ローマ人の間に、蛮族的非人道しか見い出さないからだ。（S.Teillet, Des Goths a la Nation Gothique, 1984, p.173）

ガリアのローマ人農民は、ローマ帝国下、高率の租税とその強制執行（税未納の場合の過酷な懲罰）によって苦しめられてきた。バガウダエのような違法集団が噴出するのはその一つの結果である。西ゴート族国家が租税を緩和するならば、彼らにとって敵味方がむしろ逆になる。つまりトゥールーズ王国を拒絶する理由はない。しかもこれまでローマ帝国は、ガリアから租税を搾《しぼ》り取るにもかかわらずガリアを内外の敵から守る力や意志が十分あったわけではない。支配者のトップが皇帝から西ゴート族王に代わっても一体いかほどの相違があるだろうか……。

こうしてトゥールーズ王国は、南西ガリアの領域内でそれなりに軋轢を回避した。しかし、トゥールーズ王国の成立は、ローマ帝国の崩落を白昼に晒《さら》すものだったから、帝国内部に深刻な衝撃を与えずにはおかなかった。

トゥールーズ王国成立後まもなく、帝都ラヴェンナに、東方からリバニウスという名の一人の魔術師がやって来た。彼は都の路地裏の宿屋で、占いや病人の治療をした。難病の者や医者に見限られた者たちが癒《いや》され、しだいに評判が広まった。その治療は、患者だけを部屋に入れて戸を閉め、窓のカーテンを引き、香を焚《た》き、同じ呪文を繰り返すというふうのものだった。最初はかすかな声で、単調に、やがて少しずつ抑揚をつけ、そしてふたたびもとにもどる。まもなく病人は眠りに陥る。

去ってゆけ、去ってゆけ、いずこから来たるとも、いずこへおもむこうとも、去ってゆけ、去ってゆけ、この病《やまい》、この病気、この苦痛、この膨《ふく》れ、この赤み、この腫《は》れ、この膿瘍《のうよう》、この腫瘍《しゅよう》、この潰瘍《かいよう》、去ってゆけ、去ってゆけ、我は汝らに命じる、我は汝らに命じる……

魔術師リバニウスはやがて都の広場に姿を現すようになった。人びとに囲まれると、自分はいま難病をもたらす悪霊たちを呪文で追い払っているが、その悪霊たちを使って、武器を使わず、蛮族たちを破滅させることができる、と言い始めた。その言葉を熱心に信じる者たちが日毎に増え、帝都はその噂《うわさ》で持ちきりになった。宮廷もまた例外ではなかった。疑い深い皇帝ホノリウスさえも、いや多分それゆえに、魔術師リバニウスに強い関心を示した。ただ一人、例外はガッラ・プラキディアだった。ガッラはゴート族を敵視する風潮に反発した。彼女は夫コンスタンティウス将軍に三八九年の魔術者取締り法をさし示して、魔術者リバニウスの処刑を求めた。もし処刑されないのであれば、違法の夫に対して妻は独断で離婚できる、という法律にもとづき離婚するとも言った。コンスタンティウス将軍は魔術師リバニウスの処刑を命じた。

魔術師リバニウスの事件は一つのエピソードにすぎないが、トゥールーズ王国の成立が帝国全体に及ぼした、鬱屈《うっくつ》した不満や不安を象徴している。ただしローマ帝国の崩落はトゥールーズ王国の成立以前から始まっていた。

ブリテン島ではすでに四〇九年頃、ガリアのバガウダエに似た、奴隷、小作、日雇い農業労働者、逃亡兵などからなる大規模な反乱が起き、ローマ法やローマ官吏組織の廃止、ローマからの独立を志向していた。外からはサクソン族らの侵入が激化した。正規のローマ軍がガリアに移動してからはブリテン軍管区は解体した。ロンドン、ウィルラミウム、シルチェスター、リンカーンなどのローマ諸都市は、ラヴェンナの皇帝ホノリウスに救援を求めたが、四一〇年、皇帝はブリテンの諸都市に自衛するように通告しただけだった。それ以後、ブリテンは小領域国家が乱立する道をたどり、ローマの貨幣は姿を消した。さらに石材や煉瓦の家家の代わりに木造の家屋、ろくろによる薄手の陶器の代わりに手びねりの素朴な陶器が現れるようになる。もっとも、このような考古学上の証言が、ただちに文化そのものの衰退を意味するとはかぎらない。ローマの格差社会の代わりにブリテンの土着文化がゆっくりと立ち上がるきざしなのかもしれない。いずれにせよブリテンはもはやローマ世界の一部ではなくなった。

他方、四一三年以来、ライン河方面ではブルグンド族がライン左岸を占拠し、定住を開始している。それはかつてのような一時の、掠奪目当ての行動ではない。ガリアに進出する拠点の構築をめざすものだった。

スペインでは、西ゴート族の軍事力によってヴァンダル族たちに甚大な損害を与えたが、その地をローマ領として十分に回復できたわけではなかった。

北アフリカでは、フィルムスの乱、ギルドの乱、ヘラクリヌスの乱がつづいた。反乱は鎮圧されたが、反乱の社会基盤は残った。

トゥールーズ王国の成立は、このようなローマ帝国の内側の危うい状況を歴然とさせるものだった。ローマ帝国の将来への不安は、宗教領域にも影を落としている。

ローマ教皇が異端として宣告したペラギウス主義が、ガリアやブリテンで広まる傾向を示し始めた。

またスペインやガリアでは禁欲主義・奴隷制廃止・カトリック教会からの分離・現世の拒否を標榜するプリスキリアヌス主義のような、終末論的な色彩の濃い異端が現れた。トゥールーズ王国を実現した西ゴート族や、放浪するヴァンダル族たち、あるいはその他ゲルマン系諸族のキリスト教アリウス派の異端も、カトリック教会にとって危険性を増してゆく。

＊

アリピウス、アウグスティヌスを語る

その十、神の国（つづき）

アウグスの『神の国』が、異教、異端、分離派の高慢さ、傲慢さを打ち砕くものであったことは理解していただくことができたと思いますが、もちろんその点は『神の国』の根本の内容、つまり神の国と地の国との区別に貫かれてゆきます。地の国においては、人びとは自分を愛し、自分を誇り、自分に栄光を帰そうとし、他者を支配しようとする支配欲によって自分自身が支配されていますが、これらはいずれも高慢《スペルビア》というふくれあがった心から現れてきます。それに対して神の国の人びとは、神を愛し、神を誇り、神に栄光を帰し、おたがいどうしは愛によって仕えますが、これらはいずれも高

ぶりを打ち砕かれた謙虚《フミリタース》という心の発露であると言えましょう。

このような、地の国と神の国とを区分けする標識は、アウグスが『神の国』という書を執筆する当初からあったものです。しかしその後、神の国と地の国を区分する新しい指標が加わり、この書の執筆後期になってからは、そちらに多くの叙述が割《さ》かれるようになりました。その新しい指標というのは、「寄留《ペレグリヌム》」あるいは「寄留者《ペレグリヌス》」という神の国の人びとを特徴づける地上でのあり方のことです。この新しい指標の登場とその展開のなかに、アウグスの、時代に対する鋭敏な洞察を読み取ることができると思いますが、そのことを説明するために、まずはすでに紹介した地の国の成立についての彼の言葉をもう一度繰り返しておきたいと思います。

カインはエノクを生み、その名において国を建てた。これは地の国であって、この世に寄留するのではなく、この世の時間的平和と幸福に憩う国である。(『神の国』一五巻一七章)

カイン、あの兄弟殺しのカインは、地上をあちらこちらさ迷っていたのですが、その後継者エノクが国を建てた。エノクの世代は、この世に「寄留する」のではなく、この世に安住するために地の国を建てたとアウグスは言います。このような地の国の特徴づけが現れる『神の国』第一五巻は四二四年から四二五年頃に書かれていますが、その六、七年前にキリスト教アリウス派のゴート族がトゥールーズ王国を建てているのです。また、その少し前には、ヴァンダル族たちがスペインに定住しています。いずれの場合も、最初の世代の放浪後の、次の世代による建国ないし定住です。ちょうどそれは、カインの放浪後の、次のエノクの世代の建国に対応するのです。

さようです、神の国と地の国のちがいというテーマは、寄留という指標の導入によって、ゴート族やヴァンダル族たちの国家の成立という時代状況に正面から取り組むアウグスの姿勢を示しているのです。『神の国』という著作は、いつの時代にも通じる真実を語っているのですが、しかしアウグスはつねに、彼の時代の問題を真剣に省察することによって、時代を越えるその真実に至るのです。ですから彼の言うことを理解するためには、今の場合、どうしても「寄留《ペレグリヌム》」あるいは「寄留者《ペレグリヌス》」という指標に着目せざるをえません。

寄留あるいは寄留者という言葉は、そもそもは旧約聖書のなかで使われている言葉です。古代のイスラエル十二部族の世界において、ある者が自分の部族を離れて他部族の領域に滞在する場合、その人は寄留者と呼ばれ、客人として受け入れられるのですが、他部族の成員と同等になるわけではありません。その人の本来の所属はあくまで故郷の部族だからです。もしこの寄留の地で、その人にかかわる事件や争いが起きたような時には、その人は寄留している部族の成員としての権利を持っていませんから、誰か他部族の中の者に庇護者を見い出し、生命や財産などを守ってもらわねばなりません。そのような状態にある者を「寄留者」と呼びます。

ところで、この古代イスラエルの民族は、しばしば、他の民族の地を通過したり、あるいは一時的に、他の民族の地に居住したりする境遇に陥りますが、その場合にはイスラエルの民族全体が寄留者、寄留の民ということになります。

おおよそこれが旧約聖書のなかの寄留という言葉の内容ですが、この言葉は新約聖書のなかにも受けつがれ、新しい意味あいを帯びて使われてもいます。第一ペトロの手紙は、キリスト教徒を寄留者《ペレグリヌス》と呼びかけ、都市のなかで十分な権利を持たずに仮住まいする者という意味で使っています。この場合の寄留者の意味あいは、旧約聖書の場合よりも精神面にアクセントが置かれているようです。ある都市の市民が、他の都市に滞在する場合、その都市の市民と同等の権利を持たないので、寄留者《ペレグリヌス》なのですが、第一ペトロの手紙は、そのような意味よりも、むしろキリスト教徒たる者は、この世において、寄留者としてのあり方をつづけ、この世に泥《なず》んでしまうべきではないという意味でその言葉を使っているからです。

以上は前置きです。アウグスはこのような背景をもつ寄留者という言葉を使って、神の国と地の国を分け、神の国の歴史をたどってゆきますから、私たちもその後についてゆくことにします。

地の国は、すでに話しましたように、カインの系譜によって建てられます。それに対して神の国は、カインに殺されたアベルを神が憐《あわ》れみ、その神によってアベルを継ぐ者とされたセツの系譜によって建てられます。ですから神の国の起点に神の憐れみがあります。

セツの系譜の人びとによって存続してきた神の国は、その後、ノアの箱船のなかに明確な姿を現すことになります。地上は水におおわれ、カインの系譜に立つ地の国はすべて滅んでしまい、ただノアと彼に属する人びとの箱船だけが、神に導かれ、神にみずからを託して、水の上を浮いて進んでゆきます。みずからの計《はか》らいを捨て、危険と苦難のなかを神にのみ従い耐えてゆくのです。神への信頼が希望を生みます。私たちのカトリック教会がこのノアの箱船のようであったならば、どんなにかさいわいなことでしょうか。アウグスはそのような心持ちでノアの箱船を見つめているのですが、それはともかく、いつしか、洪水の時は終わります。ノアの息子たちの子孫がかぎりなく増え、地上に広がってゆきます。するとなくするやがてそのような人びとが優勢になり、すべてを圧倒していくようになってしまいます。暗い時代の到来です。その暗い時代、カルデアの地に、神の国の系譜をひくアブラハムが現れます。神がアブラハムにカルデアの地を去りメソポタミアへ行くように命じますと、アブラハムはその命令に従って、旅立ち、メソポタミアに行き、滞在します。しかしさらに神はアブラハムにメソポタミアを去って、神の約束される地に行くように命じ、アブラハムがその地でイスラエルの民族の父となるであろうことも約束されたのでした。アブラハムは約束を信じました。

後《のち》のユダヤ人たちは、この神の約束を肉的に（物的に）解釈しました。アブラハムに土地が与えられるという約束を、この地上のどこかの地域の授与として解釈し、また民族の父となるという約束を、ユダヤ民族の父となるというふうに解釈しました。

同じように、キリスト教アリウス派のゲルマン民族なども神の約束を肉的に解釈しました。彼らはアブラハムの一族や、あるいはモーセの一団と、移動し放浪する彼らみずからの集団とを重ね合わせて、神の約束の地をこの地上のどこか片隅《かたすみ》に求めたからです。

アウグスはこのような肉的解釈を断固として退け、霊的な解釈を貫きます。彼によれば、アブラハムが民族の父となるという約束は、血統を一にする民族の父になるという約束ではなくて、アブラハムと同じ信仰をもつ人びとの父となるという約束、多くの民族のなかにあっても信仰を共にする人びとの父となるという約束にほかなりません。

約束の地を与えるという神の言葉にしても、地上の場所のことではなく天上の国のことであって、この地上にいる間、アブラハムに従う神の民は、つねに旅路にある者、地上の国に寄留する者であるにすぎないのです。実際、神はアブラハムに対してこう言われています。

――汝の子孫は他国の地で寄留者となるであろう。

アブラハムは、神を信じてこの地上に寄留する私たちの父なのです。

あなた方が誤解するといけないので、一言《ひとこと》だけ付け加えましょう。寄留という言葉の意味は、アウグスの場合、あちらこちらを放浪するという意味と同じではありません。ですからユダヤ人のようにこの神の言葉を地上のユダヤ人ディアスポラ（離散民）と解釈してはなりません。どこにいようとも、私たちキリスト者の本来の祖国は天上にあってそこに至るまでの間、私たちはローマ市民権を持つ都市市民であっても、寄留者《ペレグリヌス》なのです。キリスト教アリウス派のゲルマン民族も、アブラハムの寄留《ペレグリヌム》の正しい意味を見失い、約束の地をこの地上に求めたのですから、彼らのトゥールーズ王国は地上をさまようカインの末裔の建てた地の国なのです。

神の国と地の国とを寄留という指標によって区分する背景には、以上のようなアウグスによる省察があります。そのことを理解していただけたならば次の問題《テーマ》に移ってゆきたいと思います。

神の国をつくる人びとは、この世に、つまり地の国に寄留するわけですから、どうしても現実には神の国と地の国との間にかかわりが生じてきますが、そのかかわりをアウグスは「混合《ペルミクティオ》」という言葉で語っています。この混合という言葉にも、寄留という言葉に劣らず、アウグスの、時代状況に対する正面からの取り組みがこめられていると私は思うのです。

今、この現在、私たちの信仰仲間の多くは、神の国をキリストを主とするカトリック教会のことであると解釈しております。私たちは三位一体の神を信じ、神に栄光を帰し、おたがいは愛によって仕えているからです。しかしアウグスは、混合《ペルミクティオ》という言葉に寄留《ペレグリヌム》という言葉とならぶもう一つの中心の位置を与えることによって、カトリック教会をただちに神の国とみなす私たちの楽観に対して深刻な反省を迫っております。このことを理解していただくためには、以前アウグスが私に語ってくれた一つの事例をお話しするのがてっとり早いかもしれません。――このヒッポ・レギウスの都市《まち》にファウスティヌスという一人の銀行家がいたのだそうですが、アウグスの話によれば、彼はながく異教徒だったけれども、ある時改宗し、カトリック教会の信徒になったので、アウグスたちは神を賛美し喜んでいたところ、やがて時がたつにつれて、ファウスティヌスの改宗の動機が、滞納税徴収官《エクサクトール》の役職に就《つ》くためだったことが次第に明るみに出てきたのだそうです。御承知のように、この役職は中央官庁と緊密に関係する都市の政務職ですから、キリスト教徒でなければ補任されるのが難しい地位です。そしてこの地位は、なるほど確かに名誉ある地位ですが、しかしその代わり徴税にかかわる責任は重く、時には、他人の課税負担を自分が背負いこむ危険さえもあったので、ファウスティヌスの改宗の動機がこの地位の獲得にあったとは誰も思いもしなかったのです。しかし実はまったく違っていたのだ、アリピウス、とアウグスは言い、眉をくもらせて、滞納税徴収官の責務が重いといっても、それは誠実にこの職務をはたす人の場合であって、銀行家ファウスティヌスは滞納税徴収官に認められた特別の権限、たとえば都市における課税割り当ての権限や、あるいは課税の減免などに関する権限、それらを不当に、巧みに行使して莫大な利益を手に入れていたのだ、と溜め息まじりに言うのでした。

銀行家ファウスティヌスのような例は珍しくはなく、アウグスは現在のカトリック教会について、

この邪悪な世、この悪しき時代にあっては、多くの退けられるべき者たちが善き人びとと混在し、両者はいわば福音の網によって集められているのである。(『神の国』一八巻四九章)

と言っています。

ファウスティヌスのような、どこにでも見られる例に加えて、北アフリカのカトリック教会は特殊な問題を抱えております。

四〇五年および特に四一二年の反ドナティスト法の施行以来、多くのドナティストたちがカトリック教会に参入するようになりました。私たちはむろん、おたがいの愛の交わりにおいて、考え方の違いを修正するように話しあい、和合に努めてきました。分離派を放置しなかったのは、そもそもキリストの教会は一つであって、対立を除き和合を実現するためだったからです。ところが、カトリック教会に入ってきた多くのドナティストたちのなかには、古い考えにとらわれたまま真理に目覚めず、かつての信徒仲間たちとのみ心を結ぶ人なども いて、次第にそのような趨勢《すうせい》が強くなってゆきました。やがてアウグスが、「教会内に植えつけられた邪悪な人びと」によって、信徒たちは「たといその身体に暴行を受けたり傷つけられたりされなくても迫害を受けるのである」と書くほどの、深刻な状況が立ち現れてきたのでした。そのような状況に対していったい私たちはどうすればよいのでしょうか。

キリストの再臨以前に、まるで私たち自身が審判者でもあるかのように毒麦を抜き去るべきでしょうか。私たち自身が、カトリック教会を浄化するという名目で分離派をつくり出すべきでしょうか。いえいいえ決してそうであってはならないのです。アウグスは今の言葉に続けて、私たちを励ますために、こう記しています。

　邪悪な、あるいは偽りのキリスト教徒の行いによって迫害されている信仰深い者たちの心に生じた悲しみそのものは、悲しむ者たちにとって益となる。その悲しみは、他の人が滅びることを欲せず、その救いを妨げようとしない愛から出ているからである。（一八巻五一章）

神の国と地の国との「混合《ペルミクティオ》」というテーマは、カトリック教会のかかえる内側の問題に対して、私たちに警告を与えるとともに、私たちが愛のたたかいを続けるように願うアウグスの心の表れなのです。私たちの愛は深刻な試練にあっております。けれども愛は耐え忍ぶなかにおいてのみ深くなり成長し、人も自分をも変えてゆく力をもっています。

　これまで、「混合」というテーマをカトリック教会の面から見てきましたが、今度はもう一つ別の面からも見ておかねばなりません。つまり神の国と地の国との「混合」を、地の国の面から見ておかねばならないのです。そしてその場合、「混合」というテーマの一方の主眼点がカトリック教会であったとすれば、他方の主眼点はローマ帝国にほかならないはずです。カトリック教会とローマ帝国とは特にテオドシウス帝以来、協調してきました。カトリック教会がそれ自体として神の国とはいえなくとも、神の国あるいは神の民はカトリック教会の内側にあります。その神の国と交錯する地の国はローマ帝国にほかなりません。これまで歴史上、幾多の帝国が興亡してきましたが、そのなかでローマ帝国の独自性はどこにあったのでしょうか。アウグスはその独自性を、神の国とのかかわりのなかで見つめようとしているのです。彼の言葉についてゆくことにしましょう。

アウグスによれば、ローマ人は、最初のころ、自由を求めて国家を形成することになったのですが、時が経《た》つにつれて、しだいに支配への欲望に駆られて、帝国の拡大へと突き進むことになった。そのかぎり、ローマ帝国は他国の支配をめざす第二のバビロン、支配と名誉と自己の栄光をめざす地の国にほかなりません。しかし、それにもかかわらず、ローマ帝国は神の国に対して特別の課題を神によって与えられてきた、とアウグスは考えます。

ローマ帝国が形成されてゆく時代、地上には猛《たけ》き諸民族《ゲンテース》がいて相互に危険と荒廃をもたらしていたので、ローマが全地を征服し、政体と法の単一の社会をつくって平和を実現することを、神はよしとされた（一八巻二二章）。というのも、神の国の人びとがこの地上に寄留している間、地の国の平和、バビロンの平和が必要だからである（一九巻二六章）。つまりローマ帝国は、地の国ではありますが、神の国の人びとのためにあらかじめ用意された特別の帝国だったと言うのです。

そもそも彼によれば、ロムルスやその後継者であるヌマ・ポンピリウスのローマ建国時代は、イスラエルの預言者たちがこれまでのように自分たちの民族だけのために預言を行うのではなくて、異邦人たちにとっても大切な意味をもつ預言を行っている（一八巻二七章）。つまりこの時期の預言はすでにローマのことを視野に入れている。そして、その預言が実現し、キリストとその教会が現れ出る時期に、ちょうどローマ帝国の平和が用意されるようになっていた。それゆえに、ローマ帝国は、地の国でありながらも、他の帝国とは違って、地上に寄留する神の国をふところにかかえ守るべき課題を最初から神に与えられていたのだ、と、アウグスは言うのです。

『神の国』の構想と執筆の当初、神の国と地の国との「混合《ペルミクティオ》」というテーマで、アウグスは今お話ししたような、神から与えられたローマ帝国の使命を明確にし、ローマ帝国とカトリック教会との親密な協力関係をさし示そうとしていたのだと思われますが、しかし執筆の後期、四二〇年代以降になって、カトリック教会が内側にかかえる問題状況に対し危機感が募り、こちらの方に叙述の重点が移っていったのではないかと思います。

今は、いわば脱穀場で風によってふるい分けられるような者たちも教会を満たしている。

（一八巻四八章）

愛によって教会の和合を求めつづけたアウグスの呻吟《しんぎん》する声が、今も、私の耳に響いてきます。

終　章　ガイセリック――流浪の果てに

後にヴァンダル族の王となるガイセリックは、三九〇年頃、ヴァラトン湖の辺《ほとり》（現ハンガリー西部）に生まれた。父はアスディング系ヴァンダル族の王ゴデギゼルだった。ヴァンダル族はアスディング系支族とシリング系支族との二大支族から成っている。

ヴァンダル族の王は、通常は、諸氏族・諸部族の調停者であるにすぎない。しかし、戦争や、あるいは民族移動のような危急の時には独裁的な権限を行使する。

王は世襲である。世襲であれば後継者争いを回避できる。調停者としての役割も果たしやすい。戦争などのとき、どのような決断を下すのかよりも、決断を下すこと自体が、大切な場合がある。王がいれば決断できる。王に不測の事態が起きても、世襲だからただちに空白を埋めることができる。なるほど世襲だから王にふさわしい人材を能力によって選ぶことはできないが、代わりに、王の後継者を幼年の時から王にふさわしいように育成することはできる。

ガイセリックには、年のあまり違わない兄グンデリックがいた。兄は正妻の子である。が、ガイセリックの母は身分の低い外国出身の女性だった、と言われている。

母親の違いは、この二人の兄弟の外見に現れていた。長身の兄グンデリックは、空色の瞳を持ち白い肌で金と茶の混じった髪だったが、ガイセリックは背が低く、暗灰色の瞳で髪も黒かったらしい。幼少期のガイセリックは他の子供と同じように馬術を習い始めた。ヴァンダル族の男たちは、両足だけで馬を操り、長い両刃の剣で自由に戦うことができなければならない。馬と長剣、そして鎖帷子《かたびら》の鎧《よろい》、これがローマ時代のモザイク画に残るヴァンダル族の男の姿である。

ガイセリックは、その幼少期、馬術の訓練の時に落馬して片足の膝《ひざ》関節に重傷を負った。それ以来、生涯、片足をひきずって歩くようになった。王の子、にもかかわらず母の出自の低さ、足の不自由、そのようなことも彼の指導者としての資質の形成に影響を及ぼしたかどうか。後《のち》の時代、ガイセリックは、敵の側から、背の低く足の悪い男、口数が少なく、ぜいたくを軽蔑し、激情的で怒りやすく、誇大な構想をもつ策謀家、として描かれるようにもなるが、むろんこれらの真偽は定かではない。

ヴァンダル族は半農半牧の騎馬民族だが、ガイセリックのアスディング系ヴァンダル族はヴァラトン湖周辺地方に居住していたので、水上生活ともかかわりが深かった。

ヴァラトン湖は、長さ八十キロ、両岸の幅十数キロの、細長い、この地方（ハンガリーと周辺地域）最大の湖である。物資を輸送する大小の船や波止場、造船用の工房など、少年時代のガイセリックには日常の風景だっただろう。この点で、アスディング系ヴァンダル族は、他の騎馬民族とは違った面をもっていた。

ガイセリックの少年時代の終わり頃、ヴァンダル族は苦難の時代に入る。二十五年ほど前、黒海地方でフン族が東ゴート族に対する襲撃を開始した。その時から、民族移動の連鎖が玉つき状に起こり、やがて津波のようにヴァラトン湖のヴァンダル族の地に及んだ。どこからか押し寄せて来た西ゴート族に圧迫され、ヴァンダル族は難民化した。

ちょうどその頃、以前からローマ属州ノリクムとダルマティア（旧ユーゴスラヴィア方面）に入りこんでいたシリング系ヴァンダル族が、ローマ軍に撃退され、ガイセリックのアスディング系ヴァンダル族と合体して、流浪することになった。

このシリング系ヴァンダル族は、ローマ属州居住時代、カトリック（ニケア派）とアリウス派双方のキリスト教の影響を強く受けていた。したがって、難民化し、民族移動を始めた頃のヴァンダル族には、カトリック、アリウス派、伝来の民族宗教などが混在していた。ところがある時期から、ヴァンダル族は次第にアリウス派キリスト教でまとまり、ローマ・カトリックに対して先鋭に対立するようになってゆく。その理由は、ローマ領に入りこんでから強い圧迫を受けたからである。

当時のキリスト教詩人プルデンティウスは、蛮族に対する嫌悪をこんなふうに詩《うた》っている。

ローマ人、ダハ人、サルマティア人、ヴァンダル人、フン人、ゲート（ゴート）人、ガラマン人、
アラトン人、サクソン人、ガラウラ人、
すべては一つの地を歩み、空はすべてにとって一つであり、
太洋も一つであり、すべてはわれら共通の宇宙《オルビス》を共にする。
別のこともある。動物たちがわれら共通の泉の水を飲むではないか。

同じ雨露によって私たちには穀物畑が、野生ロバには草類があるのではないか。きたない野生の豚がわれら共通の川で水を浴びないか。われら共通のかるく静かでやさしい大気が野犬にさえ入り込んで、生命をささえているではないか。ローマ人と蛮族とでは、二本足が四つ足から分かたれるように、語ることが沈黙《ムートゥヌ》から分かたれるように、それほどまでに違っている。

（ビュデ版 Prudentius, Contra Symmachum, 1.808-817.）

ヴァンダル族はローマ領に入ってから、ローマ＝カトリック勢力と対立し、その過程でヴァンダル族内部のカトリックは一掃されてしまった。

ヴァンダル族がアリウス派キリスト教で一本化したもう一つの理由は、彼らの移動にアラン族やスウェブ族など血統の異なる民族が加わったことにあった。伝統的な民族宗教は民族間の壁を越えるには適さず、次第に捨て去られた。

四〇五年にイタリアに侵入したラダガイスス率いるゲルマン系諸民族の大集団は、一時の利害でまとまっただけの、共通の結び付きを欠く諸民族の寄せ集めにすぎなかったから、一回の敗戦で分解し、共同で苦難に耐えることはできなかった。ヴァンダル族たちはアリウス派キリスト教でまとまり、これとは違う歩みをたどってゆく。

たとえば、彼らがローマ帝国領内で共同生活を送ってゆく際、伝統的なルールの代わりにイエスの教えが、彼らに共通の生活規範を与えた。あるいは、アブラハムの伝承や出エジプトの物語が、彼らに共通の希望を与え、敵対世界のなかでの放浪に意味を与えた。つまり、ジグザグとした逃亡が約束の地をめざす旅路となった。

しかしこれらのことはもう少し後《のち》のことである。

西ゴート族の圧迫を受けて故郷の地を離れたヴァンダル族は、フランク族の支配領域を通過中、激しい攻撃を受けた。ガイセリックの父ゴデギゼル王は戦死した。アラン族の騎兵隊が救援に来て、ヴァンダル族は全滅を免れた。ガイセリックの兄グンデリックが後継の王となった。当時十六歳前後のガイセリックはこの時の戦闘に参加していたかもしれない。

それから間もなく、四〇六年十二月三十一日の銀河の夜。

ヴァンダル族たちは生きのびるためにライン河を渡った。

その後の二年半にわたるローマ帝国領内ガリアでの彷徨《ほうこう》。

四〇九年から四一〇年にかけてのピレネーの山脈越え。その時ガイセリックは十九歳前後だった。

ヴァンダル族たちはとうとう約束の地に着いたと思った。ヴァンダル族二支族およびアラン族、スウェブ族は、それぞれ分かれて新しい地に定着した。

それから十年が経過した。

彼らの分散はなお時期尚早だった。ローマ帝国と提携した西ゴート族精鋭軍が分散する彼らに激しく襲いかかってきた。シリング系ヴァンダル族は壊滅した。アラン族も甚大な被害を受け、もはや自立した民族としての体裁を失って、ヴァンダル族の王を自分たちの王とみなすことになった。スウェブ族はスペイン北西部の位置にいて大きな被害を受けなかったが、この時からヴァンダル族たちとの連合を離脱した。

ヴァンダル族たち残りの者はアンダルシア（南スペイン）に逃げた。ヴァンダル族とアラン族の王グンデリックは、この南端の地で、西ゴート族とローマ軍に対して、最後の戦いをする決意を固めた。実際、北からの敵に対して、もはや逃げのびる地はなかった。

しかし、グンデリック王の弟ガイセリックは、別の構想をも立てた。――ローマ軍は地中海からも来る。アンダルシアを守るには北からの陸路を防備するだけではなく、海からの敵にも備えねばならない。そのためには、どうしても艦隊を育成せねばならない。船舶さえあれば、万一の場合には海を渡ることもできる。スペインが約束の地でなかったのならば、それは海峡の向こうにあるのかもしれない。時折、ガイセリックには、ジブラルタル海峡が紅海と二重写しに見える。……

兄のグンデリックは、船舶を建造するというガイセリックの計画に反対はしなかった。アラン族やシリング系ヴァンダル族にとって海は、未知の、疎遠で不安に満ちた暗い世界である。しかしヴァラトン湖を故郷にもつアスディング系ヴァンダル族にとって、海は時に怒りもしようが、うまく適応すれば大きな味方になる。彼らの間には造船技術に親しい者もいる。アンダルシアの大西洋岸で、現地の住民を加えて船舶の建造が始まった。造船とともに海戦を予想した航海術の訓練も行われた。

四二二年、アンダルシアに来てから四年後、カスティヌス将軍の率いるローマ軍がゴート族同盟軍とともに対ヴァンダル族殲滅《せんめつ》戦を展開した。

前年の四二一年、ガッラ・プラキディアの夫コンスタンティウス将軍は、ホノリウス帝の同僚皇帝となったが、その年に病死した。カスティヌス将軍は、その後継者の地位を得るために、ヴァンダル族とアラン族の征服者およびカトリック教会の守護者という称号《タイトル》を得ようとしていた。数度にわたる激戦があったもようである。ヴァンダル族たちは辛うじて持ちこたえた。しかしそれはヴァンダル族の軍事力ゆえではなかった。

この四二二年の戦いでは、西ゴート族軍はほとんど傍観者に近い立場を取り、あえて危険の中に入ることを回避した。西ゴート族はすでにトゥールーズ王国を建国しており、かつてのような対ヴァンダル族戦争へのインセンティブを欠いていた。しかもトゥールーズ王国はローマ帝国からの独立性も強めていた。加えて、カスティヌス将軍と北アフリカから参戦した副官ボニファティウスとの間で対立が生じた。ボニファティウスは戦線を離脱し自軍を率いて北アフリカに帰ってしまった。その背景には、コンスタンティウス将軍没後のラヴェンナ宮廷における権力闘争があった。

この四二二年の戦争から四二九年に至るまでの七年間、ヴァンダル族たちの動向は把握できない。しかし、クルセルの著作『文学にあらわれたゲルマン大侵入』によれば、ヴァンダル族は四二八年に、ローマの海港都市カルタヘナとセヴィリアを陥落させたという。

この一九六四年のクルセルの叙述はフランス人歴史家ゴーティエの『ゲンセリック、ヴァンダル族の王』という一九五一年の著作にもとづいている。

ところが、このゴーティエの著作はドイツ人歴史家シュミットの『ヴァンダル族の歴史』という一九四二年の著作にもとづいている。この著作のなかでシュミットは、ヴァンダル族が四二八年にローマ海港都市カルタヘナとセヴィリアを陥落させたと語っている。しかしそれが事実であることの根拠を示してはいない。

では、なぜこの説が現れ支持されてきたのか。

その理由は、四二八年の翌年、ヴァンダル族たちは海峡を渡り、しかも北アフリカを陸路からだけではなく海からも攻撃してゆくからである。つまりこの四二九年の渡海およびその後の出来事は「イスパニア海岸のローマ諸港で捕獲した艦船」によって可能になったと考えるからである。

しかし、この考えに立つと、二つのローマ海港都市を占領するほどの軍事力をもつヴァンダル族が、なぜ危険をおかして海峡を渡らねばならなかったのかよく分からない。また、この考えに立つとヴァンダル族たちは艦船の航行をローマ海軍の捕虜や現地住民に依存していたことになりかねない。しかし彼らは、渡海という一回的行為だけではなく、その後持続的に海から北アフリカの海港都市に攻撃を加え、制海権を掌握するにいたる。だからどうしても彼らは独自のよく訓練された艦隊をもっていたと考えざるをえない。

四二八年、渡海の前年、確かにローマ側とヴァンダル族との戦闘はあった。しかし、その戦闘で、王グンデリックは戦死した。翌年、王となったガイセリックは逃げるように民族全体を率いて海を渡ったのである。

四一九年の皇帝勅令は、蛮族に船舶建造の技術を教えることを厳禁している。このことは、ヴァンダル族がすでに以前から船舶建造の意図を持っていたことをも示唆するだろう。ヴァンダル族の船舶建造および航海訓練は、大西洋岸の、ローマ側には知られないカディス湾で、数年にわたって続けられていたに違いない。ガイセリックは遠大な構想を持ち、その準備を着着《ちゃくちゃく》と進めていたのだろう。

四二九年、タリファ岬の潮風に白いレモンの花の香りが混じる頃、ヴァンダル族たちはジブラルタル海峡を渡った。

ほぼ八万の人間、食糧調達用の家畜類、騎兵用の馬、運搬用荷車や生活必需品など、これら一切を船に積みこみ海峡を越える。民族規模での渡海がいかに困難な企てか、それはゴート族による二回の失敗が物語っている。一度はアラリックのもとでのメッシナ海峡、二度目はウァリアのもとでのジブラルタル海峡。

ガイセリックは一人も失わず渡海を成功させた。この時から彼は指導者としての天与の資質《カリスマ》を認められた。北アフリカの領有という彼の遠大な構想にヴァンダル族たちすべての者が無条件に従ってゆくことになる。さらにまた、キリスト教アリウス派に帰依するヴァンダル族たちにとって、渡海の成功は紅海の奇跡の再現だったから、この時から彼らは、宗教的な使命意識を強く帯びるようになる。すなわち彼らは、その後の行動が明示するように、カトリック教会から北アフリカを解放するキリスト教アリウス派の宣教集団として自覚するようになる。この宗教意識は、北アフリカのローマ支配を切り崩そうとする政略と一体だった。ローマン＝アフリカ（ローマ化されたアフリカ）、それはローマの政治・軍事とカトリック教会とが一体となって構築する世界だからである。

渡海後、ヴァンダル族たちは先ずはローマ世界との接触を避けるように、地中海岸ではなく大西洋岸の道をたどり、リクスという港町に至ったらしい。

リクスはタンジールの港からほぼ五十キロの大西洋岸にある。その後、彼らはリクスから南に向かい、海岸線から離れてゆく。やがてアトラス山脈から流れるセブー川に突きあたる。ここで道は二つに分かれる。一方は、この川に沿って下ってゆく道で、現在のモロッコの都市ラバトやカサブランカへつづく道である。この方面には、海岸線に沿うシャウィヤの平地があり、安全な居住圏を確保できそうに見える。

しかし、ヴァンダル族たちはこの道ではなく、もう一つの道、セブー川を横切って内陸部を南に向かう道を選んだ。この道の先には、ローマ都市ウォルビリス（現メクネースの北五十キロ）があった。ウォルビリスには、カラカラ帝の凱旋門や公共広場、幾つもの石造公共建造物、回廊など、今でもその遺跡が残っている。ウォルビリスはローマ帝国北アフリカ西端地域の中心都市だった。もちろんローマ軍が常駐し、徴税物品も蓄積され、他のローマ諸都市と陸路でつながる。

ガイセリックがウォルビリスへの道を選んだのは、すでに彼のなかにヴァンダル族による北アフリカの制覇という構想があったからである。

ローマ都市ウォルビリスに接近して何が起きたのか。資料はない。おそらく戦闘があった。おそらくローマ軍が敗退した。だから資料がなく、だからヴァンダル族たちはさらにローマン＝アフリカの中心方向にむかうことができた。

ローマ属州ティンギタニアを通過し、人口密度が徐々に濃くなる属州マウレタニア・カエサリエンシスに入り、かつてはベルベル人の内陸交易都市で、現在はローマ軍支配下のアルタバに向かった。

ヴァンダル族たちが都市アルタバに近づいたのは、四二九年八月半ば過ぎで、近郊で戦闘があった。アルタバ碑文と呼ばれる破損の著しい墓碑が残っている。

四二九年九月一日、住民……蛮族によって（a barbaris）、剣で滅ぼされた

研究者たちによれば、この地方でベルベル人や山地諸部族に対し「蛮族《バルバルス》」の語は使われないので、碑文の蛮族は、未知の、外来民族を指しているとされ、ヴァンダル族たちの足跡の一つと考えられている。

内陸都市アルタバから、次には進路を北に変え、ガイセリックの一団は地中海をめざしてゆく。地中海まで直線距離百キロ、曲折する道程はその二倍以上あるだろう。その道を踏破してついに海岸線に沿う道に出る。

この海岸線の道を、今度はさらに遠く、東へ向かっておおよそ五百キロの道を進んでゆく。ガイセリックのヴァンダル族は、もはや逃げているのではない。明確な目標にむかって信じ難い距離を突き進んでゆくのである。

五百キロ進むと、ローマ海港都市が次々と現れる。タッサコラの町（現在地不明）、ポルトゥス・マグナス（大きな港の意、現在地不明）、そしてついに海港都市カルテナエ（現オランとアルジェの中間の町テネス）に至る。このカルテナエで、内陸から来たガイセリックのヴァンダル族たちと、スペイン南端の港を出港したヴァンダル族の艦船とが邂逅《かいこう》を果たしたのであった。

ヴァンダル族の艦船は、民族を渡海させる任務を果たした後、おそらくカディスの港に待機して、この時を待っていた。ガイセリックたちがカルタナエの都市を領有した後に、遠海からヴァンダル族

の艦船が入港したのか、それともこの艦船による都市占拠の後、ガイセリックたちが来たのか、その他詳しいことは一切分からない。北アフリカを攻略するために、海港都市カルタナエを海と陸との拠点とする、という用意周到な打ち合わせがあったのだろうし、そのための事前調査や情報収集も行われていたのであろうが、確かなことは何も分からない。

カルタナエで、海と陸のヴァンダル族たちが一つとなった後、ここを拠点として、彼らは属州マウレタニア・カエサリエンシス最大の海港都市カエサリアを占領した。その占領がどのように行われたのかも分からない。戦闘があったのか、それともフィルムスの乱の時のように、都市下層民衆が都市貴族層に対して反乱し、都市みずからが堅固な門を開いたのか。その後のヴァンダル族たちの動向からすれば、後者の可能性が強い。ヴァンダル族たちは、ローマン＝アフリカの下層民衆に対して、解放者として登場してきた。少なくとも彼らはそのような宣伝をさかんに行った。

ガイセリックは、海港都市カエサリアを、カルタナエにつづく北アフリカ攻略の第二の拠点とした。この点はヴァンダル族とフィルムスの乱との大きな違いだった。フィルムスの乱の時、カエサリアを占拠した山地系民族は都市を掠奪した後、破壊した。それに対してガイセリックは、都市下層民を味方に引き入れつつ、カエサリアをローマの海上支配を破るための拠点都市とした。海を支配しなければならない。北アフリカの海を支配できなかったので、フィルムスの乱もギルドの乱も失敗したのだった。

ガイセリックのヴァンダル族は、属州マウレタニア・カエサリエンシスから、さらにその東のマウレタニア・シティフェンシスへ、ついにはローマ化の十分進んでいる属州ヌミディアまで進出し、重要なローマ諸都市を次々と手中に収めた。海港都市イコシウム（現アルジェ）、内陸都市アウジア、属州シティフェンシスの州都シティフィス、アウグスティヌスの弟子ポシディウスの司教座都市カルマ、アウグスティヌスの友人アリピウスの司教座都市タガステ、など。

属州ヌミディアとその東の属州プロコンスラリスとの州境の都市シッカおよびトゥルポ・マイユスも陥落した。都市キルタは持ちこたえた。キルタは険しい山地にあり、かつてコンスタンティヌス帝に再建されコンスタンティーヌと改名されたカトリックの牙城だった。

ヴァンダル族たちは、すでに述べたように、キリスト教アリウス派の宣教集団という意識をもち、北アフリカのローマ支配と結びつくカトリック教会に対して、激しい攻撃を加えた。そのことについて、カトリック教会側からの証言を、ここでもクルセルの著作から引用させてもらう。

> いかなる地方も、つねに新しさを加える彼ら（ヴァンダル族）の残虐性の侵害からまぬがれることはできなかった。聖堂や聖人たちのバシリカ聖堂、墓地あるいは修道院などが、彼らのもっとも罪深い激怒を刺戟《ママ》した。彼らは都市や広場よりも好んで祈りの場所に火を放った。もし彼らが宗教的建造物の扉が閉ざされるのを見つけるならば、斧の一撃で強引に入ろうとたがいに奮いたった。それはまさに「深い森の中の樵夫《きこり》のように、彼らは斧の一撃で扉を壊し、彼らは斧とまさかりでそれらを打ち倒し、あなたの聖所に火を放ち、地に倒してみ名のすみかをけがしました」（詩篇、第七三篇、五―七）という場面であった。

ヴァンダル族はカトリック教会の破壊者、迫害者だった。クルセルの著作からもう一つ、カトリック聖職者の証言を参照しよう。

ヴァンダル族は狼だ、避けよ。ヒドラだ、その顔を打ち砕け。甘い言葉に乗るな、裏切られるから。多くを約束し、約束を守らない。彼らはこんなふうに言う、来たれ、私が守ってあげよう、欠乏しているなら食べ物を与えよう、裸なら着せよう、貨幣も与えよう、各人が日毎に受くべき金額も定めよう、と。なんという邪悪な狼、悪しき蛇、不信仰な奴隷であることか。彼らはカトリック教会を踏みつけ、まことの母と戦い、キリストを追い払ってカトリック信者を再洗礼しようとする。

ガイセリックは、都市および農村の貧困層を味方にできれば、三万ないし三万五千のヴァンダル族軍で北アフリカ全体を支配できると考えていた。フィルムスの乱やギルドの乱を支えた貧しき大衆をヴァンダル族の支持層とし、ローマ帝国を内側から崩壊させることができる。ローマ側の城壁都市は、ただ包囲するだけで、「斧とまさかり」を使わなくても、みずから扉を開くであろう。ガイセリックにとってカトリック教徒の貧困層を改宗させ再洗礼することは、信仰の問題であると同時に政治的な行為でもあった。これまでの北アフリカ・ドナティストたちにかわって、キリスト教アリウス派の旗印のもとに、反ローマ・反カトリックの勢力を結集しようとしたのである。

ガイセリックのヴァンダル族たちはヌミディア州の諸都市を次々と領有していった。むろんこれを阻む者もいた。ボニファティウスとその軍隊である。

ボニファティウスが歴史に最初に現れるのは、四一三年のゴート族王アタウルフのマルセイユ攻撃に対する防衛軍指揮官としてである。その時彼は都市を守ることに成功しアタウルフを負傷させた。その後、四一七年に北アフリカに移り、サハラ半砂漠地帯の掠奪諸部族に対する防衛軍指揮官として名を馳《は》せた。四二二年にはスペインでの対ヴァンダル族戦に参戦したが、指揮官カスティヌス将軍と不和になり北アフリカに引き返した。しかし当時ラヴェンナ宮廷で重きをなすガッラ・プラキディアはボニファティウスを信頼し、四二三年にアフリカ軍指揮官《コメス》に任命した。

四二九年からガイセリックのヴァンダル族軍は属州ヌミディアに進出した。ボニファティウス軍は迎撃《げいげき》態勢をとった。大規模な戦闘が起きたらしい。資料はない。ボニファティウス軍は敗退し、カルタゴに次《つ》ぐ北アフリカ第二の海港都市ヒッポ・レギウスに籠城した。ヒッポ・レギウスはアウグスティヌスの司教座都市である。

四三〇年六月の初め、ヴァンダル族軍はヒッポ・レギウスを包囲した。

それは渡海から一年三ヵ月後、アルタバ碑文の日付から八ヵ月後だった。ヴァンダル族たちのこの異常に速い進出は、彼らが一つ一つのローマ都市を領有してゆく際、都市や農村の貧困層の協力があったことを物語っている。

ヴァンダル族たちがヒッポ・レギウスを包囲してから三ヵ月後、その包囲のなかで司教アウグスティヌスは死去した。包囲はなおつづいた。

*

アリピウス、アウグスティヌスを語る
その十一、神の国（つづき）

「今は、いわば脱穀場で風によってふるい分けられるような者たちも教会を満たしている」

アウグスのこの嘆きの声は、おそらくはあなた方の声でもあるでしょう。

昔、ディオクレティアヌス帝の大迫害の時代、キリスト教徒たちは最後の審判がま近に迫り、その審判によって迫害する国家は破滅し、キリスト教会は救われるだろうと考えました。

今、あなた方はその反対に、教会のただ中に風によってふるい分けられるような者たちがあふれてきたので、最後の審判の時がま近に迫ったと考えているのではありますまいか。そして、北アフリカのカトリック教会に襲いかかり、このヒッポ・レギウスを包囲している蛮族たちを神の怒りの道具、毒麦を枯らす神からの風というふうに思い、蛮族との戦いを躊躇《ちゅうちょ》するに至っているのではないのか、と、もちろん杞憂ではありましょうが、私には気がかりです。

蛮族は神から来た者ではありません。神からの者ではないとすれば、いったい彼らは何者でどこから来たのか。

あなた方はヨハネ黙示録を読んだことがないのでしょうか。ヨハネ黙示録はこう予言しているではありませんか。

千年が過ぎると、サタンはその牢獄から解放され、地上の四方にいる諸民族《ゲンテス》、すなわちゴグとマゴグを惑《まど》わすために出て行き、彼らを戦いのために集めるであろう。彼らは地上の広い場所へ上《のぼ》って行き、聖徒たちの陣営と愛すべき都市《キヴィタス》を包囲した。（二〇章七―九節前半）

都市ヒッポ・レギウスを包囲する蛮族たちは、サタンに惑わされたゴグとマゴグなのであって、決して神から来た者ではない。このヨハネ黙示録の予言に関して、アウグスもまた私たちを励ましてこう言っています。

教会は息苦しい苦難のなかでしめつけられ、圧迫され、とりかこまれるであろう。しかし教会は、〔聖徒たちの〕陣営という語で示された戦いを放棄はしないであろう。（二〇巻一一章）

カトリック教会は、内側に浄化すべき悪をかかえ、外側からも悪に襲われる。まことにアウグスの『神の国』は、カトリック教会が内にも外にも悪《マルム》に直面するなかで書かれてきたのです。この書は、戦争の悪（災い）とか、この世の悪とか、地上の悪の数かぎりなさとか、いたる所で悪について触れ、悪を見据えていて、悪を越えることがこの書の課題であったことを暗に示してもいます。神の国はこの地上に寄留している間、さまざまな悪に耐えねばならず、悪に対して信仰と知によって突き抜けて行かねばならないのです。

ご記憶でしょうが、アウグスが深刻な思索の道に入ったきっかけは、フィルムスの乱の際、悪の存在という問題に直面したからでした。むろんそれ以前から悪の存在を知らなかったわけではありません。しかしそれは一時的な、その時その時のことで、彼の生を根底から揺り動かすような思想的衝撃力を持っていたのではなかった。それに対しフィルムスの乱以後、悪《マルム》の問題は彼の生涯の課題となり、アウグスは『神の国』においてこの問題に対する最後の結着をつけるに至ったのです。その結着を、私はアウグスにおける揺るぎなき「摂理《プロビデンツィア》」信仰の確立として考えています。最後にこのことをお話しすることにしましょう。悪の問題から始まり悪の問題で終わることによって、ようやく私もこの拙い話を結ぶことができるでしょう。

神の国、神の民は、地上にある間、地の国に寄留し、また地の国と混合し、さまざまな悪《マルム》に直面せざるをえません。しかしこの悪とは何なのか。

『神の国』を書く以前から、アウグスは悪について、それは実体としては存在せず、ちょうど影が実体としてあるのではなく光が阻まれている状態にすぎぬように、そのように悪も善の欠如にすぎないと考えていました。あるいはたとえば盲目という状態を考えるとよいのかもしれません。盲目というものが存在《ある》のではなく、見えるということの喪失、それが盲目にほかならないでしょう。それと同じような意味で、悪は実体としては存在しないと考えていたのです。

悪それ自体は、実体としては存在しないとアウグスは考えますが、その理由は明確で、存在《ある》もの一切は善き神によって創《つく》られたのであるから、すべて存在《ある》ものは善きものであって、悪とはただこの善きものの欠如にすぎないというのでした。

しかし、そんなふうに考えると奇妙な結果に出会うことになります。私たちすべては悪を体験し、悪に苦しんできましたが、もしその悪が実在しないというのであれば、私たちはただ夢のような虚妄の世界のなかで生きてきたということになってしまうでしょう。悪はあるが、実在しない。このアウグスの考えは矛盾そのもののように見えます。もし矛盾ではないと言うのであれば、説明が必要になります。

アウグスの説明を誤解しないためには、以前お話ししたように、まず、悪《マルム》という言葉で語られている事柄に二つの別の意味があることを再確認しておかねばなりません。一つは、私たちが外側から被る害悪という意味での悪です。もう一つは、私たちが犯す悪、罪という意味での悪のことです。

前の方の、害悪という面から見ていきましょう。

神の国は地の国に寄留している間、アウグスの言葉によれば、「飢餓や戦争や病気」、あるいは「災いの限りない素材」に遭遇せざるをえません。これらの悪に対して、アウグスは『神の国』ではこれまでの考え方を徹底し、摂理《プロビデンツィア》信仰へと行きつきます。私の説明よりも、アウグスじしんの言葉を聞く方が分かりやすいでしょう。彼はこう言います。

全体を見通すことのできない者は、部分の醜さに不快を感じるが、それは部分が何に適合し、何に関係づけられているかを知らないからである。(一六巻八章)

この考えは、彼の若い時代の作品「美と適合について」以来、ずっと抱かれ深められてきたものですが、『神の国』の段階になりますと、摂理信仰として結着がつきます。

宇宙を観想する能力に乏しいわたしたちには、創造者の摂理を信じることが正義によって命じられている。(一二巻四章)

この地上にはさまざまな悪《マルム》(災い)がある。だからいつの時代いずれの地においても、なぜ悪がはびこり、理由なき災いが起きるのか、という疑問が生まれ、時にはその疑問は高慢にも、神の存在や神の正義さえも疑い出し、神義論という問題を生み出してきました。——神は正しく公平なはずにもかかわらず、この世には天災などの災害ばかりではなく、しばしば正しき人びとが不幸に見舞われ、むしろ邪悪な者の方が栄えている、いったいなぜなのか、神はえこひいきをされる方なのか、そのようなことがないとすればそもそも神なる者など存在しないのではないか……。

今まさにローマ帝国は幾多の悪(災い)に襲われ、この神義論の渦のなかでカトリック教会の信仰に対する攻撃も生まれています。それに対して、私たちは宇宙や、世界の全体を見通す能力に乏しいのだから、もっと謙虚になって、神の摂理を信じることが、正義そのものの命じるところなのだ、とアウグスは言うのです。この彼の悪（災い）に関する摂理《プロビデンツィア》信仰は決して単なる諦念のごときものではありません。

人びとが悪（災い）に襲われ、その理由が問われる時、ちょうどヨブの友人のように、悪を被った人にその理由（原因）を帰するという冷酷な態度を目にすることがあります。ヨブの友人は、災害と病《やまい》に襲われたヨブを慰めるために来たはずですのに、いつしかその災害と病の原因をヨブその人の神に反する心に帰するようになり、ヨブを攻撃するに至ります。彼らは神の側に立つような素振《そぶり》を見せながらも実は神に敵対するサタンにほかならないのですが、アウグスの摂理信仰はこのサタンの狡猾な振舞いをきっぱりと拒絶するものなのです。だから摂理信仰は諦念ではなく信仰によるサタンとの戦いなのです。サタンのさまざまなささやきは、神の摂理へのゆるぎなき信仰によって打ち払うことができるのです。私がこの今、あなた方に、なぜこのような話をするのか、わかっていただけますね。

次に、外側から被る悪（災い）ではなく、私たちが犯す悪、罪という意味での悪の問題に移りましょう。

アウグスによれば、すべて存在《ある》ものは、神の創られたものだから善《ボヌム》である。しかしそれらの善には程度の差があって、階梯をなし、全体として上下の秩序がある。

この観点から、罪という意味での悪を考えた場合、程度の低い善つまり価値の劣ったものを、程度の高い善つまり価値の優れたものに優先させ、そちらを選ぶとき、それが悪にほかならない。どんな例でもよいのですが、精神よりも肉体を優先させるとか、人間よりも物を優先させるとか、などなどです。精神の領域にあっても、たとえば自己の栄光を求めるということも、それ自体が悪というのではなく、自分より優れた存在の栄光よりも自己の栄光を優先させるから悪《マルム》なのです。あなた方のように、何よりも神の栄光を求める者であるならば、神に仕えることにおいて結果として自らも栄光ある者となるでしょう。殉教者の栄光とはそのようなものなのです。

ところで問題は、それではなぜ私たちが、程度の低い善を優れた善よりも優先させ、劣ったものを愛し選ぶのか、ということになります。すべての存在《ある》ものは善であるが、その善の秩序のなかで、なぜこの倒錯が起き、狂った逆さまの愛が現れて来るのか。

私たちはあれではなくこれを選ぶ。私たちには選ぶ力がある。しかしその力は、神の善の秩序に反する方向で動く狂った愛である。なぜなのか、その理由は、私たち本来の自由意志が生まれながらに損傷を受け、原罪（オリギナーレ・ペッカートゥム）をかかえているからにほかなりません。すでにお話ししましたように、アウグスは私たちの精神のなかに原罪をつきとめ、ペラギウス主義を否定しました。しかし彼はそこで立ち止まってしまったわけではありません。彼はこれまで見てきたように、アベル死後、神の憐れみによって起こされたセツ、その子孫というふうに神の国の系譜をずっとたどってきました。この系譜は、人類の父祖アダムの子孫として原罪を背負うにもかかわらず、神の民として連綿としてつづいてきました。それはなぜ可能だったのか。むろん神の恩恵があったればこそです。原罪は人間の力ではいかんともしがたくのしかかってきて、神の恩恵、神の憐れみのみがそれを跳ね返すことができます。

しかしそうであれば、この神の恩恵はなぜ地の国の系譜の人びとではなく神の国の系譜の人びとに注がれたのか。自由意志も努力も功績も、恩恵の原因ではないとすれば、その恩恵はいずこから来るのか……。　私たちはここで、人間の立ち入ることのできぬ領域に直面しているのです。神は善です。

アウグスはその善なる神の摂理を信じるのです。摂理《プロビデンツィア》――いま現在は自分には隠され、自分の力ではつかむことはできないけれども、いつしか神のもとにおいて、神御自身が啓示してくださるであろう神の理《ことわり》、その理を信じるのです。外から被る悪に対しても、人の内なる悪に対しても、アウグスが行き着いたところは、善なる神の摂理、その導きへの信仰なのですが、それは一方で思索をつきつめてゆくなかで到達した必然、そこに行き着かざるをえない帰結でありましたが、他方でそれは、アウグス自身の人生のなかで、彼自身のはからいを越えて絶えず彼を導く測りがたき者の生きた体験があったればこその必然でもありました。

あとがき

アウグスティヌスを理解するためには時代背景を知る必要がある。時代背景から切り離されたアウグスティヌスは、いつの時代にも通用する普遍的な装いをまとっても、生きた現実性を欠いてしまうだろう。ちょうどそれとは正反対に、ローマ帝国末期という時代は、アウグスティヌスを背景に置くのでなければ、いかに事実を連《つら》ねても、みずからのかかえた深刻な問題状況を十分に吐露することができぬのではないか。

本書はそのように考えて、帝国末期の時代とアウグスティヌスの思想的生涯とを並行してたどった。しかし書く前から、書いた後も、この両者が実際に響きあっているのか、それともついにすれちがったままなのか、定かではない。その、おぼつかない試みのためではあるが、多くの研究書を利用させていただいた。本書のスタイルと性格上、注記などは最小限にとどめざるをえなかったので、最後にその点を記してこれらの領域で研究にたずさわってきた方々にお礼とおわびを述べておきたい。

またこのたびも新教出版社の小林望氏に草稿を読んでいただき貴重なご指摘を得た。感謝したい。

磯部　隆（いそべ・たかし）

1947 年　神奈川県藤沢市に生れる
1975 年　名古屋大学大学院法学研究科博士課程修了
1983-5 年　ハーバード大学客員研究員
1985 年　名古屋大学法学部教授
現在　名古屋大学名誉教授
著書　『預言者イザヤ』（サンパウロ、1991 年）
『エレミヤの生涯』（一麦出版社、1994 年）
『神の箱』（春風社、2005 年）
『古代オリエント世界像からの脱出』（春風社、2008 年）
『ローマ帝国とイエス・キリスト』（新教出版社、2015 年）など

ローマ帝国のたそがれとアウグスティヌス

2017 年 12 月 25 日　第 1 版第 1 刷発行

著　者……磯部　隆

発行者……小林　望
発行所……株式会社新教出版社
〒 162-0814 東京都新宿区新小川町 9-1
電話（代表）03 (3260) 6148
振替 00180-1-9991
印刷・製本……モリモト印刷株式会社

ISBN 978-4-400-22754-0　C1016